Elisa M. Baker · Das Funkeln des Glücks

Roman

„Die Liebe ist wie ein Dieb; sie schlägt unerwartet und schnell zu und stiehlt dir nicht nur dein Herz, sondern auch noch den Verstand."

Genau so ergeht es dem siebzehnjährigen Leon, als ein neuer Schüler im letzten Schuljahr in seine Klasse versetzt wird. Der gleichaltrige Raphael ist das vollkommene Gegenteil vom schüchternen und zurückhaltenden Leon, doch beide können bald nicht mehr verleugnen, dass mehr als nur Sympathie zwischen ihnen ist.
In dem aufkommenden Gefühlschaos stellt sich bald heraus, dass längst nicht alle diese aufkeimende Liebe befürworten und plötzlich spitzt sich die Lage bedrohlich zu …

Elisa M. Baker ist seit jeher vom Schreiben fasziniert und verfasste schon früh eigene Geschichten. Mit »Kirschsommerküsse« gab sie ihr Debüt. »Der Stachelbeersommer – Karma zum Verlieben« ist ihr zweiter Roman. Derzeit lebt und arbeitet sie in der Nähe von Bamberg.

Elisa M. Baker
Das Funkeln des Glücks

Roman

© 2017
Herstellung und Verlag: BoD – Books on Demand, Norderstedt.
ISBN: 9783743161764

Copyright by ©2017 Elisa M. Baker
Coverdesign: by ©by Bianca Holzmann Cover Up -
Buchcoverdesign unter Verwendung der Bilder von
©Shutterstock (Nicolas Primola; ivgroznii)
https://www.facebook.com/CoverUpBooks/

Elisa M. Baker
c/o Papyrus Autoren-Club
R.O.M. Logicware GmbH
Pettenkoferstr. 16-18
10247 Berlin
1. Auflage 2017

Alle Rechte, einschließlich das des vollständigen oder auszugsweisen Nachdrucks in jeglicher Form, sind vorbehalten. Dies gilt auch für die E-Book-Version.
Dieses Werk ist urheberrechtlich geschützt und darf ohne Zustimmung des Autors weder vervielfältigt, noch kopiert oder anderweitig verändert werden, weder im Ganzen noch als Auszug. Verstöße gegen das Urheberrecht werden strafrechtlich verfolgt.

Facebook: https://www.facebook.com/ElisaM.Baker.de

Elisa M. Baker

Das Funkeln des Glücks

Roman

Dieser Roman ist rein fiktiv. Ähnlichkeiten mit lebenden oder verstorbenen Personen sind rein zufällig und nicht beabsichtigt.

Liebe ist wie Licht oder Luft.
Sie kennt keine Grenzen.
Sie berührt jeden und alles, durchströmt uns und lässt uns
in ungeahnte Höhen aufsteigen.
Die einzige Grenze, die die Liebe hat, setzen wir ihr selbst,
indem wir sie uns oder anderen verbieten wollen.
Doch auslöschen tun wir sie damit nicht.
Sie stirbt niemals.
Sie hört niemals auf.
Sie ist ewig.

Prolog

„Schneller, er atmet nicht mehr! Wir verlieren ihn!"
Aufgeregtes Stimmengewirr, laute, hastige Schritte auf einem scheinbar endlosen Flur; der Nachhall von verzweifelten Rufen und das Rattern der Räder des Bettes, auf dem er lag, schienen tief in seiner Brust widerzuhallen. Wie verzerrtes Blitzlichtgewitter rauschten die grellen, kalten Neonröhren über ihn hinweg, während man seinen Körper in den Not-OP bugsierte.

Wie seltsam ..., dachte er träge, während er spüren konnte, wie sein Herz stockte. Es fühlte sich an, als wäre es kein Organ in seiner Brust, sondern ein erschöpftes, stolperndes Pferd. *Was für eine bescheuerte Art, ins Gras zu beißen ...*

Jemand rammte eine Nadel in seinen Arm und ein grelles Licht blendete ihn, so dass er den Kopf drehen musste. Er konnte sein eigenes Blut riechen.

Scheiße. Ich hoffe, mein bescheuerter Bruder löscht wenigstens meinen Browserverlauf, war das Letzte, was er dachte, als die Narkose zu wirken begann.

1

Das allgemeine Kichern nahm mal wieder kein Ende. Leon starrte geradeaus zur Tafel hin, auf die der Vertretungslehrer soeben eine mathematische Formel schrieb. Er konnte fühlen, wie ihn kleine Geschosse aus Papier an seinen Hinterkopf trafen und in seinen hellen, beinahe flachsfarbenen Haaren hängenblieben. Er schluckte und sein eigener Herzschlag, der ihm laut in den Ohren klang, übertönte das ausgewachsene Lachen kaum, als sein Tischnachbar ihm einen Zettel zuschob.

„Schwuchtel", war darauf gekritzelt und zwei erigierte Penisse in unzweifelhafter Stellung waren daneben gemalt worden. Leon fühlte, wie ihm das Blut in die Wangen schoss.

Hastig grapschte er nach dem schandhaften Zettel und knüllte ihn zusammen. Er hatte aufgehört, diese und andere Hänseleien zu zählen. In einer zehnten Klasse gab es nur die Starken, die sich zusammenrotteten und die das Sagen hatten, und die anderen. Die Opfer. Seit Linda umgezogen war und die Schule gewechselt hatte, blieb der gesamte Spott an Leon hängen. Er war zwar nicht korpulent, so wie das arme Mädchen, das seit der Fünften deswegen gemobbt wurde, aber als sich Leon einmal verplappert hatte und bekannt wurde, dass er nicht auf Mädchen stand, hatte er keinen einzigen Tag mehr Ruhe gehabt.

Er wünschte sich vor allem in Momenten wie diesem, er hätte sich Niklas nie anvertraut. Er war es, der ihn schubste, wenn die Lehrer nicht hinsahen, der ihm ein Bein stellte, wenn er im Flur an ihm vorbeigehen musste, um zum Unterricht zu kommen, oder der ihm manchmal auf dem Nachhauseweg auflauerte, um ihn mit Steinen oder Müll zu bewerfen, während er ihm Schmähungen zuschrie.

Niklas war es auch, der die anderen immer wieder anstachelte, bei diesen fiesen Aktionen mitzumachen. Dabei waren sie einmal fast so etwas wie Freunde gewesen. Erst vor einem knappen Jahr hatte sich das, zusammen mit diesem Geständnis nach dem Sport in der Umkleide, als sie beide allein waren, geändert.

Aber wer hätte auch ahnen können, dass aus einem genuschelten »Ich stehe nicht so sehr auf Mädchen« ein derartiger Sturm werden würde. Niklas hatte bis zu diesem Tag nie ein Geheimnis weitergesagt. Leon hatte einfach nicht damit gerechnet, dass er ihn verraten würde.

„Na du Homo, wirst du schon wieder ganz rot vor Freude, häh?", erklang es leise in Leons Rücken. Er konnte Niklas Atem in seinem Nacken spüren, als dieser sich vorbeugte. „Von wem lässt du dich denn heute nach der Schule durchnehmen? Kriegst du wieder extra Unterricht zuhause, so wie sonst?"

Leon ballte die Hände zu Fäusten. Dieses Gerücht mit

dem Nachhilfeunterricht hatte sich vor einem halben Jahr in die Klasse geschlichen, als seine Noten langsam aber sicher in den Keller sackten. Er war vorher immer gut in der Schule gewesen, aber seit seine Mitschüler ihn täglich in die Mangel nahmen, hatte er keine Energie mehr, um sich noch anzustrengen. Jedes Mal, wenn er sich im Unterricht meldete und mitmachte, hagelte es danach Beleidigungen. Dabei war „Streber" noch das Harmloseste.

„Ruhe jetzt dahinten, oder es setzt was!", bölkte der Vertretungslehrer zu den hinteren Reihen, am Ende seiner Geduld. „Wenn ihr nichts lernen wollt, dann seid wenigstens still! Es ist nicht mein Problem, wenn ihr in der Prüfung nächste Woche durchfallt, aber ich werde eurem Klassenlehrer Bescheid geben, wer sich hier heute schlecht benommen hat", erklang es weiterhin gereizt. Der Vertretungslehrer funkelte die Schüler über den Rand einer schlichten Brille hinweg streng an. Er war schon älter, sicher bald reif für die Rente, und die lärmenden Jugendlichen zehrten an seinen Nerven.

Leon tat er beinahe leid, weil er sich mit diesem Sauhaufen abmühen musste. „Die Prüfungen sind die letzten, bevor Ihr eure Abschlussprüfungen schreibt. Ihr habt nur noch wenig Zeit, die solltet ihr gefälligst nutzen, anstatt meinen Unterricht zu stören! Also reißt euch mal etwas zusammen! Ihr seid schließlich fast erwachsen und dann geht der Ernst des Lebens erst los!", polterte der Lehrer weiter. Es wurde zwar merklich ruhiger, aber trotzdem flogen ab und an Papierkügelchen auf Leons Tisch. Er konnte es kaum erwarten, endlich nach Hause zu kommen. Sein Zimmer war der einzige Ort, wo er sich sicher fühlte. Seine Eltern kamen schon lange nicht mehr hinein, ohne anzuklopfen, das hatten sie so abgemacht. Da sie beide allerdings viel arbeiteten und Leon meist allein zuhause war, erübrigte sich das.

Er überlegte gerade, welche Route er nach Hause nehmen sollte, um Niklas und seinen Schikanen zu entgehen, als sich die Tür des Klassenzimmers öffnete und ein fremder Junge eintrat, begleitet von der Klassenlehrerin, einer älteren Dame mit immer sorgfältig frisierten, weißen Haaren und in schicken Kleidern, die ein bisschen an die fünfziger Jahre erinnerten. Sie lächelte einmal in die Runde, strafte Niklas mit einem tadelnden Blick, als sie sah, dass er Leon wieder einmal mit Papier beworfen hatte, und hob eine Hand. Leon hörte kaum, was sie sagte.

Er saß da wie erstarrt.

Der Neue ließ einen gelangweilt wirkenden Blick durch den Raum und über die Schüler schweifen. Der Blick aus strahlend blauen Augen bohrte sich kurz in die honigfarbenen von Leon und so etwas wie mäßiges Interesse blitzte in ihnen auf, ehe der Neue auch den Rest der Klasse musterte. Seine Brauen waren fein geschwungen und spöttisch hochgezogen. Ein dunkler, beinahe schwarzer Schopf hing ihm in die blauen Augen. Er hatte markante Gesichtszüge und hohe Wangenknochen, eine etwas schiefe Nase und eine frische, blassblaue Blessur am linken Wangenknochen, als ob er sich erst kürzlich geprügelt hätte. Er trug ein dunkelblaues Hemd und dunkle Jeans, den Rucksack lässig über einer Schulter. Alles in allem wirkte er wie das komplette Gegenteil von Leon. Kräftig, rebellisch und wie jemand, der nicht lange fackelte, wenn ihm jemand auf die Nerven ging.

„Das hier ist Raphael. Er ist frisch hergewechselt und wird seinen Abschluss mit uns zusammen machen. Seid nett zu ihm!" Die Klassenlehrerin warf einen strengen, mahnenden Blick in die Runde der Schüler und Leon brach der Schweiß aus, als ihm klar wurde, dass der einzige freie Platz in der ganzen Klasse, der links neben ihm war. Er wischte eilig ein paar Papierkügelchen von dem freien Tisch, ehe der Neue lesen könnte, was auf jedem einzelnen stand. Nicht, dass er es nicht sowieso bis zum Ende der Unterrichtsstunde mitbekommen hätte ...

„Yo." Die Klasse schwieg wie versteinert, als die dunkle, raue Stimme diesen simplen Gruß sprach. Raphaels Mundwinkel zuckten knapp, ehe er sich, die Lehrer beide ignorierend, in aller Seelenruhe zu dem einzigen freien Platz begab, den er ausmachen konnte. Den, neben dem blassen Kerl mit der komischen Haarfarbe, die ihn irgendwie an schmutziges Blond erinnerte, nur noch einen Ton heller. Der helle Schopf fiel ihm über die rechte Gesichtshälfte, fast bis auf die Wangenknochen, auf denen sich, von der Nase ausgehend, Sommersprossen ausbreiteten. Auf der hellen Haut wirkten sie merkwürdig deplatziert und gleichzeitig trotzdem interessant. Raphael betrachtete den Burschen kurz, dem unerklärlicherweise das Blut in den Kopf schoss, als Raphael sich den Stuhl zurückzog, seinen Rucksack zu Boden fallenließ und sich hinsetzte. Er schnippte ein Papierkügelchen von seinem neuen Tisch, in den irgendjemand Symbole und Worte geritzt hatte. Pubertierendes Zeug; Schimpfworte, die Namen von Lehrern und irgendjemand hatte mit Rotstift ein Herz verewigt, in dem die Initialen durchgestrichen waren.

Die Romanze hatte wohl nicht lange gehalten.

Sein neuer Tischnachbar bewegte sich während dem Rest der Stunde kaum. Beinahe, als könnte auch nur die kleinste Regung sein Verderben bedeuten.

Raphael konnte das nur recht sein. Ihn nervte diese neue Klasse jetzt schon. Er spürte die neugierigen und teilweise misstrauischen Blicke auf sich, die ihn musterten. Das Tuscheln der Mädchen hinter vorgehaltener Hand, das er gekonnt ignorierte. Die spöttischen, leisen Bemerkungen der Jungs, die anscheinend Konkurrenz in ihm sahen, wenn es um „ihre" Mädels ging. Jetzt schon zerrte der Tag an seinen Nerven, mitsamt der neuen Mitschüler, mit denen er gezwungen war, zusammen zu arbeiten.

Da konnte er keine neugierigen Plappermäuler gebrauchen, die ihm den Tag noch mehr verdarben, und die sich womöglich noch mit ihm anfreunden wollten oder so.

Ein Papierkügelchen landete auf seinem Tisch.

„Hey, Neuer! Wie sitzt es sich denn so neben einer Schw-„", weiter kam Niklas gar nicht. Raphael hatte sich nicht einmal die Mühe gemacht, sich wirklich umzudrehen. Ein langer, kräftiger Arm fasste den Unruhestifter, der sich hämisch und mit erwartungsvollem Gesicht vorgebeugt hatte, am Kragen seines Polohemds und ein funkelnder Blick aus kalten blauen Augen bohrte sich in die nussbraunen, ängstlichen Rehaugen des eben noch so großspurigen Jungen.

Ein allgemeines Raunen ging durch die Klasse. Es klang wie eine dumpf rauschende Windbö, die durch Baumkronen strich, oder wie die sanfte Brandung des Meeres, die sich an Felsen brach. Sie schwoll an und ebbte dann wieder ab, als die Schüler mit weit aufgerissenen

Augen das Schauspiel verfolgten. Gierig und konzentriert, damit sie später alle Details genau sezieren konnten, so wie einen Frosch im Biologieunterricht. Jedes noch so winzige, widerliche und gleichsam faszinierende Teilchen.

Der Vertretungslehrer sah angestrengt aus dem Fenster, als wäre der Pausenhof draußen mindestens so interessant wie die Mondlandung. Er hatte absolut nicht die Absicht, sich einzumischen. Schüler konnten sein wie ein Rudel Wölfe und wenn ein neuer dazukam, musste sich die Rangordnung neu definieren. Er war nur Vertretungslehrer und hatte heute noch einiges mehr vor sich. Sollten die Halbstarken das unter sich ausmachen, solange es zu keinem Gewaltausbruch kam, den er unterbinden würde müssen.

„Jetzt hör' mal gut zu, du hässliche kleine Bitch", begann Raphael mit angenehm weicher, beinahe freundlicher Stimme, „wenn du noch eine einzige von deinen verfickten Papierkugeln auf *meinen* Tisch schnippst, füttere ich dich mit den Dingern, ehe ich sie dir wieder aus der Fresse schlage, alles klar, yo?"

Leons Herz machte einen Satz und er wagte kaum zu atmen, während er fasziniert der Stimme des neuen Mitschülers lauschte. Sie erinnerte ihn an dunklen Samt und sie besaß eine geradezu tödliche Ruhe, die ihm eine Gänsehaut über den Rücken jagte. Von Niklas war nichts zu hören, außer einem leisen Quieken, als Raphael ihn wieder losließ. Er rollte einmal mit den Schultern und verschränkte dann die Arme vor sich. „Und mein Name ist Raphael", knurrte er leise, beinahe drohend gen der Reihe an Schülern hinter ihm, ohne sie auch nur eines Blickes zu würdigen. „Merkt ihn euch lieber."

Der Lehrer schien plötzlich wieder aus seiner Trance zu erwachen und wollte gerade noch etwas sagen, als die Pausenglocke läutete und Leons Herz, eben noch so leicht und hoffnungsvoll, ihm schwer wie Stein wurde. Er ahnte nichts Gutes. Niklas würde garantiert Rache nehmen, dafür, dass der Neue, *Raphael,* verbesserte er sich in Gedanken, ihn so bloßgestellt hatte. Er wusste es. Es wäre nicht das erste Mal.

Unter dem Schaben und dem Krach von Stühlen, die zurückgeschoben wurden, und dem Getuschel der Schüler, berührte plötzlich jemand Leons Schulter und er zuckte erschrocken zusammen.

„Hey, kannst du mir die Mensa zeigen? Ich hab keinen Bock auf diese Flachpfeifen und du scheinst okay zu sein." Raphaels Blick lag fragend auf Leons Gesicht, der einen Moment brauchte, um zu begreifen, dass der Neue mit ihm sprach. Er riskierte einen unsicheren Blick zu Niklas, der gerade das Klassenzimmer verließ, gefolgt von seinen üblichen Unterstützern Lisa, Jay und Tom, die an ihm klebten wie die Fliegen an einem Stück frischem Aas. „Ach, ich weiß nicht ...", antwortete Leon zögernd, während er seine Sachen zusammenpackte. Für die nächste Stunde war Physik angesagt, sein absolutes Lieblingsfach. Nur mussten sie dazu durch die ganze Schule bis in die oberen Räumlichkeiten laufen. In dem alten Gebäude aus den siebziger Jahren war die Anordnung der Klassenzimmer chaotisch und für fast jede Stunde musste man den Ort wechseln. „Häng lieber nicht mit mir rum. Ich bin nicht so beliebt, verstehst du? Du kriegst nur Ärger", wollte Leon Raphael abwimmeln. Er fummelte nervös an seinem Rucksack herum, ehe er ihn sich auf die Schulter schwang.

„Ärger? Mit wem, diesem halbgaren Balg ohne Manieren?" Raphael war schon aufgestanden und eine Zigarette klemmte zwischen seinen Lippen. In der zehnten Klasse nichts, was die Lehrer gern sahen – aber auch nichts, was sie verhindern konnten, egal was für Horrorgeschichten sie den Schülern auch erzählten.

Leon schluckte. „Na ja, der kann ziemlich fies werden", wandte er schwach ein. Er wollte nichts lieber, als verschwinden, ehe Niklas ihn in die Finger bekam. Er konnte hören, wie sie auf dem Flur standen und warteten. Das gezischte Getuschel ihrer Unterhaltung war wie das Summen eines bedrohlichen Bienenstocks voll wütender Insekten. Jederzeit bereit, zuzustechen. Die Haut zwischen seinen Schulterblättern wurde feucht.

Raphael ließ ein spöttisches Schnauben hören. „Lass uns endlich gehen und hör auf, dir Sorgen zu machen. Wenn er Ärger will, kann er ihn sich abholen kommen. Ich bin ein großzügiger Kerl. Er kriegt auch eine Extraportion, wenn er sie braucht." Ein schiefes Grinsen machte sich auf dem Gesicht des Dunkelhaarigen breit und er zwinkerte Leon zu.

Draußen schien die Sonne durch die Fensterscheiben und mit einem Mal keimte in Leons Herz so etwas wie Hoffnung auf, auch wenn er sie sofort wieder begrub. Ein Kloß bildete sich in seinem Hals, als er nur schweigend nickte und vorausging.

Als Leon mit Raphael im Schlepptau sichtbar wurde, traten Niklas und sein Gefolge beiseite. Statt Beleidigungen warfen sie nur gehässige Blicke auf die Rücken der beiden Jungs, die sich Richtung Mensa aufmachten.

„Weicheier", höhnte Raphael, als sie kaum an ihnen

vorbei waren und Leon musste grinsen, als er über die Schulter in das hochrote Gesicht von Niklas blickte, der ihnen fassungslos hinterher starrte, zitternd vor Wut und Empörung darüber, dass sein Thron zu bröckeln begann.

Mit einem Mal fühlte er sich, als hätte ihn jemand aus einem dunklen, einsamen Loch heraus an die frische Luft geholt, an der die Sonne schien und es jeden Tag eine neue Chance darauf gab, glücklich zu werden.

Schüchtern warf er einen Blick auf das Profil des Jungen neben sich. Er war etwas größer als Leon, auch ein bisschen breiter und man konnte schon an der Art, wie er ging sehen, dass er ziemlich sportlich und energiegeladen war. Leon hingegen verbrachte seine Zeit lieber mit Büchern und am Computer. Er war zwar nicht trainiert, dafür aber schlank. Zu schlank, wie seine Mutter immer bemängelte, wenn sie gemeinsam am Tisch saßen, was selten vorkam. Sie wurde nicht müde ihn mit seinem älteren Bruder, Marlon, zu vergleichen, der sich mit Krafttraining und Laufen fit hielt. Ein richtiger Mann brauchte schließlich Muskeln. Zumindest behauptete sie das. Leon teilte ihre Meinung nicht sonderlich. Er fand, dass es der Charakter war, der einen ausmachte, und nicht ein gestählter Waschbrettbauch. Obwohl er gestehen musste, dass der Neue vermutlich viel besser in Form war als er. Ob er wohl einen Waschbrettbauch hatte?

Raphael linste zu Leon herüber, ohne den Kopf zu drehen. Die Kippe in seinem Mundwinkel wippte, als er sprach: „Wenn du weiter so guckst, knallst du gleich gegen die Tür."

Leon zuckte erschrocken zusammen und fing sich tatsächlich gerade noch ab, ehe er die Tür zur Mensa aufzog. Seine Ohren glühten. „Sorry."

Raphael grinste ihm zu. „Du bist irgendwie niedlich. Wie ein Welpe."

Leon sah ihm stirnrunzelnd nach. „Gar nicht wahr!", protestierte er mit einem schiefen Grinsen, ehe Raphael lachte. „Oh, doch. Und wie. Die Mädels sind bestimmt total verrückt nach dir."

Leon spürte einen eigenartigen Stich im Herzen. Das war vermutlich, was jeder normale Kerl wollen sollte. Etwas, das sicher auf den dunkelhaarigen Schönling zutraf.

Und wenn schon, dachte Leon mit einem Schmunzeln auf den Lippen, als sie sich die heutige Tagesauswahl an Gerichten durch die Glasvitrine ansahen.

Die sind mir sowieso alle egal ... Er starrte Raphaels Gesichtszüge an, die sich auf der Glasfläche spiegelten, und bekam kaum etwas anderes mit. Er fand ihn hübsch. Und er hasste sich sofort für den Gedanken. Genauso wie für das viel zu aufgeregt schlagende Herz, das in seiner Brust randalierte. Er schluckte und suchte sich ein Gericht aus, ohne wirklich zu sehen, um was es sich handelte.

Bis der Physikunterricht begann, hatten sie Mittagspause und somit genug Zeit, um ... Was? Freunde zu werden? Leon biss sich auf die Unterlippe und schüttelte energisch den Kopf.

So etwas passierte vielleicht in Filmen oder Büchern, oder den Mangas, die er so gern las, aber nicht im echten Leben. Nicht bei jemandem wie ihm. Diese Hoffnung hatte er schon lange begraben.

Zielstrebig suchte sich Raphael einen Platz am Fenster aus und setzte sich. Er hatte nur eines der Sandwiches auf dem Teller und dazu einen Softdrink. Er ließ den Rucksack auf den Boden neben sich fallen und sah sich in der gut besuchten Mensa um, die Augen abschätzig zusammen gekniffen. Im Sonnenschein konnte Leon sehen, dass Raphaels Haare gar nicht schwarz, sondern dunkelbraun waren. Sie hingen ihm in die Stirn, dicht und seidig und ein wenig unordentlich, wie vom Wind zerzaust, aber nicht schlampig wie bei anderen, bei denen man sah, dass sie sich nicht einmal gekämmt hatten. Im Nacken lockten sie sich leicht und Leon erwischte sich selbst dabei, dass er sich fragte, wie sie sich wohl anfühlten. Erst, als der Blick aus den himmelblauen Augen ihn traf, ließ er sich eilig auf dem gegenüber stehenden Stuhl nieder. Leon räusperte sich umständlich und versuchte, nicht auf die Blessur an Raphaels Wangenknochen zu starren, aber es gelang ihm nicht.

„Hübsch, was?" Raphael grinste ihn an, während er mit scheinbarer Sorglosigkeit in sein Sandwich biss. Etwas Mayonnaise quoll heraus und er leckte sie von seinem Daumen. Leon zwang den Blick auf seinen eigenen Teller und bemerkte erst jetzt, dass er sich eine Suppe genommen hatte. Tomatensuppe. Die, in der diese Brotbrocken schwammen, die man Croûtons nannte und die er hasste. Überhaupt hasste er Tomaten, egal in welcher Form. Abgesehen von seinem Lieblingsgericht, aber das bekam man nicht in einer Schulmensa wie dieser.

„Na ja, ist sicher … beeindruckend für die Mädchen", erwiderte er zögernd und mit einem falschen Lächeln, ehe er in seiner Suppe rührte. Sein Magen knurrte, aber dieses Zeug würde er nicht runter kriegen.

Raphael betrachtete ihn und Leon konnte den fragenden Blick spüren, der sich auf seine Stirn zu brennen schien, während er sich zwang, nicht hochzusehen. „Keine Ahnung", erklang es in einem merkwürdigen Ton. „Ist nicht so, als ob ich das extra für irgendeine Tussi mache. Mein Alter meint ab und an, dass ich zu frech bin und dann knallt's."

Leon wollte etwas sagen, aber da schob sich ein halbes angebissenes Sandwich in sein Sichtfeld. Überrascht sah er hoch und sein Herz zog sich zusammen, als er Raphael lächeln sah. „Die Suppe sieht ekelhaft aus. Willst du?" Leon wollte ablehnen, aber sein Magen knurrte erneut und er lief rot an, was Raphael zum Lachen brachte.

„Nimm schon, ich hol uns noch eins." Er drückte es ihm einfach in die Hand, ehe er schon aufstand und sich noch mal anstellte, die Hände lässig in den Hosentaschen vergraben.

Die Jeans saß tief auf den schmalen Hüften und Leon zwang sich, ihm nicht weiter hinterherzuschauen, während er mit roten Wangen in das Sandwich biss.

Er bemerkte gar nicht, dass er aus der anderen Ecke der Mensa beobachtet wurde.

Was trieb er da eigentlich? Raphael bestellte zwei neue Sandwiches bei der korpulenten Küchenfrau, die ihn freundlich anlächelte. Er lächelte mechanisch zurück, so wie man es ihm eingebläut hatte.

Sei nett zu anderen, sei höflich, mach keinen Ärger, sei gut in der Schule ...

Er konnte nicht mehr. Er wollte nicht mehr. Am liebsten wollte er einfach nur weglaufen, oder sich mit der ganzen Welt anlegen. In seinem Inneren tobte die ganze Zeit ein Konflikt, für den er einfach kein Ventil fand. Seit Monaten gab es zuhause Stress mit seinem Dad, der alleinerziehend mit zwei Söhnen war und Nachtschichten ohne Ende schob. Im Sicherheitsbereich keine Seltenheit – doch es entfernte ihn jeden Tag mehr von seinen Söhnen.

Raphael war der ältere Bruder und musste, zusätzlich zu Dads schlechter Laune, auch noch die von Josh ertragen, der ihn provozierte, wann immer er die Gelegenheit bekam. Raphael sah es gar nicht ähnlich, sich mit so einem blassen Weichling anzufreunden, der schon aussah wie das perfekte Mobbingopfer. Bleiche Haut, Sommersprossen, Rehaugen … Nein, keine Rehaugen, eher wie flüssiger Honig. Richtig hell, verbesserte er sich in Gedanken. Dazu diese leicht wuschelige Frisur, die ihm immer fast komplett über eine Gesichtshälfte fiel, und die ihn noch schüchterner aussehen ließ. Und insgesamt schien er nicht sonderlich sportlich zu sein. Ein dürres Bürschchen, das aussah, als wollte es sich am liebsten die ganze Zeit verstecken.

Wieso gab er was drauf, ob der Kerl sich das richtige Essen aussuchte? Er bezahlte, ohne es zu merken, und trottete, mit zwei frischen Sandwiches, wieder zum Tisch zurück. Aus zusammengekniffenen Augen musterte er den Hinterkopf von Leon. Im Sonnenlicht schien das schmutzige Blond gar nicht mehr so schmutzig, sondern strahlte richtig. Als brauchte es nur ein bisschen Licht, um die wahre Farbe zu enthüllen und den Grauschleier abzuziehen. Fast wie bei einer der Heiligenstatuen, die Raphael mal gesehen hatte. Jahrzehntelang hatten sie, von Staub bedeckt, einfach nur in dieser alten, verfallenen Kirche gestanden, die er in einem der seltenen Urlaube in Spanien entdeckt hatte. Irgendwo im Hinterland, wo längst niemand mehr zum Beten hinging. Er hatte aus einem Impuls heraus sein T-Shirt ausgezogen und den Staub vom Kopf der Statue gewischt, die an der Seite der schmalen Gänge stand. Durch das kaputte Dach fiel Sonnenlicht auf das Blattgold und ließ es erstrahlen.

Der Heilige, dessen Namen Raphael nicht kannte, war handgeschnitzt und bemalt, die Farben längst verblasst, das Holz an einigen Stellen aufgesprungen und beschädigt. Er hatte die Hände zum Gebet gefaltet und sah zum Himmel hoch, einen beinahe verträumten Ausdruck im Gesicht.

Daran hatte er ewig nicht mehr gedacht.

Wie alt war er da gewesen? Neun? Da war seine Mutter auf jeden Fall schon lange ausgezogen. Waren seine Eltern da schon geschieden? Er wusste es nicht mehr. Aber er erinnerte sich an das Gefühl, dass die Statue in ihm ausgelöst hatte. Eine Mischung aus Ehrfurcht, Bewunderung und Demut.

Leon drehte sich um, als er einen Blick im Rücken bemerkte und sein blasses, sommersprossiges Gesicht wurde von einem schüchternen Lächeln erhellt, als er Raphael sah. Dieser warf ihm das eingewickelte Brot zu und Leon fing es unbeholfen auf.

„Man, du bist echt nicht grade einer von der schnellen Sorte, was?", fragte er scherzend, als Leons Ohren zu leuchten begannen.

„Na ja, ich hab es doch gefangen, oder?", gab er mit einem verlegenen Blick zurück. „Danke für das Sandwich. Ich gebe dir das Geld morgen wieder."

Raphael schüttelte den Kopf. „Lass stecken. Das bisschen Kohle kann ich ruhig ausgeben. Wir sollten los." Er nahm den Rucksack auf, ohne zu schauen, ob Leon ihm folgen würde. Irgendwie wusste er auch so, dass der Kleine hinter ihm herlaufen würde, wie ein verirrter Welpe. Vermutlich hätte Raphael den Unterrichtsraum auch selbst gefunden. Schließlich hatte er einen Plan für die Räumlichkeiten bekommen. Aber so war es irgendwie unterhaltsamer. Er lächelte schief.

„Zum Physikraum geht's da lang", erklang die weiche Stimme in seinem Rücken.

Hatte er ja gewusst.

Verflixte Welpen ...

♦♦♦

Die Unterrichtsstunden, die sonst wie zäher Schleim dahinkrochen und in Zeitlupe abzulaufen schienen, flogen an diesem Tag nur so dahin.

Leon hatte nicht viel über Raphael erfahren. Der Dunkelhaarige war nicht sehr gesprächig, wie es schien. Aber seine Augen beobachteten, musterten und schätzten die ganze Zeit ab, maßen seine Umgebung mit Blicken, so wie ein Raubtier, das sein neues Revier in Augenschein nimmt.

Aber nicht nur er beobachtete. Er wurde auch beobachtet. Die Mädchen in der Klasse hörten gar nicht auf zu starren und zu tuscheln und die Lehrer kamen an diesem Tag gar nicht mehr aus den Schimpftiraden raus.

Leon schielte unruhig zur Uhr im Klassenzimmer. Es war die letzte Stunde für heute. Kunstunterricht bei seiner Lieblingslehrerin Frau Joll. Sie lehnte gerade hinter ihm an der leeren Tischreihe und beobachtete die Schüler dabei, wie sie etwas zum Thema „Einsamkeit" erarbeiteten und ausgestalteten. Sie durften dafür benutzen, was sie wollten, solange es auf ein Blatt Papier passte. Leon war so gut wie fertig und vertiefte sich wieder in die Schattierungen, die sein Bild schmückten.

Die Gestalt eines Jungen saß in einem formlosen Raum zusammengekrümmt, die Beine angezogen, das Gesicht an den Knien verborgen. Ein wilder Schopf hellen Haares fiel ihm ins Gesicht, so dass man nichts erkannte, außer einer deutlich hervorgehobenen Tränenspur, die hinab tropfte. Um die farblose Gestalt in Jeans und T-Shirt bildete sich so etwas wie eine Blase aus leerer Luft und drum herum wurden die Schattierungen in zartem Grau immer dunkler, bis zum schwarzen Rand hin. Er wusste genau, dass er Frau Jolls Lieblingsschüler war. Immer begierig darauf, etwas Neues zu lernen, immer bei der Sache und konzentriert. Er mochte den Kunstunterricht, weil er so frei war. Hier konnte er tun, was er wollte. Es gab kein richtig oder falsch. Alles war eine Frage der Interpretation. Im Gegensatz zu den anderen Schülern gab er sich immer Mühe und hatte nie Probleme damit, auf Anhieb etwas zu Papier zu bringen. Es war klar, dass seine Lehrerin es toll fand, dass er sich so motiviert zeigte. Schließlich steckte sie ja auch eine Menge Zeit in die Vorbereitung des Unterrichts und Schüler, die Freude am Lernen hatten, waren leider selten.

„Ziemlich eindrucksvoll. Mir gefällt die Stimmung auf dem Bild wirklich sehr. Auch die Schattierungen und die bewusst eingesetzte Farblosigkeit, die die Dramatik verstärken. Das hast du sehr gut gemacht!" Die warme, freundliche Stimme der Lehrerin ließ Leon hochschauen und er wurde ein wenig rot, als er ihr wohlwollendes Lächeln sah. Das dunkelbraune Haar fiel ihr locker an den Wangen herab und die dunkle Brille auf der Nase ließ sie immer irgendwie unbeholfen wirken. Dabei wusste Leon genau, wie energisch sie werden konnte.

Sie ging hinter ihm vorbei und ein paar Reihen weiter,

wo Raphael saß. Schon an der Art wie sie ging und an der Haltung ihrer Schultern konnte Leon sehen, dass ihr missfiel, was sie sah.

„Und was haben wir hier?" Leon konnte sie kaum verstehen, so leise drang die Stimme von Frau Joll an sein Ohr und dann beugte sie sich vor. Raphael lümmelte mehr in seinem Stuhl, als dass er aufrecht saß und sogar aus der Entfernung konnte Leon sehen, dass er genervt den Kopf zu ihr drehte. Ein widerspenstiger Zug lag um seinen Mund und in seinen Augen funkelte es angriffslustig. Die Lehrerin sah aber gar nicht in sein Gesicht, sondern auf seine Arbeit, die Leon von so weit hinten nicht sehen konnte.

Was hatte er wohl gezeichnet?

2

Die Frage stellte er sich immer noch, als er, sein Bild zusammengerollt in seinem Rucksack wissend, nach Hause ging.

Er nahm extra den langen Weg, den er sonst selten benutzte und heute ging er zusätzlich noch ein paar verschlungene Wege und Abkürzungen mehr.

Er wusste, dass Niklas ihm gefolgt war bis zur Kreuzung und er die anderen im Schlepptau hatte. Das waren in dem Falle nicht sein übliches Gefolge aus Tom, Jay und Lisa, sondern seine Kumpel aus der elften Klasse, mit denen er ab und zu rum hing. Gerüchtehalber bezahlte er sie dafür, damit er härter wirkte, als er war, doch manche behaupteten auch, dass sie nur wegen Niklas Schwester nett zu ihm waren. Sie war eine richtige Schönheit und wickelte angeblich reihenweise Jungs um den Finger. Manche Schüler behaupteten, dass diese fünf Kerle schon jemanden krankenhausreif geprügelt haben sollen, aber dafür gab es keine nennenswerten Beweise.

Leon hatte das schon überprüft. Dennoch jagten sie ihm jedes Mal einen Schauer über den Rücken.

Er kam sich vor wie ein Beutetier, das von einem Rudel Wölfe gehetzt wurde und seine Klugheit allein rettete ihn davor, zerfetzt zu werden. Er malte sich lieber nicht aus, was passierte, wenn sie ihn eines Tages erwischten. Diese Typen aus der elften Klasse waren allesamt in verschiedenen Sportvereinen und trainierten ihre Muskeln. Wenn man die reizte, konnte man sich garantiert auf eine heftige Abreibung gefasst machen.

Leons Herz schlug ihm bis zum Hals, als er um die Hecke schlich, die seinen Garten eingrenzte. Er war den Weg durch den Park gegangen und hatte so fast eine ganze Stunde nach Hause gebraucht.

„Lächerlich", flüsterte er leise zu sich selbst. Normalerweise brauchte er nur zehn Minuten nach Hause. Er wohnte nicht sehr weit weg von der Schule.

Ein einfaches, aber recht ruhiges Wohngebiet mit angrenzendem Park, kleinen Gärten und hübschen Einfamilienhäusern.

Man würde nicht denken, dass es hier gefährlich werden konnte, wenn man den falschen Leuten über den Weg lief.

Er suchte das schmale Loch in der Hecke, wo die Büsche nicht richtig zusammenstanden, schob die Äste und Zweige auseinander und drückte sich durch. In seinem eigenen Garten, auf seinem eigenen Grund und Boden stehend, atmete er erleichtert aus.

Das Gras stand schon wieder fast bis zum Knie und die Blumenbeete waren ziemlich verwildert. Niemand kümmerte sich mehr darum, seit seine Mutter diese neue Arbeit angenommen hatte, die sie jeden Tag zwölf

Stunden und mehr in Anspruch nahm und die sie teilweise tagelang von zuhause fernhielt. Sein Vater war ein viel beschäftigter Architekt, der ebenfalls kaum zuhause war. Tatsächlich sah er sie so selten, dass er manchmal das Gefühl bekam, er hätte gar keine Eltern mehr und sei eigentlich eine Waise.

Sie schickten ja sogar jemanden zum Saubermachen und Einkaufen, wenn Leon in der Schule war. Nur, wenn seine Noten schlechter wurden, hagelte es plötzlich Anrufe und „Gespräche". Hauptsächlich redete dann seine Mutter auf ihn ein und warf ihm vor, dass er sich nicht so hängenlassen sollte. Sein Vater warf ihm höchstens enttäuschte Blicke zu, sagte jedoch meist nicht viel. Wenn, dann wies er ihn höchstens darauf hin, dass er sie viel Geld und Nerven kostete und der Platz an der Elite-Universität, den sie ihm verschaffen würden, für ihn Ansporn genug sein sollte. Schließlich hatte es ja nicht jeder so gut wie Leon.

Dass er überhaupt nicht an die Universität wollte, war ihnen genau so egal wie die Tatsache, dass er anders war.

Danach fühlte er sich innerlich hohl und zerbrechlich und so einsam wie der Wal „Hertz 52", der einsamste der Welt, denn sein Gesang ist so hoch, dass seine Artgenossen ihn nicht verstehen – und darum auch nicht antworten konnten.

Leon konnte sich gut denken, wie sich dieses arme Tier fühlen musste. Wie es völlig allein, ohne je eine Antwort auf die verzweifelten Rufe seiner tränenheiseren Stimme durch die finsteren, unendlich blauen Weiten taucht und dazu verdammt ist, für immer allein zu bleiben.

Und das nur, weil es einen kleinen Makel hat.

Ist es denn wirklich ein Makel, wenn ich keine Mädchen

mag? Leon sah zu der Terrasse herüber. Vom letzten Herbst lagen noch vertrocknete Blätter auf dem Holztisch und auf den Stühlen. Sogar in dem kleinen Kugelgrill, der schon ewig nicht mehr benutzt worden war. Die Natursteine der Terrasse waren von Moos und Unkraut überwuchert und dazwischen wuchsen in diesem Sommer sogar Kornblumen, obwohl das eigentlich gar nicht unbedingt ihr Gebiet war. Diese hübschen, dunkelblauen Blumen mochten eher Getreidefelder.

Mit schleppendem Gang bewegte sich Leon an der Seite des Hauses entlang auf dem schmalen Weg, der seitlich herumführte. Er ging nach vorn, zog den Schlüssel aus der Hosentasche und schob ihn in das Schloss, ehe er die Tür aufdrückte.

Er hatte an den meisten Tagen gar keine Lust, nach Hause zu gehen. Es wartete ja doch niemand auf ihn. Sein älterer Bruder kam selten zu Besuch und sie redeten sowieso kaum miteinander. Er war auch zu beschäftigt. Alle waren zu beschäftigt. Die Arbeit war eben wichtiger als er, das betonten sie ja immer wieder. Er konnte sich gar nicht daran erinnern, wann sie alle zusammen mal seinen Geburtstag gefeiert hatten. Meist lag irgendein von einer Verkäuferin verpacktes Geschenk auf dem Tisch, wenn er am betreffenden Tag nach Hause kam. Der Inhalt meist so nichtssagend wie lieblos. Parfüm, das er nicht mochte, oder wieder einmal eine neue Uhr, die er nicht tragen würde. Oder es gab irgendeine klassische CD eines jungen, aufstrebenden Genies, wie sein Vater immer zu sagen pflegte, die ihn jedoch nicht im mindesten interessierte. Inzwischen öffnete Leon die kleinen Päckchen nicht einmal mehr. Seine Eltern fragten auch nie, ob es ihm überhaupt gefallen hätte.

Seine Schultern sackten herab und er ließ den Rucksack zu Boden gleiten, als der gewohnte Duft seines Zuhauses ihn umhüllte. Es roch heute außerdem nach Nudeln und Sahnesoße.

Offenbar hatte die Haushälterin gekocht.

Leon hielt sie für einen gutmütigen Kobold. Bis auf ein oder zwei Male hatte er sie noch nie gesehen. Aber er wusste, dass sie ziemlich klein, pummelig und energisch war und gern laut sang. Vielleicht kam sie deswegen, wenn er nicht da war. Sie war wohl Italienerin, meinte er, sich zu erinnern. Jedenfalls kochte sie sehr gut, obwohl er ja doch meist kaum etwas herunter bekam.

Was Raphael wohl gerade tat?

Schnell schob Leon diesen Gedanken beiseite. Raphael sollte ihn lieber nicht so sehr interessieren. Obwohl er zugeben musste, dass er sich in seiner Gegenwart nicht mehr so unscheinbar vorkam. Tatsächlich fühlte er sich sogar ziemlich gut bei ihm. Dabei kannte er ihn gar nicht. Er dachte wieder an das Sandwich, das er mit ihm geteilt hatte. Einfach so.

Der Flur lag im Halbdunkel und war so sauber und ordentlich wie immer.

Schuhe standen in kleinen Schuhschränken an der Garderobenwand, an der auch Jacken und Pullover an Haken hingen. Ein Hut seiner Mutter lag auf dem Schrank vor dem Spiegel an der Wand und dort standen auch ihre Flakons mit den teuren Düften. Der Geruch tröstete ihn auf eigenartige Weise, während er aus seinen Schuhen schlüpfte und auf Socken in die Küche tappte. Die Stille lastete auf ihm wie eine Mahnung und so schaltete er den Fernseher ein, während die Mikrowelle ihm eine Schale mit Nudeln und Soße heißmachte. Das

Gerät raunte im Hintergrund und so fühlte er sich wenigstens nicht absolut wie „Hertz 52".

Wenn „Hertz 52" einen Wal treffen würde, der taub ist... Ob sie sich dann verstehen würden? Er hört ja nicht, dass der andere falsch singt. Aber ... Ergeben zwei kaputte Sachen wirklich ein Ganzes?

Leon war grade über die Kreuzung gelaufen, vorbei an dem kleinen Kiosk, an dem sich Raphael immer seine Zigaretten holte. Eigentlich gab ihm das Rauchen nichts, aber es ließ ihn härter und reifer wirken und schreckte so manche Nervensäge ab. Außerdem gab es seinen oft unruhigen Händen etwas zu tun.

Raphael erkannte Leute, die nach Ärger suchten. Und dieser kleine Trupp, der Leon folgte, seit sie das Schulgebäude verlassen hatten, war definitiv auf der Jagd. Er sah es daran, wie sie Leon fixierten und wie sie ihm mit immer dem gleichen Abstand folgten.

Ein Rudel Wölfe, das ein Reh hetzte. Aber sie wussten nicht, dass er auch ein Wolf war. Er war nicht stolz darauf, aber er war genau wie sie gewesen. Es war noch gar nicht so lange her.

Als Leon um die Ecke des Kiosks verschwand und einer der Kerle, die Niklas im Schlepptau hatten, gerade hinterher wollte, rief er nach dem Burschen, der ihm schon in der Klasse auf die Nerven gegangen war.

„Hey, Pissnelke!" Seine Stimme klang sogar in seinen Ohren sehr laut. Passanten drehten sich nach ihm um, eine alte Dame mit Strickmütze schnalzte missbilligend mit der Zunge und murrte etwas von unverschämter Jugend. Er konnte den Lärm der Autos laut in seinen Ohren rauschen hören. Die Motorengeräusche schienen mit seinem Blut durch ihn hindurch zu rasen, zusammen mit dem Adrenalin, das in seine Adern strömte. Sein Herz schlug schneller.

Es war wie damals, als er das erste Mal Achterbahn mit seinem Dad gefahren war. Er war gerade groß genug gewesen, um rein zu dürfen. Sobald das Gefährt losgerauscht war, konnte er das irre Grinsen auf seinem

Gesicht nicht mehr abstellen und jetzt spürte er wieder, wie er unwillkürlich die Zähne bleckte.

Niklas Gesicht wurde bleich, als er sah, dass Raphael ihm gefolgt war und er griff hastig nach dem Arm eines seiner Schlägertypen. Die fünf Kerle waren allesamt ziemlich einschüchternd; groß, breit, grimmige Visagen, aber Raphael wusste, dass niemand in Wahrheit so hart war, wie er aussah. Die Meisten, mit denen er sich bislang geschlagen hatte, konnten nur große Töne spucken. Und es waren einige gewesen. Er war ja nicht umsonst schon von zwei Schulen geflogen. Und sein alter Herr verdrosch ihn nicht umsonst für jeden Scheiß. Diesmal allerdings hatte er zumindest einen guten Grund, Stress anzufangen.

Er würde dafür sorgen, dass Leon sicher nach Hause kam.

Und diesen Pennern würde er ein paar Lektionen erteilen.

Leon starrte seit einer halben Stunde einfach nur die Decke an. Die Gedanken in seinem Kopf drehten sich unaufhörlich umeinander, so wie die Planeten, die um die Sonne kreisten. Eine sich stetig wiederholende Abfolge von den immer gleichen Gedanken.

Er seufzte und lauschte der Stille im Haus. Er hatte den Fernseher ausgemacht und lag nun in seinem Zimmer auf dem Bett. Dank der netten Haushälterin frisch bezogen. Die Einrichtung war nichts, was er sich selbst hatte aussuchen dürfen. Sein Vater hatte ihm das Zimmer eingerichtet und nun musste er mit modernen, kalt wirkenden Möbeln leben, die ihn eher an ein Krankenhaus oder an überteuerte Luxuswohnungen erinnerten als an die Gemütlichkeit, die er sich in einem eigenen Zimmer vorstellte. Laminat lag auf dem Boden aus und es gab nur einen einzigen, dünnen Läufer vor dem Bett, damit er morgens nicht mit nackten Zehen auf dem kalten Boden aufkommen musste.

Abstrakte Gemälde hingen an der Wand, wo seine eigenen Zeichnungen und Malereien die Wände nicht vollständig einnahmen. Bis auf die Decke war der Raum mit seinen Werken gepflastert. Von naturgetreuen Darstellungen von Pflanzen und Tieren bis hin zu Porträtzeichnungen war alles dabei. Natürlich fanden sich auch welche im Stile von japanischen Comics, jedoch wenige. Die Sachen, die er wirklich liebte, steckten sorgfältig in Ordnern unter seinem Bett, gut verborgen in einer alten Kiste. Das einzige Möbelstück, das er in diesem Raum wirklich liebte. Sie war abgegriffen, das Holz alt und schrammig. Auf einem Flohmarkt für einen lächerlichen Preis erstanden, den er von seinem Taschengeld bezahlt hatte. Darin bewahrte er sein ganzes

Herz auf, so wie er es nannte.

All die Dinge, die ihm etwas bedeuteten, landeten darin. Muscheln von einem der seltenen Urlaube mit seinen Eltern, Fotos von ihm und seinem Bruder, als sie noch Kleinkinder waren, seine Gedichte und seine liebsten Zeichnungen und die Tagebücher. Er schrieb sie, seit er schreiben gelernt hatte. Zwar nicht täglich, aber mindestens wöchentlich. Er schrieb, und danach las er sie nie wieder. Sie waren das Ventil für seinen Kummer, den Frust und die Einsamkeit und die sich stetig wiederholenden Fragen.

Er warf einen Blick zu der Uhr an der Wand, die ihm in leuchtenden Zeigern verkündete, dass es schon halb neun sei. Träge drehte sich Leon auf die Seite.

Wieder ein Tag, an dem seine Eltern erst spät nach Hause kamen, wenn überhaupt.

Er erhob sich nur widerwillig vom Bett und ließ seinen Blick müde durch das kalt wirkende Zimmer schweifen. Für ihn standen jetzt nur noch Hausaufgaben an. Keine Familie wartete auf ihn, keine Gespräche, keine Freunde, die er treffen- oder anrufen konnte, keine Freundin. Und natürlich auch kein Freund. Er hatte nicht einmal ein Haustier, weil sein Vater eine Tierhaarallergie hatte. Und Fische fand er ekelhaft, also war das Haus eine tierfreie Zone.

„Er ist doch sowieso nie da...", murrte Leon leise zu sich selbst, ehe er das Licht einschaltete. Er fürchtete sich vor den Abenden, an denen er allein Zuhause war. Der Tag war nicht so schlimm, aber wenn der Abend anbrach, hatte er das Gefühl, dass die Angst wie mit langen, schwarzen Klauen nach ihm griff. Er konnte nicht schlafen, wenn das Licht aus war. Jeder Schatten wuchs zu einer bedrohlichen, undefinierbaren Masse heran, der sein verängstigtes Gehirn schnell auch noch eine akkurate Form gab. Meist irgendetwas Monsterhaftes.

In Momenten wie diesen wünschte er, dass sie wenigstens ein paar Fische in einem Aquarium gehabt hätten.

Auf nackten Sohlen eilte er die Treppe hinab, um seinen Rucksack zu holen.

◆◆◆

Seine Wange brannte wie Höllenfeuer, und durch den Schlag schien sein Ohr einen momentlang taub zu werden. Er machte sich gar nicht erst die Mühe, seinen Vater wieder anzusehen.

Raphael starrte mit mahlendem Kiefer auf die vertrocknete Topfpflanze im Küchenfenster. Die Ohrfeige war ziemlich gesalzen gewesen, noch etwas mehr als sonst. Er konnte undeutlich die Silhouette von sich und seinem Vater im Küchenfenster sehen. Draußen war es längst dunkel und durch den matten Schein der Deckenlampe wirkten die beiden wie Aquarelle.

Irgendwie unscharf.

Raphaels eigene Augen starrten ihn aus einem bleichen Gesicht an, die Blutergüsse an Augen und Kinn wirkten in der Scheibe nur verschwommen.

Seine Nase war geschwollen und das verkrustete Blut juckte, spannte unangenehm auf der empfindlichen Haut. Die Rippen taten ihm weh, ebenso die Hüfte und der Rücken, aber er stand bemüht lässig vor seinem wutschnaubenden Vater, wollte keine Schwäche zeigen.

„Du bist wirklich unmöglich, ein völlig unkontrollierbares Kind", presste sein Vater zwischen den Zähnen hervor. „Was zum Teufel hast du dir dabei schon wieder gedacht? Oder hast du wiedermal einfach gar nicht gedacht, hm?", fuhr er unerbittlich fort. Das Verhör dauerte schon eine ganze Weile, aber Raphael antwortete nur spärlich, trotzig.

Er wusste auch gar nicht, was er ihm sagen sollte. Was wäre denn auch die Wahrheit?

Da gibt es diesen Jungen in meiner Klasse, diesen Leon, den ich irgendwie ganz nett finde, und diese Typen wollten ihn verdreschen, also hab ich sie davon abgehalten?

Lächerlich. Am Ende dachte sein Vater noch, er sei schwul. Und dann wär ja erst recht was los. Raphael wusste genau, was sein Vater davon hielt. Also vom Schwulsein. Er sagte immer, diese Schwuchteln gehörten in die Armee gesteckt, wo man denen ein paar Manieren beibringen würde. Die wären nur deswegen nicht normal, weil sie nie gedient hätten.

Von den ganzen Verunglimpfungen, Beschimpfungen und dergleichen mehr mal vollkommen abgesehen. Die Meinung seines Vaters war ziemlich eindeutig, wenn auch sicherlich nicht unbedingt mit der von Raphael konform. Aber Raphael war ja auch nicht schwul.

Er schluckte. Sein Vater schüttelte den Kopf und sank müde ihm gegenüber auf einen der Stühle. Er konnte hören, wie er sich eine Bierflasche öffnete.

„Du kannst nicht ständig rumlaufen und dich mit der ganzen Welt anlegen, Rhy."

Raphael ballte unwillkürlich die Hände zu Fäusten, was Schmerz durch seine verkrusteten Knöchel schießen ließ, wo er sich die Haut abgeschürft hatte.

Sein zweiter Vorname war Rhyne. Ein vermutlich irischer Name, dessen Bedeutung wohl nicht vollständig geklärt war. Es bedeutete wohl in etwa so etwas wie „der Weise" oder angeblich auch „rothaariger Beschützer", was er persönlich für absoluten Bullshit hielt. Überhaupt mochte er den Namen nicht sonderlich, aber seine Mutter hatte drauf bestanden. Gesprochen wurde das Ganze auch noch „Riin", mit einem langgezogenen i, was es irgendwie auch nicht besser machte.

Sein Vater nannte ihn nur „Rhy", wenn er nicht mehr weiter wusste. Vielleicht, weil seine Mutter diese Koseform immer benutzte, bevor sie der Familie den Rücken gekehrt hatte. Angeblich hatte es ihn als Baby immer beruhigt, wenn man ihn beim zweiten Vornamen genannt hatte, wenn er nachts weinend aufgewacht war.

Daran erinnerte er sich nicht. Er erinnerte sich nur an den Schmerz in seinem Herzen, als sein Vater ihm erklärte, dass seine Mama nie wiederkommen würde, weil sie offensichtlich weder ihre Kinder noch ihren Mann genügend liebte, um mit ihnen zu leben.

„Sie hat uns verlassen und hat jetzt einen neuen Mann", hatte er den damals noch kleinen Jungs erklärt, während man sehen konnte, wie ihm das Herz brach.

Ungefähr dann hatte er wohl auch angefangen, sich abends ein Bier zu gönnen. Oder mehrere. Manchmal auch Schnaps, je nachdem, wann seine Schicht vorbei war und wie unangenehm sie geworden war. Oder wie heftig sich Raphael mal wieder geprügelt hatte.

Er schon trotzig das Kinn vor und lenkte den Blick weg von der Topfpflanze und zu seinem Vater hin. Er sah alt und müde aus, mit tiefen Falten um die Augen und auf der Stirn. Das Haar wurde ihm schon schüttern an den Schläfen. Es war ebenso dunkel wie sein eigenes. Groß gewachsen war er, mit Händen wie Bärenpranken. In seiner vollen Montur als Sicherheitsdienstmitarbeiter sah er ziemlich einschüchternd aus und das zu recht. Aber jetzt gerade schien der meist so starke Mann in sich zusammen zu fallen. Raphael tat er beinahe leid. Oder täte er jedenfalls, wenn das Brennen seiner Wange sein Mitleid nicht derartig in Grenzen halten würde.

„Ich konnte nicht anders. Es gab einen guten Grund."

Sein Vater hob den Blick zu ihm, prüfend, und die stahlgrauen Augen drangen bis in Raphaels Hirn und Herz vor, wie ihm schien. Er erwiderte ihn mit stoischer Gelassenheit, obwohl sein Herz wie wild pochte. Leons Gesicht blitze vor seinem geistigen Auge auf und verschwand sogleich wieder, doch der schüchterne, bleiche Junge schien dennoch irgendwie präsent zu sein. Raphael kam es fast so vor, als könnte sein Vater ihm ansehen, warum er es getan hatte und sein Puls schnellte hoch.

Das durfte er auf keinen Fall jemals erfahren.

„Du findest doch immer einen guten Grund." Der Anflug eines Lächelns legte sich auf die Lippen des Mannes. „Hast du es ihnen wenigstens ordentlich gegeben?"

Raphael dachte daran zurück und er grinste, obwohl seine aufgeplatzte Lippe sofort wieder zu bluten begann. Er sagte nichts. Das war auch nicht nötig. Sein Dad nickte langsam. „Trotzdem war das jetzt das letzte Mal. Du kannst nicht von noch einer Schule fliegen, Rhy. Du musst deinen Abschluss machen." Es klang ebenso entschlossen wie endgültig. Ein Tonfall, der keine Widerrede duldete.

Raphael nickte langsam. „Ich weiß."

„Ich hab was vom Chinesen mitgebracht." Ein Fingerzeig deutete auf eine Tüte, in der sich Styroporschachteln befanden. Sicher wieder gebackene Entenbrust mit Reis und Gemüse. Was anderes probierte sein Vater gar nicht erst. Er aß, was er kannte und als gut befunden hatte und probierte so gut wie nie etwas Neues aus. Raphael nickte nur. „Ich mach erst Hausaufgaben, wenn das okay ist?"

Eine wedelnde Handbewegung entließ ihn aus der Küche, in der sein Vater allein zurückblieb, nur sein Bier als Gesellschaft. Raphael zog sich so schnell und leise zurück wie möglich.

Heute war es noch glimpflich ausgegangen, aber das nächste Mal wäre sein alter Herr nicht mehr so freundlich, das wusste er.

Er verzog gequält das Gesicht und schleppte sich die Treppen hoch. Seine Rippen pochten und der dumpfe Schmerz strahlte in seinen ganzen Körper aus. Er wollte jetzt vor allem seine Ruhe.

Wenigstens hatte er es abbekommen, und nicht Leon. Den hätten sie vermutlich halb tot geschlagen.

Ein müdes Lächeln stahl sich auf Raphaels Gesicht. Niklas hatte er nicht angerührt. Aber er hatte alles gesehen. Und genau das gab Raphael eine gewisse Genugtuung. Er wusste jetzt, was passierte, wenn man sich mit ihm anlegte.

Zwei der fünf Schlägertypen waren abgehauen, als es ernst wurde. So viel zum Zusammenhalt. Statt Wölfen hatte er nur einen Haufen feiger Hyänen vor sich gehabt. Nachdem er ordentlich eingesteckt hatte, und die anderen schon dachten, sie hätten die Oberhand, hatte er nur ein wenig Blut gespuckt und gegrinst. Ab dem Moment hatte er in Niklas Augen gesehen, dass er es wusste.

Man sah den Leuten einfach an, wenn ihnen klar wurde, dass sie richtig in der Scheiße steckten.

Es fing damit an, dass ihre Augen größer wurden und das Gesicht blasser. Dann setzte das Zittern ein. Der Mund öffnete sich leicht und sie erstarrten entweder, oder begannen, zurückzuweichen.

Das war der Moment, den Raphael am liebsten mochte. Wenn er nachsetzen konnte, auf sie zugehen und mit jedem Schritt mehr von dem Entsetzen in ihren Augen auslöste. Aber das war heute nicht ganz so gelaufen. Obwohl Niklas Reaktion ziemlich befriedigend gewesen war, hatte er die anderen erst überzeugen müssen, dass er es ernst meinte. Als er am Boden lag und sie ihm in die Rippen und den Rücken getreten hatten, hatte er kurzfristig Sorge, dass sie ihm etwas brechen würden. Doch er hatte sich wieder hochgekämpft und dann war es erst richtig losgegangen.

Im Gegensatz zu Hollywoodfilmen klangen Schläge im richtigen Leben recht dumpf. Fleisch trifft auf Fleisch, je nachdem, wohin man schlägt. Ungeschützte Partien wie das Gesicht klangen beim Aufprall einer Faust anders, als ein Hieb in die Magengrube, die meist von zumindest einem T-Shirt bedeckt wird und das Geräusch abfedert.

Eine Symphonie aus Schnaufen, dumpfen Schlaggeräuschen, denen meist ein mehr oder minder lauter Schmerzlaut folgt. Schweres Atmen, gezischte Flüche. Knurren, Schnauben. Das Scharren von Turnschuhen mit Gummisohle auf der Straße oder einem sandigen Platz, manchmal auf Gras, je nachdem, wo alles stattfand.

Raphael schaltete das Licht im Badezimmer ein und besah sich im Spiegel. Eine heiße Dusche war dringend nötig. Wenn das ganze Blut erstmal weggewaschen war, musste er ein wenig von der Salbe draufschmieren, wo seine Haut aufgeplatzt war. Also mindestens auf die Fingerknöchel, die Lippe, vielleicht auch an den Knien. Er war ziemlich auf denen rumgeschlittert. Der schwere Jeansstoff seiner Hose hatte zwar einiges abgefangen, aber nicht alles, das konnte er spüren.

Er seufzte und schleppte sich zur Dusche hin, während er sich aus den schmutzigen Klamotten pellte wie ein gekochtes Ei aus seiner Schale. Mühselig Stück für Stück, bis er endlich nichts mehr trug als seine eigene Haut.

Das heiße Wasser brannte zuerst auf den offenen Wunden, doch dann wurde dieser neue Schmerz zu einem Hintergrundgeräusch, das man nach einer Weile ignorieren konnte. So wie das leise Murmeln von anderen Fahrgästen in einem Bus.

Es störte ihn erst wieder, als er sich mit Shampoo und Duschgel einseifte und der Schaum an die gereizten Stellen gelangte. Er biss die Zähne zusammen und wusch sich gründlich, beobachtete, wie der rosafarbene Schaum in den Abfluss strudelte und verschwand.

Danach fühlte er sich angenehm schwer. Schweiß und Schmerz waren abgespült und er roch nach Minze und künstlichen anderen Duftstoffen.

Er trocknete sich ab, tat Salbe auf die Wunden, die er erreichen konnte und besah sich seine Rippen im Spiegel.

Ein Bluterguss zeichnete sich bereits darauf ab, aber es war nichts gebrochen, wie es schien. Morgen würde es schlimmer sein, würde ihn der Schmerz jede Sekunde im Griff haben, aber das war jetzt noch Zukunftsmusik.

Raphael tappte im Dunkeln in sein Zimmer, ließ das Handtuch fallen und schlüpfte unter die Decke, so wie er war. Er zog sie sich bis zum Hals, während er sich eigenartig zufrieden fühlte. Vielleicht, weil er sich zum ersten Mal nicht wegen seinem eigenen Ego und seinem Sturkopf geschlagen hatte, sondern weil es diesmal tatsächlich um jemand anderen ging. Vielleicht konnte er den heutigen Tag unter die Kategorie »Gute Taten« verbuchen. Er rückte sich in eine etwas bequemere Position und dachte noch flüchtig an den schmächtigen Kerl aus seiner Schule, den diese Typen verfolgt hatten. Leon würde ihm irgendwann mal erklären müssen, wieso diese Penner es auf ihn abgesehen hatten. Er dämmerte langsam weg.

Die Hausaufgaben hatte er längst vergessen.

3

Leon schaute auf seine Armbanduhr. Es war ein klassisches, schlichtes Stück, das eher an das Handgelenk eines Geschäftsmannes gehört hätte. Er fand es zu ernst und zu bieder für sein Alter, aber es war ein Geschenk seines Vaters gewesen. Eines der vielen Verlegenheitsgeschenke, die er ihm machte, wenn sein Gewissen es ihm befahl, oder das an den Geburtstagen in den kleinen Päckchen steckte, die er nicht mehr öffnete. Diese eine trug er auch nur deswegen, weil er nicht zu spät zur Schule kommen wollte. Sie war von allen scheußlichen Modellen, die seine Eltern ihm geschenkt hatten, das am wenigsten furchtbare.

Der Zeiger deutete Leon, dass er an diesem trüben Morgen zu früh dran war. Die Schule würde erst in etwa fünfzehn Minuten beginnen. Normalerweise tauchte er immer gerade so knapp auf, dass er Niklas und seinen Schergen entging und die Schulglocke schon schrillte. So hatten seine fiesen Mitschüler keine Zeit mehr, um an seinen Haaren zu ziehen, nach ihm zu schlagen oder zu treten, oder was immer ihnen sonst einfallen konnte.

Einmal hatten sie ihn festgehalten und nasses Toilettenpapier in seinen Rucksack gestopft. Auch in den Kragen seines Pullovers.

Leon sah sich nervös nach ihnen um, doch weder Niklas noch die anderen üblichen Verdächtigen waren zu sehen. Er fror in seinem dünnen Hemd und wünschte sich, er hätte doch den Schal um seinen Hals geschlungen. Dabei war es Sommer und später am Tag wäre es sowieso warm genug. Leichter Morgennebel kroch träge über das Kopfsteinpflaster und er wollte eben durch das Schultor gehen, als er angesprochen wurde.

„Ah, da bist du."

Nur so wenige Worte waren es, die Raphael sagen musste, und doch überschlug sich Leons Herz fast in seiner Brust. Gänsehaut breitete sich auf seinen nackten Armen aus, wo das schlichte weiße Hemd, das er trug, sie nicht bedeckte. Ihm wurde schlagartig heiß und er fuhr herum, ein unwillkürliches Lächeln auf den Lippen, das ihm regelrecht gefror.

Raphael verzog leicht das Gesicht, als er sah, wie Leon ihn ungläubig anstarrte. Dessen Miene wechselte innerhalb eines Wimpernschlags von Freude zu Entsetzen und Raphael rückte verlegen den Rucksack über seiner Schulter zurecht. „Ist es so schlimm?", fragte er leise und Leon musterte die dunklen Blutergüsse, die aufgeplatzte Lippen und die Art, wie sich sein Gegenüber schief auf den Beinen hielt, einen Moment sprachlos vor Bestürzung.

„Hat… dein Dad dir das angetan?", fragte er schließlich erschüttert. Das bleiche Gesicht des hellhaarigen Jungen schien noch etwas blasser zu werden, und er starrte entsetzt mit großen Augen zu ihm hoch. Raphael war vorher nie aufgefallen, dass er und Leon gar nicht so weit auseinander waren, was die Größe anging. Trotzdem musste Leon den Blick immer zu ihm heben. Raphaels Magen zog sich bei dieser Erkenntnis leicht zusammen und begann zu kribbeln.

Er schüttelte den Kopf. „Nein. Wenn er …", er zögerte kurz und rang sich ein bewusst sorglos wirkendes Lächeln ab, „ …das getan hätte, läge ich jetzt sicher im Krankenhaus. Der macht keine halben Sachen." Er versuchte, das wie einen Scherz zu verpacken, aber an Leons immer ängstlicher wirkender Miene konnte er ablesen, dass ihm das nicht ganz gelang. „Es ist nicht so wichtig. Es sieht schlimmer aus, als es ist."

Raphael hatte sich heute Morgen genau überlegt, wie viel er Leon sagen sollte. Wenn er ihm erzählte, dass diese Leute hinter ihm her waren, würde er sich vermutlich ziemlich aufregen und Angst haben. Der Gedanke, dass Leon sich bei jedem Schritt, den er tat, panisch umsah oder sogar vielleicht gar nicht mehr zur Schule kam, gefiel Raphael nicht.

Nicht einmal ein bisschen.

Und so, wie sich Leon gab, so wie Niklas sich gab und die, die Raphael gestern verdroschen hatte, ohne überhaupt ihre Namen zu kennen, wurde Leon zwar schon eine Weile beobachtet und sie stellten ihm nach, doch waren sie bislang anscheinend noch nicht handgreiflich geworden. Nicht so, jedenfalls. Denn dann würde Leon erheblich nervöser und gehetzter reagieren. Er wusste es. Er selbst hatte ja oft genug die panischen Blicke und das Zurückweichen bei anderen ausgelöst.

Früher…

Er verzog leicht das Gesicht. Seine Rippen brachten ihn

trotz dem Schmerzmittel, das er seinem Vater aus seinem Geheimfach geklaut hatte, beinahe um. Wenn er die Nacht zuvor getrunken hatte, wachte er immer mit einem Kater auf und dagegen halfen ihm dann Tabletten, die ihn so weit herrichteten, dass er wenigstens wieder arbeiten gehen konnte.

Raphael war nicht blöd. Er wusste genau, wo sein Vater sein Zeug aufbewahrte. Jetzt bereute er, dass er nur eine, statt der auf der Packung angegebenen zwei Tabletten genommen hatte. Aber jetzt war es zu spät. Er würde es ertragen müssen, so wie immer. Jedes Handeln hatte Konsequenzen und er hatte ja gewusst, worauf er sich eingelassen hatte. Der Preis des Sieges war immer Schmerz.

Leon starrte ihn skeptisch weiterhin an und die irritierten Blicke von anderen Schülern brannten sich in Raphaels Rücken. Er trug einen leichten Pullover in kaschierendem Schwarz, der bis zum Hals hochgeschoben werden konnte. Heute würde jedenfalls keiner die Blessuren sehen, die er sonst noch am Körper trug. Am liebsten hätte er sich den weichen Fleecestoff bis übers Gesicht gezogen wie eine alles verhüllende Maske, damit die Leute nicht so bescheuert starrten.

Leon packte ihn wortlos am Ärmel und zog ihn mit sich, zum Seiteneingang der Schule, wo weniger los war.

„Komm... Mir gefällt nicht, wie alle herschauen", meinte er nur leise murmelnd. Dagegen konnte Raphael schlecht etwas sagen und er folgte ihm erleichtert. Sein Blick fiel nachdenklich auf die schlanken Finger, die ihn am Stoff seines Ärmels zogen. Die Nägel waren sehr kurz geschnitten und die Finger sahen aus, als kaute Leon regelmäßig vor nervöser Anspannung an der überschüssigen Haut und den Nägeln selbst. Er runzelte leicht die Stirn, kam aber nicht dazu, ihn zu fragen, weil Raphael um eine Ecke gezogen wurde. Eigentlich ein halb versteckter Seiteneingang, wo es zur Schulküche ging. Gerade war niemand dort. Die kleine Nische war gerade breit genug, dass drei Menschen nebeneinanderstehen konnten. Eine kleine Lampe hing über der Tür, schmutzig und von Vogelkot bedeckt. Ein Blick hinauf bot nichts als den grauen, trüben Himmel. Zigarettenstummel und Kaugummipapier lagen auf dem Boden. Ein Beweis dafür, dass die Küchenmitarbeiter hier ab und an ihre Pausen verbrachten. Die roten Backsteinmauern waren mit Graffitis nur so übersät. Allerdings waren es von der künstlerischen Warte aus betrachtet ziemlich miserable Werke.

„Also...", begann Leon dann, als er seinen Ärmel losgelassen hatte und sich zu ihm umdrehte. Sein Gesicht schien Raphael noch blasser als sonst und seine Augen in der Farbe von flüssigem Honig schienen ihm dunkler zu sein. Er sah besorgt aus und ernst. Um seinen Mund lag ein angespannter Zug. „Was ist passiert? Hattest du Ärger mit Niklas? Hat er... das getan?" Leons Stimme klang weich und angstvoll und Raphaels Herz zog sich aus einem ihm unerfindlichen Grund zusammen. Er unterdrückte den Impuls, den kleinen Angsthasen in die Rippen zu piken.

„Niklas?" Er lachte leise, hohl und gekünstelt. Sein Mund schien ihm plötzlich trocken und er lehnte sich so lässig wie möglich an die kalte Wand, direkt neben einen verlaufenen Totenkopf, den irgendjemand miserabel hin gesprüht hatte. Die Fratze war total zerlaufen und fleckig. „Dieser Lappen könnte nicht mal einem Karnickel Angst einjagen und verprügeln wird der sowieso niemanden. Nein, der war's nicht." Er schaute hoch, auf das sichtbare Stück grauen Himmels. Er konnte Leons Blick auf sich spüren. Prüfend und forschend.

„Dann waren es bestimmt die Kerle aus der Elften, richtig?" Leon ließ nicht locker. Er starrte Raphael an, wie er da an der Wand lehnte, und sein Herz schlug ihm bis zum Hals. Er verbarg das Zittern, das ihn erfasst hatte, indem er die Arme verschränkte und sich anspannte. Das dünne Hemd trug jedoch nicht dazu bei, dass er sich weniger schutzlos fühlte. Er fragte sich, wie Raphaels Körper wohl unter dem schwarzen Pullover zugerichtet war, wenn schon sein Gesicht so entsetzlich aussah. Die Blutergüsse an seinen Wangenknochen, die aufgeplatzte Lippe...

Raphael gab ein abfälliges Zischen von sich und wandte den Kopf zu Leon, musterte ihn aus schmal wirkenden Augen. „Das geht dich gar nichts an."

Leon schluckte. „Aber... sie werden nicht damit aufhören, verstehst du nicht? Sie werden..."

Raphael schnitt ihm mit einer harschen Handbewegung das Wort ab. „Sie werden gar nichts! Und du hältst dich da gefälligst raus, klar?", fuhr er ihn an. Bedrohlich trat er einen Schritt auf den Blondschopf zu, doch der starrte nur stur zu ihm hoch, anstatt zurückzuweichen, so wie Raphael es eigentlich erwartet hatte.

Plötzlich so dicht vor Leon zu stehen, machte ihn sichtlich nervös. Er fuhr sich mit einer Hand durch das dunkelbraune, im fahlen Morgenlicht schwarz wirkende Haar. „Misch dich einfach nicht ein... Das ist meine Sache", murrte er. Leons Augen betrachteten ihn ruhig, wenn auch ein gewisser nervöser Schimmer darin zu liegen schien, oder war es nur das schlechte Licht? Der Kleinere von beiden zitterte in dem schlichten, weißen Hemd, aber er blieb tapfer vor ihm stehen. So nah, dass Raphael die goldenen Sprenkel sehen konnte, die seine ohnehin hellbraunen Augen nur noch heller wirken ließen.

Sie sind schön, ging es Raphael durch den Sinn. Er trat sofort einen Schritt zurück und Leons angespanntes Gesicht wurde fragend, als er blinzelte. „Wie du meinst. Aber wenn es noch mal vorkommt, sage ich den Vertrauenslehrern Bescheid!", gab er dann trotzig zu hören. Er biss sich auf die Lippen und stapfte wortlos an Raphael vorbei. Durch die Enge der Nische berührte er ihn dabei unabsichtlich am Arm, als er sich vorbei drängte.

Das Läuten der Schulglocke riss Raphael aus seiner Starre und ihm fiel wieder ein, was er den anderen hatte fragen wollen.

„Hey, hast du die Hausaufgaben von gestern gemacht?", rief er ihm zu, als er sich in Bewegung setzte und seinen Rucksack auf der Schulter zurechtrückte. Leon drehte sich mit einem leisen Seufzen um. „Sicher."

Raphael versuchte sich an einem Lächeln, obwohl seine Lippe davon wehtat. „Kann ich vielleicht…?", fragte er dann etwas betreten. Er rieb sich verlegen den Nacken.

„Aber mach schnell. Wir kommen schon zu spät." Leon hatte schon seinen Rucksack abgestellt und suchte die Hausaufgabe vom letzten Unterricht raus.

Er reichte sie ihm und auch gleich einen Stift. „Aber ob sie richtig ist, weiß ich nicht", gab er zu bedenken, während er zu ihm hochsah. Raphael lächelte knapp und versuchte, ihm nicht ins Gesicht zu sehen.

„Egal. Hauptsache irgendwas... Ich bin gestern nicht mehr dazu gekommen."

„Ja, du musstest dich ja auch unbedingt schlagen gehen, was?", erklang es leise gemurmelt. Es klang beinahe eingeschnappt, während Leon in seinen Rucksack starrte und angestrengt die sauber geordneten Hefte und Mappen neu ordnete, damit seine Hände beschäftigt waren.

Raphael brummte ungehalten. „Ich sagte schon", presste er mühsam beherrscht hervor, „das geht dich nichts an."

Leon schwieg trotzig und schob das Kinn leicht vor. „Ja, sagtest du."

Er schrieb schnell. Es ärgerte ihn, dass dieser schmale, bleiche Kerl mit den hübschen Augen so zickig reagierte. Was ging es ihn an, ob er sich schlug und mit wem? Er schrieb die letzte Zeile, als die Glocke erneut erklang. Es war Unterrichtsbeginn. Er sollte sich auf seine Aufgaben konzentrieren und diesen schmalen, sommersprossigen Kerl mit den hübschen Augen einfach nicht weiter beachten. Und ihn hübsch finden schon gar nicht.

◆◆◆

Niklas fehlte. Das war das Erste, was Leon bemerkte, als er, eine Entschuldigung murmelnd, in den Klassenraum trat, dicht gefolgt von Raphael. Sein Blick glitt automatisch zur hinteren Reihe, wo die üblichen Verdächtigen immer saßen und Pläne schmiedeten, wie sie ihre Opfer heute quälen konnten. Zwischen Lisa und Jay klaffte eine Lücke, die normalerweise von Niklas hämisch grinsendem Gesicht ausgefüllt wurde, ehe Tom die kleine Gruppe vervollständigte, doch heute schien der Platz unbesetzt zu bleiben.

Argwöhnisch betrachteten die übrigen Unruhestifter die beiden zu spät Kommenden, ehe sie sich wieder auf den Unterricht konzentrierten, oder zumindest so taten. Einige spielten mehr oder minder unauffällig mit ihren Handys oder tuschelten leise miteinander.

Leon glitt eilig an seinen Tisch und versuchte dabei so wenig Lärm wie möglich zu machen, während es Raphael ziemlich egal zu sein schien. Er zog mit einem ohrenbetäubenden Scharren seinen Stuhl zurück, ehe er sich setzte. Die Lehrerin am Pult warf ihm einen scharfen Blick zu, der unter der schmalen Brille noch eindrucksvoller gewesen wäre, hätte Raphael nur hingeschaut. Stattdessen las er sich seine soeben abgeschriebene Hausaufgabe durch.

„Ah, die Herren Zuspätkommer sind auch schon da", erklang es sarkastisch von Frau Nolles, die sie mit missmutig zusammen gepressten Lippen in die Klassenliste eintrug und auf einen gelben Zettel eine Notiz verfasste, die sie daneben einklebte. Leon seufzte. Bei der alten Schachtel zu spät zu erscheinen gab immer Theater.

„Das Beste kommt eben immer zum Schluss", gab Raphael schlagfertig zurück, ohne aufzusehen.

Allgemeines Kichern in der Klasse, gefolgt von erwartungsvollen Blicken der anderen Schüler. Sie warteten nur darauf, dass irgendetwas passierte.

Leon allerdings verbiss sich jegliche freudige Regung

im Gesicht. Er wusste genau; das kam überhaupt nicht gut. Trotzdem konnte er es nicht ganz verhindern und sein Mundwinkel zuckte leicht.

„Auch noch frech werden, was?" Sie schnalzte empört mit der Zunge. „Ihr beide bleibt nach dem Unterricht noch da, ihr bekommt eine Extraaufgabe!"

Leon seufzte tonlos. Das hatte er kommen sehen. Er warf Raphael einen missmutigen Blick zu, aber der grinste nur und wagte es sogar, der ohnehin verstimmten Lehrerin zu zuzwinkern.

Knurrend drehte sich diese um. „Und jetzt Ruhe und Konzentration!", wies sie die Klasse herrisch an. „Wir sind nicht zum Spaß hier!"

4

Der kühle Morgen war einem erstaunlich heißen Tag gewichen, der mit flirrender Hitze und strahlend blauem Himmel zu einem dieser perfekten Sommertage wurde, die man noch lange in der Erinnerung behielt.

Das dunkle Grün der Bäume reflektierte das gleißende Licht und sogar in der Stadt konnte man ab und an das Zirpen der Grillen hören.

Manchmal wünschte sich Leon, er würde nicht in der Stadt wohnen, sondern an einem anderen Ort irgendwo außerhalb, wo es nichts weiter als tiefe Wälder mit kühlen Bächen, unendliche Felder, bedeckt von wildem Gras und bunten Blumen und reichlich Wind und Sonne gab. In jeder Himmelsrichtung nichts als Freiheit und Abenteuer, neuen Dingen, die es zu entdecken galt.

Stattdessen dachte er mit einem tiefen Seufzen an das Haus seiner Eltern, das ihm so steril und unpersönlich vorkam, dass er manchmal sogar darüber weinte. Es war wie ein Käfig aus modernen, unbequemen Möbelstücken von angesagten Designern aus Paris, Stockholm oder sonst wo her, gespickt mit mehr Leere und Stille als in einem Kloster voller Nonnen, die das Schweigegelübde abgelegt hatten, und angefüllt mit Einsamkeit, die einem das Herz zusammenpresste, bis Tränen aus den Augen traten.

Er schluckte und versuchte die Gedanken beiseite zu wischen. Sein Blick flog zur Uhr. Er zählte die Minuten bereits seit einer ganzen Weile und versuchte nicht daran zu denken, dass er und Raphael diese Strafaufgabe erledigen mussten.

Und zwar bis morgen.

Er warf dem völlig unbesorgt scheinenden Kerl neben sich einen erstaunlich giftigen Blick zu. Was hatte der sich auch dabei gedacht? Hätte er die Klappe gehalten, müsste er, Leon, jetzt nicht noch nach dem Unterricht lernen und hätte nach Hause gehen können, um ...

Ja, was?

Seine geliebten Mangas zu lesen oder einen Anime zu schauen? Zu zeichnen? Wieder einen Tag völlig allein vor seinem Fernseher zu verbringen und das Essen dieser unsichtbaren Haushälterin zu essen? Nicht, dass es nicht gut war, aber ...

Es war die letzte Unterrichtsstunde und durch die weit geöffneten Fenster drang der Geruch des Sommers in den Klassenraum, in dem es trotzdem schwül war. Es duftete nach erwärmtem Stein und Asphalt, grünen Blättern und Hitze. Jede Jahreszeit hatte ihren ganz eigenen Duft für Leon. Manchmal bildete er sich ein, dass er den reifenden Weizen auf den Feldern riechen konnte.

So wie der Herbst nach feuchtem Laub und Erde duftete, nach fließendem Wasser und nach nassem Gras, so roch der Winter nach klirrendem Frost. Kalt und metallisch und irgendwie farblos, wenn es nach Leon ging. Der Frühling hingegen brachte neue Aromen. Die ersten Blüten, die ersten Blumen, frisches, grünes Gras, blauer Himmel und klares Wasser.

Er liebte sie alle, doch der Sommer gefiel ihm am besten.

Er schielte zu Raphael neben sich. In seinem dunklen Fleecepullover musste er schwitzen wie in einer Sauna. Seine Haut sah gerötet aus und Leon konnte den dünnen Schweißfilm sehen, der seine Haut zum Glänzen brachte. Eine Schweißperle rann seinem Sitznachbarn über die Schläfe, hinab am Kiefer und rann weiter herunter, bis in den hohen Kragen des Pullis, wo sie verschwand.

Der Lehrer vorn an der Tafel versuchte seinen Schülern soeben, etwas über Geschichte beizubringen. Normalerweise liebte Leon dieses Fach, aber heute konnte er sich einfach nicht konzentrieren.

An Raphaels Gesicht vorbei schaute er aus dem Fenster und grübelte darüber nach, zu wem sie wohl nach Hause gehen würden.

Oder sollten sie lieber irgendwo an einen öffentlichen Ort gehen?

Vielleicht lauerte Niklas zusammen mit den anderen irgendwo nur darauf, dass sie auftauchten.

Nervös rutschte er auf seinem Stuhl herum. Ein kleiner Schmetterling, ein Zitronenfalter wohl, gaukelte am Fenster vorbei und einen langen Augenblick betrachtete Leon ihn gebannt. Er war so zart und so hübsch und dennoch legte er so viele Kilometer im Laufe seines kurzen, nur zwölfmonatigen Lebens zurück. Wobei dieses Alter für einen Schmetterling schon bemerkenswert hoch war. Zitronenfalter waren allerdings sowieso erstaunliche kleine Geschöpfe.

Die kleine Kreatur mit den leuchtend gelben Flügeln flatterte noch einen Moment in Leons Sichtfeld, ehe ein dunkles Räuspern ihn aus seinen Gedanken riss. Erschrocken drehte er sich wieder nach vorn und blickte verlegen zu seinem Lehrer hoch.

Herr Janßen stand direkt vor ihm an seinem Tisch.

„Leon", begann er dann streng, während er ihn über den Rand seiner klobigen Brille fixierte, „gibt es einen bestimmten Grund, wieso du lieber aus dem Fenster siehst, als meinem Unterricht zu folgen? Sind die alten Römer so langweilig?"

„Aber natürlich nicht", antwortete Leon hastig und wurde rot, als ein paar Mitschüler zu kichern anfingen. Er hatte überhaupt nicht aufgepasst und gar nicht mitbekommen, um was es ging.

„Stimmt es eigentlich", erklang es neben Leon, „dass die Römer auch heute noch viele Gerichte aus der Antike so kochen wie damals?" Raphael sah interessiert zum Geschichtslehrer hoch, der, etwas aus dem Konzept gebracht, blinzelte.

„Das stimmt, ja. Die heutigen Römer essen tatsächlich viele Gerichte, die es schon früher gab, auch heute noch. Wenn auch vielleicht nicht mehr nach Originalrezeptur. Aber das ändert sich leider allmählich. Die Menschen wollen nur noch Fertigprodukte und modernere Küche. Die wirklichen, echten altrömischen Rezepte und Gerichte findet man vor allem in den weniger bekannten Restaurants und bei den Straßenverkäufern. Innereien, Zunge und andere Dinge werden da verkauft." Herr Janßen rückte seine Brille zurecht. Sein Blick war von Leon zu Raphael gewandert. „Vermutlich nichts, was junge Leute heute so essen würden." Er lächelte schief.

Raphael zuckte schmunzelnd die Achseln. „Es hat ja aber anscheinend auch noch keinen umgebracht, und irgendwas muss ja dran sein, wenn sie das heute noch kochen, oder?" Er lächelte charmant. »Ich habe mal einen Bericht gesehen, in dem es darum ging. Es gibt immer noch kleine Lokale, in denen Eingeweide auf der Karte stehen und total beliebt sind.«

Es klingelte und damit war die Diskussion beendet. Der Geschichtslehrer seufzte und rief der Klasse über den Lärm von abrückenden Stühlen und Rucksäcken, die gepackt wurden, noch eine Hausaufgabe zu.

„Danke", murmelte Leon leise zu Raphael. Dieser schob seine Unterlagen in den Rucksack und zwinkerte ihm knapp zu. „Kein Problem. Also", fuhr er dann fort, ehe er sich den Rucksack über eine Schulter schwang und Leon fragend betrachtete, „zu dir oder zu mir?"

◆◆◆

Sonnenschein und flirrende Hitze vereinten sich mit einem strahlend blauen Himmel zu einem perfekten Sommertag. Die Luft roch trotz der Abgase und dem Duft von erhitztem Asphalt und Beton angenehm leicht und nach saftigem, dunkelgrünem Gras, Blattwerk und entfernt nach blühenden Sommerblumen.

Schweigend folgte Leon Raphael, der in seinem Pullover schwitzte, ihn jedoch nicht auszog. Leon konnte sehen, wie feucht sein Nacken aussah, wo der Pulli durch den Rucksack, den er über der Schulter trug, etwas verrutscht war. Im gleißenden Licht der Sonne war der braune Schimmer in Raphaels Haar noch deutlicher zu sehen und Leon nagte unschlüssig auf seiner Unterlippe, die Hände fest um die Träger seines eigenen Rucksacks geschlungen, die er umklammerte, als hinge sein Leben davon ab.

Das Hemd klebte ihm feucht am Rücken zwischen den Schulterblättern und beide bewegten sich in der Hitze träge, versuchten in den Häuserschluchten, wo es schattig war, etwas Kühlung zu finden. Raphael hatte Leon gewarnt, dass sein Weg der längere sein würde, aber das war ihm egal. Er lief lieber stundenlang durch die Stadt, als in seine nahezu sterile Wohnstätte zurückzukommen, in der ihn mal wieder niemand sonst erwartete. In sein kalt eingerichtetes Zimmer.

Vor allem aber hatte Leon zugestimmt, weil sein Zimmer etwas enthielt, von dem er nicht wollte, dass Raphael es sah. Nicht nur waren damit die Skizzen und Zeichnungen gemeint, die das Gesicht und die süffisanten Züge des Jungen darstellten, und an denen Leon seit Stunden mit Bleistift arbeitete, sondern auch seine ansehnlich große Sammlung an Mangas.

Diese japanischen Comics an sich, waren ja nicht das Problem, sondern vielmehr der Inhalt, besser gesagt, die Thematik.

Sein älterer Bruder hatte sie einmal abfällig als „Schwulen-Pornos" bezeichnet, was Leons Meinung nach aber absolut die Unwahrheit war. Es waren eigentlich nämlich ausnahmslos Liebesgeschichten. Manche tragisch, manche lustig, manche dramatisch, aber immer ging es darin um Liebe, um Beziehungen und um die Problematik, dass eine Liebe zwischen gleichgeschlechtlichen Partnern auch heute noch in einer ach so aufgeklärten Welt verpönt und verteufelt wurde.

Leon seufzte. Er wollte nicht, dass nun gerade Raphael die fein säuberlich aufgereihte Sammlung sah. Garantiert würde er genau das Gleiche denken, wie Leons Bruder.

„Hey, wollen wir uns ein Eis holen?" Raphael drehte den Kopf zu ihm. Er blinzelte fragend und mit hochroten Wangen. Das dunkle Haar klebte ihm schweißnass an der Stirn und Leon nickte sofort. „Ja, du… siehst aus, als könntest du eine Abkühlung gebrauchen", meinte er dann zögernd. „Willst du nicht endlich diesen viel zu warmen Pullover ausziehen? Du kriegst noch einen Hitzeschlag", fuhr er dann fort und beschleunigte seine Schritte, damit er neben Raphael gehen konnte.

Inzwischen waren die Hochhäuser verschwunden und sie kamen immer öfter an Gärten und Gartenlauben vorbei. Raphael wohnte am Stadtrand, wie er selbst gesagt hatte. Sie hätten auch den Bus nehmen können, aber zu dieser Tageszeit war der nicht nur heillos überfüllt, sondern auch noch viel stickiger als ein Marsch durch die Stadt. Der Dunkelhaarige biss die Zähne zusammen und Leon konnte sehen, wie seine Kiefer arbeiteten. „Es geht schon."

Er hätte ihm am liebsten widersprochen, doch stattdessen meinte er dann nur: „Du bist ganz schön stur."

„Ich weiß", erklang es halb amüsiert von Raphael zurück.

„Du kriegst also lieber einen Hitzeschlag als deinen Astralkörper jemandem zu zeigen, oder wie?" Leon bemühte sich um eine lässige Tonlage, aber es gelang ihm nicht ganz, wie es schien. In der Ferne kam eine Eisdiele in Sicht, vor der eine beachtliche Schlange aus Kunden anstand. Meist Kinder mit ihren Eltern, aber auch ein paar Anzugträger und einige ältere Damen, sowie eine Gruppe junger Mädchen. Die Röcke und Kleider, die sie an diesem heißen Tag trugen, waren so kurz, dass Leon einen verunsicherten Blick zu Raphael warf. Wie ein Rudel Löwen kamen sie Leon vor. Und der Dunkelhaarige neben ihm war wie ein großes Gnu auf einem Silbertablett. Die jungen Mädchen kicherten und tuschelten, die Blicke auf die beiden Jungen gerichtet, die auf den Laden zukamen.

„Astralkörper?", fragte Raphael mit einem Grinsen, ehe er lachen musste. Es klang rau und dunkel und Leons Herz machte einen Sprung. Sein Blick flog besorgt zwischen ihm und der Gruppe aus Mädchen hin und her, die sich die Haare glattstrichen und an den sowieso kurzen Röcken zupften.

„Keine Ahnung, was das sein soll, aber falls du damit sagen möchtest, dass ich gut aussehe...", er warf einen funkelnden Seitenblick zu Leon, ein schiefes Grinsen auf den Lippen, das einen kräftigen weißen Eckzahn entblößte, sowie ein Grübchen in der Wange, „dann hast du damit verdammt recht."

Leon wurde rot. Er konnte fühlen, wie sein Gesicht brannte und seine Ohren glühten. „Gut, dass du total bescheiden bist... Man könnte noch denken, du wärst ganz schön eingebildet", erwiderte er etwas kraftlos und gleichzeitig beschämt. Sein Herz pumpte wie verrückt in seiner Brust und seine Knie wurden ganz weich von diesem unverschämt provokanten Lächeln. Seine Lippen schürzten sich und Leon konnte fühlen, wie er sich innerlich ein bisschen wand. Dass diese Gruppe an

Mädels Raphael schon von weitem als potenzielle Beute ausgemacht hatte, passte ihm überhaupt nicht. Andrerseits konnte er es ihnen aber auch nicht verübeln.

Raphael lachte nur und zog ihn mit sich an das hintere Ende der Schlange, so dass sie beide wenigstens im Schatten des als Pavillon angelegten Eisladens standen. Im kleinen, anliegenden Garten waren hübsche Tische für die Gäste hergerichtet und unter den schattenspendenden Baumkronen hatten es sich einige Gäste bequem gemacht, saßen eisessend und tratschend dort. Leon versuchte, einen Blick auf die Karte zu erhaschen, aber es waren noch zu viele Leute vor ihnen. Er bemühte sich, so normal wie möglich zu wirken und halbwegs locker zu bleiben.

„Na ihr Süßen?" Eine helle Stimme riss Leon aus seinen Gedanken und er richtete seinen Blick auf das blonde Mädchen, das sich ihnen zugewandt hatte. Ihre Freundinnen kicherten. Sie sahen aus wie Schwestern; alle waren schlank und hübsch, mit langen blonden oder brünetten Haaren, zu Zöpfen geflochten oder als einfache Pferdeschwänze getragen. Sie trugen alle Röcke, der längste ging höchstens bis zum Knie, der kürzeste war für Leon höchstens ein sehr breiter Gürtel, der nicht mehr allzu viel der Fantasie überließ. Er wandte lieber den Blick ab und schaute zu Raphael hoch, der die Blonde eingehend musterte. Sie hatte ein kleines Glitzersteinchen im rechten Nasenflügel und war trotz der Hitze ziemlich stark geschminkt. Der grüne Lidschatten betonte große braune Augen und der Lippenstift erschien Leon etwas zu dunkel gewählt, aber er war ja auch kein Experte. Durch das dünne Top drückte sich der BH ab.

Eine der Mädchen erinnerte ihn an irgendjemanden, ohne dass er sagen konnte, an wen.

„Seid ihr auf der Suche nach Gesellschaft? Meine Mädels und ich suchen noch nach ein paar süßen Jungs. Wir wollen später ins Kino gehen. Wie wär's?"

Na klar, dachte Leon und seine Brauen zogen sich missbilligend zusammen. Die Lüge war so offensichtlich, dass es schon beschämend war. Dennoch sah er zu Raphael hoch, der jedoch nur schmunzelte.

„Nein, danke."

Fräulein Nasenpiercing sperrte empört den dunkel geschminkten Mund auf und ihre Freundinnen zogen simultan die Brauen hoch. Es folgten Zischlaute und abfälliges Zungenschnalzen.

„Ihr wisst ja gar nicht, was ihr verpasst...", versuchte die Blonde noch, ihr Gesicht zu wahren. Sie legte den Kopf schief und lächelte zu Raphael hoch. Dieser lächelte zurück und Leon musste grinsen. Er konnte ihm ansehen, dass er gleich etwas sagen würde, und es würde der Geschminkten garantiert nicht gefallen.

„Syphilis, AIDS und Herpes, meinst du? Na, da verzichte ich doch dankend drauf!"

Aus der Reihe an Kunden, die das Ganze bislang schweigend verfolgt hatten, ertönte leises Prusten und Gekicher von den Anstehenden und hier und da hörte man gemurmelte Sympathiebekundungen. Offensichtlich hatten sich die Mädels schon vor der Ankunft von Raphael und Leon nicht sehr beliebt gemacht.

Eine der Mädchenclique baute sich neben ihrer anscheinenden Chefin auf und an den wütend blitzenden, grünen Augen konnte man sehen, dass sie sich nicht so leicht geschlagen gab. Ihr Eyeliner war durch die Hitze ein wenig aus der Form geraten und als sie zu sprechen begann, blitzte ein Zungenpiercing auf, eine metallene, kleine Kugel. Sie hatte die Haare hochgesteckt und das dünne Trägertop mit dem Spruch „Fuck you" darauf ließ erkennen, dass sie wohl nicht zu den umgänglichsten Damen des Planeten gehörte.

„Jetzt passt mal auf, ihr arroganten kleinen Penner-", begann sie dann, wobei sie sich dicht an Raphael drängte, so dass ihr nicht sonderlich nennenswerter Vorbau ihn fast berührte. Er zog nur eine Braue hoch und schaute beinahe mitleidig auf sie runter, da er gut zwei Köpfe größer war als sie.

„Also wenn du dich und deine kleinen Freundinnen da", er deutete mit einem Finger auf die Gruppe, während er ihr ins Wort fiel, „mit „klein" und „Penner" meinst, muss ich dir zustimmend, denn ansonsten sehe ich hier niemanden, auf den so eine Beschreibung zutrifft. Wobei ich das doch etwas hart finde, dass du dich so bezeichnest. Ich meine, ganz so heruntergekommen seht ihr ja nun doch noch nicht aus. Obwohl...", er bemühte sich um ein ernstes Gesicht und zuckte die Achseln.

„Woah, Melanie, lass uns gehen, ey!", erklang es von einem der Mädchen. „Die Spasten sind es doch gar nicht wert, dass wir uns mit denen beschäftigen!"

Aber Melanie war vor Wut schon dunkelrot angelaufen und schlug mit einer Hand, an der künstliche Fingernägel prangten, auf Raphaels Gesicht ein. Jedoch erreichte sie es nicht, denn er wich nach hinten aus und schnappte sich das Handgelenk. Er drückte fest zu und die kleine Furie quietschte vor Schmerz auf wie ein verängstigtes Meerschwein.

„Ich schlage vor, ihr verpisst euch." Raphael beachtete das wimmernde Mädchen gar nicht, dessen Handgelenk in seinem Griff festsaß wie in einem Schraubstock.

„Ey, du kannst sie doch nicht einfach schlagen, bist du behindert?!", echauffierte sich eins der Mädels mit einem so kurzen Rock, dass man die pinke Unterwäsche sah.

„Ich habe sie nicht geschlagen. Ich halte sie nur fest, da sie mich zuerst schlagen wollte, und ich seh' es leider nicht ein, ein paar Kratzer abzukriegen, von irgendwelchen Schlägertussen, die meinen, sie sind ganz große Schlampen." Das Handgelenk wurde freigegeben und die Grünäugige taumelte zurück, während sie sich die schmerzende Stelle rieb. „Das bereust du noch", versprach sie, ehe sie aus der Eisdiele stürzte und wie die Lemminge folgte ihr der Rest nach.

Raphael seufzte und schüttelte den Kopf. „Egal wie kurz der Rock ist... einen schlechten Charakter kann man nicht mit Make-up und nuttigen Klamotten überdecken", murrte er nur leise.

Leon schluckte nur und plötzlich standen sie vor der Auswahl. „Machst du dir gar keine Sorgen?", fragte er irritiert, während er etwas überfordert auf kunstvoll drapierte Eisberge aus Stracciatella, Schokolade, Zitrone, Mango, Erdbeere oder Cookies'n Cream starrte.

„Häh? Wieso sollte ich mir Sorgen machen?" Raphael schaute ihn kurz fragend an, ehe er sich eine Waffel mit Vanille- und Haselnusseis bestellte.

„Vielleicht... lauern sie dir irgendwo auf oder so...", druckste Leon herum. Er fand, das klang sogar in seinen Ohren lächerlich.

Raphael lachte leise und Leon bestellte sich hastig Haselnuss-und Pistazieneis, während er nach seiner Geldbörse suchte, aber da klimperten schon die Münzen von Raphael auf dem Tresen. „Ich übernehm' das schon."

„Aber...", wollte Leon protestieren, aber der

Dunkelhaarige war schon auf dem Weg nach draußen und so konnte er sich nur seine Waffel schnappen und hinter ihm her eilen.

„Danke." Verlegen schleckte Leon etwas von dem schnell schmelzenden Eis, ehe es ihm über die Finger laufen konnte.

Raphael brummte nur, was irgendwie alles bedeuten konnte. Eine Weile liefen sie schweigend nebeneinander her, ehe in der Ferne duftende, golden wogende Weizenfelder in Sicht kamen und der Verkehr sowie die Wohnhäuser immer weniger wurden.

„Du wohnst ja echt ganz schön außerhalb, was?", fragte Leon erstaunt. Er knabberte an der Eiswaffel und warf einen knappen Blick zu seinem Begleiter.

„Japp. Es ist abgelegen aber dafür ruhig und man kann auch mal ein bisschen raus und in die Natur. Ich finde zwar den Park auch ganz schön, aber... Ich mag keine künstlichen Sachen."

Die Straße endete und machte einem breiten, ausgetretenen Pfad Platz, der offenkundig von landwirtschaftlichen Fahrzeugen genutzt wurde. Sie kamen an einer Pferdekoppel vorbei, deren Bewohner sich im Schatten ausruhten und die sie aus halbgeschlossenen Augen beobachteten. Samtweiche Nüstern hoben sich in ihre Richtung und sporadisches, zufriedenes Schnauben erklang.

Winzige Mücken taumelten in der schattigen Kühle der Bäume, die den Pfad säumten und Leon atmete durch die Nase, nachdem er den Rest seiner Waffel verputzt hatte, um keine von den kleinen Insekten versehentlich einzuatmen.

„Das Coole ist, dass wir sogar einen ziemlich

unbekannten, kleinen See in der Nähe haben und eine Badestelle, die außer uns kaum einer kennt und nutzt. Da ist man an solchen Tagen wie heute ungestört." Raphael grinste ihm zu und bog in eine unscheinbare kleine Ausfahrt ein.

Das Carport war leer. Anscheinend war sein Vater wohl noch nicht zuhause.

Über einen Kiesweg, dessen Steinchen unter ihren Schuhsohlen knirschten, gelangten sie zu einem rustikal aussehenden Haus. Die Fassade war weiß getüncht und an manchen Stellen war die Farbe rissig und abgeplatzt. Efeu hatte sich an der Front und an einem Teil der Seite emporgehangelt. Vor der Haustür lag eine ausgetretene Matte aus Binsen, schmutzig und offensichtlich schon alt. Das „Willkommen" darauf war kaum noch lesbar.

Eine Laterne aus schwarzem Gusseisen war oberhalb der Tür angebracht und schwang quietschend in der leichten Brise. In den Ecken und Winkeln des Gartens und im Hauseingang selbst konnte man noch trockenes Laub vom letzten Herbst bewundern.

Im Garten vor dem Haus wuchs das Gras außerdem wild, ebenso wie in dem kleinen Teil dahinter, wie Leon sehen konnte. Ab und an erhoben sich Kornblumen und wilder Mohn als kleine Farbtupfer dazwischen heraus, streckten begierig die Köpfe gen der warmen Sonne. Bienen und Schmetterlinge gaukelten darin umher. Halb versteckt in dem hohen Gras befand sich eine schiefe Vogeltränke, in der sich Laub und Schmutz angesammelt hatte. Sie war aus hellgrauem Stein gemacht und der Form einer antiken Trinkschale nachempfunden.

Insgesamt machte das Haus, samt dem Grundstück dazu, den Eindruck einer alten Bauernkate, die jedoch nicht sonderlich gepflegt wurde. Eine wilde Romantik herrschte an diesem Ort, schien von alten Tagen zu erzählen, die längst vergangen waren. Ein bisschen so, als wäre dieses Haus und alles, was dazu gehörte ein Überbleibsel aus der Vergangenheit oder ein in die Realität versetzter Schauplatz aus einem Märchen.

In der Ecke, gut geschützt von dichten Hecken, erspähte Leon einen steinernen Gartenkamin, in dem man auch grillen und backen konnte. Oder könnte... wenn er nicht mit Gartengerätschaften wie einem Rasenmäher, halb verdeckt von einer Plane, oder einem Rechen zugestellt wäre. In der Öffnung des Kamins selbst konnte er ein paar alte Gartenhandschuhe ausmachen und hineingewehtes, trockenes Laub.

Leon konnte sich bildhaft vorstellen, wie entsetzt seine Mutter beim Anblick des „verwahrlosten" Grundstücks samt Haus wäre. Sie hasste Unordnung ebenso wie sein Vater. Ebenso wie unhygienische Zustände übrigens, die sie seit Leon denken konnte mit Flaschen voller Desinfektionsmitteln, Lappen und Handschuhen zu bekämpfen suchte. Da seine Mutter nun allerdings so viel arbeitete, dass sie nicht mehr selbst für ein keimfreies Zuhause sorgen konnte, übernahm dies die unsichtbare Haushälterin. Wenn sie ein verwunschener Kobold war, dann würde sie sich vermutlich hier erheblich wohler fühlen.

Obwohl zugegebenermaßen sein eigener Garten ja auch nicht gerade picobello und in einem top Zustand war. Andererseits fand er diese leicht verwilderte Romantik viel schöner als einen akkurat gestutzten Rasen samt Garten, in den sich nicht einmal eine Biene verirrte.

Leons Gedanken wurden unterbrochen, als Raphael

den Hausschlüssel zückte und die Tür öffnete. Er schob sie auf und deutete Leon, einzutreten, während er selbst die Tür aufhielt. Mit einem schüchternen Lächeln schob sich Leon an ihm vorbei in einen erstaunlich sauberen Hausflur. Bilder und Fotografien hingen an den Wänden, zeigten wohl Raphael und seine Familie. Dabei fehlte jedoch jedes Bild einer Mutter, wie Leon stirnrunzelnd feststellte. Sein Vater hatte auf einem Bild einen lachenden etwa vierjährigen Jungen auf den Schultern, der eine große Zuckerwatte in einer Hand schwenkte, die gefährlich schief aussah, und zu kippen drohte. Ein nur wenig älterer Junge, der beiden auffallend ähnlichsah, befand sich ebenfalls auf dem Bild. Das Gesicht schien etwas missmutig, während er sich an die Seite seines Vaters drängte. Im Hintergrund war ein buntes Fahrgeschäft zu sehen, anscheinend ein Karussell. Leon vermutete, dass hier Raphael und sein Bruder zu sehen waren. Die Jungen waren dem Vater wie aus dem Gesicht geschnitten und wenn man das Alter nicht beachtete, hätten sie wohl Zwillinge sein mögen.

Andere Bilder zeigten keine Fotos, sondern hauptsächlich Aquarelle oder Kohlestiftzeichnungen.

„Die sind aber schön", meinte Leon mit Fingerzeig auf das in weichen, verlaufenden Farben gemalte Bild einer Mohnblume. Das kräftige Rot wurde von zartem, nur angedeutetem Grün unterbrochen und von dem Schwarz des Inneren der Blüte gekrönt, wo die so typische Kapsel entstand. Das Herzstück der Pflanze.

„Findest du?" Raphael war neben ihn getreten und hatte seinen Rucksack an der Treppe abgestellt, die nach oben führte. Mit gedankenvollem Blick musterte er das in Glas gefasste Aquarell, auf dessen Rahmen sich Staub abgesetzt hatte. „Ist nicht mein Bestes, aber du hast recht... es ist gar nicht so übel."

Leon warf ihm einen langen Seitenblick zu und wandte ihn dann verlegen wieder fort, als Raphael den Kopf drehte und ihn ansah. „Ich finde, es ist wirklich schön." Er räusperte sich und stellte umständlich dann auch seinen Rucksack ab.

Sich entfernende Schritte zeigten Leon, dass sein Gastgeber schon weitergegangen war. Vorbei an der Garderobe, an der mehrere Jacken hingen und um die Ecke, in ein gemütliches Wohnzimmer. Die Wände waren cremefarben gestrichen und auch hier fanden sich überall Bilder, Skizzen und andere kleine Kunstwerke. Bemalte Masken aus Gips, kleine, aus Holz geschnitzte Eidechsen, mit Glassteinen besetzt und bunt bemalt und noch viele andere hübsche Dinge. Die Teppiche waren hell und weich, entpuppten sich jedoch bei genauem Hinsehen als schon abgewetzt. Ein niedriger Tisch aus dunklem Holz sowie eine Couch und zwei Sessel boten Platz für ein Beisammensein an gemütlichen Abenden.

Gar kein Vergleich zu den kalt wirkenden Möbeln, die er bei sich selbst Zuhause hatte. Es war gemütlich und einladend, wenn auch schon abgenutzt. Vielleicht war es aber genau dieser Punkt, den Leon so angenehm fand. Man sah den Möbeln an, dass sie benutzt und geliebt wurden.

Leon wollte gerade etwas dazu sagen, als er um die Ecke und in die kleine Küche spähte, doch in dem Moment zog sich Raphael den dunklen Pullover über den Kopf und im hellen Sonnenlicht, das durch das kleine Fenster fiel und den ohnehin weiß getünchten Raum ausfüllte, entdeckte Leon die Blutergüsse.

Vor Schreck und Entsetzen wurde ihm ganz flau im Magen und Raphaels zerknirschte Miene machte es nicht besser. Der Dunkelhaarige holte sich einen der Kühlbeutel aus dem Eisfach und drückte ihn sich sacht gegen die Rippen.

„Das ist nicht so schlimm, wie es vermutlich aussieht", versuchte er, mit einem Blick auf Leons bleiches Gesicht, ihn zu beruhigen. Er selbst bekam Gänsehaut, als sich der eiskalte Beutel gegen seine pochenden Rippen drückte und stöhnte leise auf. „Endlich…"

„Raphael…" Leon trat besorgt näher. Die Ansammlung aus violetten, blauen und grünen Blutergüssen und Prellungen machte ihm Angst. „Damit solltest du zum Arzt gehen! Was hast du bloß gemacht?" Er schaute hoch und sein Blick bohrte sich in den seines Gegenübers. „Das sieht wirklich schlimm aus! Ich hatte ja keine Ahnung… Du musst doch Schmerzen haben!"

Raphael verzog nur das Gesicht und presste die Lippen zusammen. „Es ist nicht so schlimm und ich werde auf keinen Fall zu einem Arzt gehen… Es ist nichts gebrochen", versuchte er, ihn zu beruhigen. „Ich nehme ein paar Tabletten und schon geht's wieder. Keine bange."

Leon schnaubte und Trotz spiegelte sich in seinen Augen, die Raphael im Sonnenlicht noch heller vorkamen. Beinahe golden. Er biss sich auf die Lippen, als er den Impuls unterdrückte, ihm das zu sagen, und starrte angestrengt in die saubere Spüle, obwohl es da außer ein paar Wasserflecken nun wirklich nichts zu sehen gab. Sein Mund wurde trocken und sein Herz schlug schnell. Er versuchte, bemüht ruhig und tief zu atmen, während das Eis seine Blessuren kühlte.

„Oh, na gottseidank", schnaubte Leon sauer. „Wer hat das mit dir gemacht? Das kann man doch nicht einfach so auf sich beruhen lassen! Das ist wirklich schlimm... Du kannst doch den Leuten nicht erzählen, du wärst die Treppe runtergefallen! Irgendjemand wird das sehen, und was machst du dann? Du musst diese Leute anzeigen!"

Raphael musste lächeln, als er dieses altbekannte Klischee hörte, was meist von vermöbelten Ehefrauen oder Freundinnen von Schlägertypen benutzt wurde, wenn sie eine Ausrede brauchten. „Nein, ich bin nicht die Treppe runtergefallen. Ich hab' mich geprügelt, ok? Sagte ich dir ja schon. Ich werde ganz sicher auch keine Anzeige machen, weil ich angefangen habe. Das wäre dämlich. Und jetzt lass es gut sein. Das geht dich nichts an, das sagte ich dir ebenfalls bereits. Sag mir lieber, ob du was essen möchtest. Ich hab' nämlich Hunger."

Leon schwieg einen langen Moment, ehe er schließlich nachgab. „Na schön. Ich würde auch gern etwas essen, aber mach dir keine Umstände, ja?"

Raphael griff zum Telefon neben der Anrichte und schenkte ihm ein schiefes Grinsen, während der Eisbeutel die Seite wechselte. Glitzernde Tropfen aus Schmelzwasser rannen ihm über die Haut und Leon verfolgte sie mit den Augen, bis sie im Hosenbund verschwanden.

Plötzlich traf ihn die Erkenntnis, dass Raphael halbnackt vor ihm stand und er löste seinen Blick von den ansehnlichen Muskeln und dem harten, flachen Bauch, der Gänsehaut und den Blutergüssen. Sein Mund war plötzlich trocken und er starrte wie gebannt auf einen der Kühlschrankmagneten. Es war ein kleiner, albern aussehender Weihnachtsbaum. Er versuchte angespannt sich auf irgendeine blöde Weihnachtsmelodie zu besinnen, um sich von der Tatsache abzulenken, dass Raphaels Körper sogar noch im lädierten Zustand wirklich verlockend war. Viel zu sehr. So sehr, dass sein Herz ihm bis zum Hals schlug und er vor Nervosität Magenflattern bekam.

„Willst du eine Pizza mit Salami oder was anderes?", fragte Raphaels bemüht lockere Stimme, der die plötzliche Anspannung im Raum spürte, und Leon schaute nur kurz zu ihm, in sein fragendes Gesicht, während die Sonne ihn von hinten anstrahlte und seinen dunklen Schopf zum Leuchten brachte.

„Ähm... Ich mag keine Tomatensoße. Ich hätte lieber eine Pizza mit heller Soße und... Spinat oder so."

„Gut, dann einmal eine Salamipizza, die Große, und einmal Spinat und Mozzarella, groß, keine Tomaten ", bestellte er dann für beide. Er legte auf und stellte das schnurlose Telefon zurück in die Ladestation, was es mit einem zufriedenen Fiepsen quittierte.

Die Stille im Raum war greifbar.

„Ich hol mir mal meine Tabletten und mach neue Salbe drauf...", murmelte Raphael leise, als er mit seinem Pulli in der Hand an Leon vorbei wollte.

„Soll ich dir irgendwie helfen oder so?" Die Worte waren raus, ehe Leon sie wirklich überdenken konnte, aber das schmerzhaft aussehende Farbenspiel auf Raphaels Oberkörper ließ ihm keine Ruhe. Es musste sicher schwierig sein, die Salbe selbst auf dem Rücken zu verteilen, wenn einem so schon alles wehtat. Oder bot er nur seine Hilfe an, damit er ihn berühren konnte? Er wusste es nicht und wäre vor Scham am liebsten im Boden versunken.

Raphael blieb stehen und seine blauen Augen bedachten Leon mit einem langen, durchdringenden Blick, ehe er zögernd nickte. „Na schön. Dann komm mal mit hoch."

Leon folgte ihm mit pochendem Herzen und glühendem Gesicht und war dankbar dafür, dass Raphael ihn nicht zu genau in Augenschein genommen hatte. Er fragte sich, was er hier um Himmels willen bloß tat? Raphael stand nicht auf ihn, sondern auf Mädchen. Oder? Und selbst wenn nicht, hieß das nicht, dass er ihn mochte oder so. Er war schließlich ja nur hier, weil sie eine Strafaufgabe zusammen machen mussten.

Leon versuchte, sich halbwegs zusammenzureißen. Raphael sollte nicht denken, dass er ein gestörter Idiot war und er musste dringend aufhören, ihn so anzustarren.

Die Treppe knarrte leise, als sie hinaufgingen.

5

Es war das pure Chaos.

Das Zimmer, in das Leon geführt wurde, war geradezu berstend vollgestopft. Knallbunte Poster an den Wänden, offensichtlich von verschiedensten Animes, Kinofilmen und Serien bedeckten die Wände, wo sie nicht gerade von modern anmutenden kleinen Malereien und Zeichnungen eingenommen wurden. Dazwischen hing wie hineingestopft ab und an ein Foto oder ein kleiner Wandschmuck wie eine Karnevalsmaske, nur etwa handgroß, aus Gips und in bunten, schillernden Farben bemalt. Von der Decke baumelte in der Nähe des Fensters ein Windspiel im sachten Luftzug des geöffneten Fensters. Die Vorhänge waren verschiedenfarbig und aus unterschiedlichen Stoffen, als hätte man bei der Einrichtung des Zimmers beide zu schön gefunden, um sich zu entscheiden. Der eine war aus mattem Stoff und meerblau, während der andere aus Satin zu bestehen schien und auffällig glänzte.

Die Bettwäsche war in kräftigen Rot-und Goldtönen

gehalten, die in sich verschlungene Muster bildeten und Leon an orientalische Arabesken erinnerten. Sie lag unordentlich verknäuelt auf dem Bett, das offensichtlich selten bis gar nicht gemacht wurde. Überall lagen Hosen, T-Shirts, Socken und andere Kleidungsstücke auf dem Teppichboden, der vielleicht irgendwann mal violett gewesen sein mochte. Wochen, wenn nicht gar Monate ohne Staubsauger hatten die sicherlich kräftige Farbe allerdings mit einem dezenten Grauschleier aus Staub belegt. Die deckenhohen Bücherregale platzten vor Lektüre aus allen Nähten; Sachbücher über Literatur und Architektur stand dicht an dicht mit alt-ägyptischer Geschichte, während sich ab und an Romane, Kochbücher oder Ratgeber dazwischen drängten. Stephen Kings „Cujo" stand in seliger Eintracht neben „Schwer erziehbare Kinder – wie man sie für sich gewinnt". Die Auswahl, und die schiere Masse an Büchern wäre schon genug gewesen, aber aller möglicher Krimskrams lag auf- oder neben ihnen, klemmte sich zwischen die sowieso schon engen Reihen. In manchen Büchern steckten Lesezeichen, klebten gelbe kleine Zettelchen mit Notizen oder staubige Geburtstagskarten, auf manchen lagen kleine Mitbringsel aus fernen Ländern. Leon konnte kleine Spieluhren, Schneekugeln oder Wimpel sehen. Auf anderen lagen angestaubte Federn oder makaber anmutende kleine Schädelchen. Ganz oben auf einem der Regale thronte eine offensichtlich ausgestopfte Eule auf einem Ast, der an einem Standfuß befestigt war. Rote Glasaugen schienen Leon anzustarren. Ein großes Glas mit Muscheln und Sand, halb blind und völlig verstaubt, so dass man kaum noch den Inhalt erkennen konnte, stand mit einem Sprung in einer der hinteren Ecken. Ein

Zettel war daran befestigt, dessen Schrift schon vergilbt schien. Die Masse an „Krempel", wie seine Mutter all das bezeichnen und vermutlich direkt wegwerfen würde, war für Leon kaum zu fassen.

Auf einem niedrigen Schrank stand ein verstaubter Fernseher, vor dem einige Spielekonsolen in einem undurchsichtigen Wirrwarr aus Kabeln angeschlossen waren. CDs und DVDs lagen wild herum, teilweise ohne eine schützende Hülle. Und überall befanden sich zerknüllte Papierkugeln auf dem Boden. Unter dem Bett lugte ein benutzter Teller hervor, dessen Verschmutzungen sicher nur noch mit Hammer und Meißel beizukommen war.

Er blinzelte überfordert und warf einen unsicheren Blick zu Raphael, der ein paar Klamotten von einer Erhebung sammelte, die sich als knallgelber Sitzsack entpuppte.

Irgendwo aus der hintersten Ecke zog er einen weiteren in einem schwachen Türkis hervor, klopfte etwas Staub davon herunter, was er sofort bereute, da er husten musste, und stellte ihn zu dem anderen. „Lange nicht mehr benutzt", gab er mit einem fast verlegen wirkenden Lächeln zu. „Ich hab nicht so oft Besuch."

Leon zwang sich zu einem Lächeln. „Ich hab... auch nicht so oft Besuch." Er verbiss sich allerdings zu erwähnen, dass diese erstaunliche Menge an gewöhnlichem Hausstaub auch niemals in der Lage wäre, sich unter den Augen seiner Mutter oder der Haushälterin anzusammeln. Er beobachtete fasziniert, wie ein paar dieser grauen Flocken durch den Raum taumelten und sich in Raphaels Haar festsetzten.

„Such dir einen aus... Ich hol eben die Salbe und das

Zeugs." Raphael deutete auf die Sitzsäcke und zog den niedrigen Glastisch heran, so dass ein halbwegs passabler Arbeitsplatz entstand. Im Weggehen fuhr er sich durch die dunklen Haare. Eine kleine Wolke aus Staub wehte hinter ihm her.

Leon beäugte die beiden Sitzsäcke mit Argwohn und schlich sich dann an einen davon an, den ehemals türkisen, als wäre er kein Möbelstück, sondern ein scheues Beutetier, das sofort die Flucht ergreifen könnte.

Seinen Rucksack stellte er vorsichtig neben sich ab und setzte sich dann, ebenso vorsichtig. Er würde ganz sicher erst einmal seine Sachen waschen müssen, wenn er wieder zuhause war. Andererseits... Was schadete schon ein wenig Staub? Er war ja nicht allergisch, also würde es ihn nicht umbringen, richtig. Das wäre auch eine ziemlich lustige Todesart. Nun ja, vielleicht nicht ganz so sehr, wie er mit Blick auf die fingerdicken Flusen zugeben musste.

Das Läuten an der Haustür ließ ihn so zusammenschrecken, dass er in seinem Sitzsack hintenüberfiel und erschrocken aufschrie. Aus dem nun schiefen Augenwinkel sah er mit strampelnden Beinen zu einem amüsiert grinsenden Raphael hoch, der um die Ecke lugte. Er zog sich eilig ein T-Shirt über und hielt seine Geldbörse in der Hand.

„Was zum... Was treibst du denn da?!" Er hielt sich keuchend die schmerzenden Rippen, und sein Lachen klang ein wenig gepresst, aber für einen Moment vergaß Leon, mit den Beinen zu strampeln. Er lag auf dem Rücken wie eine Schildkröte und wurde so rot wie eines dieser schwedischen kleinen Holzpferde, das er auf dem Regal gesehen hatte.

„Ich helf dir gleich auf, ich hole aber erstmal das Essen,

ja?" Er grinste und schüttelte den Kopf, ehe er dann geräuschvoll die Treppe hinunterlief.

Vor Scham wagte Leon sich einen Moment, gar nicht zu rühren. Stattdessen starrte er an die Decke und versuchte sein wild klopfendes Herz zu beruhigen. *Wenn Hertz 52 einen Partner fände, der auch unvollkommen wäre... Wären dann beide miteinander glücklich? Ergeben zwei zerbrochene Dinge ein Ganzes?* Der Gedanke ließ ihn sich mit glühenden Ohren zur Seite rollen, runter von dem verräterischen Sitzsack und gerade rechtzeitig, um auf allen vieren hockend, zu Raphael hochzuschauen, was es nicht besser machte.

Das flachsfarbene Haar hing ihm wirr ins Gesicht und Leon schüttelte den Kopf zur Seite, um den Dunkelhaarigen durch die Strähnen anzublinzeln. „Ich hab noch nie auf so einem Ding gesessen...", murmelte er dann beschämt, ehe er sich aufrichten wollte.

Eine Hand, kräftig und schwielig, mit verschorften Knöcheln, schob sich in sein Sichtfeld. Überrascht schaute Leon hoch und in Raphaels lächelndes Gesicht. Das Blau seiner Augen schien regelrecht zu leuchten und um die schön geschwungenen Lippen tanzte ein halb amüsiertes, halb sanftes Lächeln. „Irgendwann ist immer ein erstes Mal für alles."

Leon griff nach der Hand und versuchte dabei nicht in das Gesicht des anderen zu sehen. Er starrte auf die Pizzakartons. Sein Magen kribbelte und seine Hände wurden feucht. „Ja, das ist sicher richtig", erwiderte er vorsichtig.

Raphael schien seine Unsicherheit nicht zu bemerken. Er schien auch nicht zu hören, wie schnell oder schwer Leons Herz pochte und vielleicht übersah er sogar die

Röte seiner Wangen. Vielleicht hielt er ihn aber auch einfach für einen nutzlosen Vollidioten und lachte ihn insgeheim aus. In aller Seelenruhe legte Raphael die Kartons auf dem Tisch ab und wandte sich dann wieder seinem Gast zu.

„Also dann. Erst Pizza, dann... Salbe, dann die Strafarbeit, oder wie möchtest du es?" Innerlich verdrehte Raphael die Augen. Seine Formulierungen waren auch schon einmal besser gewesen. Leons Hand in seiner hatte sich so warm und natürlich angefühlt, dass ... Dass was?

Er schluckte hart und starrte mit schmalen Augen auf die Kartons, die ihre Pizzen beinhalteten. Ja, was? Was war nur los mit ihm? Seine Zungenspitze fuhr über den linken Mundwinkel, als er versuchte, sich zusammenzureißen. Eine dumme Angewohnheit, wenn er nervös war. Gott, Leon war nur ein Typ aus der Schule und kein Mädchen oder so. Schließlich war er ja nicht schwul.

Er schob eilig die Gedanken beiseite, die diese Tatsache anzweifeln wollten und setzte ein gezwungenes Lächeln auf. „Wie wär's mit Pizza und ein bisschen fernsehen, ehe wir mit der Arbeit anfangen?", schlug er dann schnell vor, ehe Leon antworten konnte. Dieser nickte nur und sah irgendwie erleichtert aus. Der türkise, verräterische Sitzsack wurde wieder aufgestellt und Leon lümmelte sich umständlich hinein, ehe er abwartend zu Raphael sah, der den Fernseher einschaltete. Erstaunlicherweise war der Bildschirm nahezu staubfrei. Er ließ irgendeine belanglose Sendung laufen und setzte sich dann, ehe er Leon seine Pizza zuschob. „Hier."

„Danke." Leon nahm den Karton scheu an. „Ich gebe dir das Geld dann später, ja?" Er öffnete erst, nachdem

Raphael genickt hatte. Er biss schon in sein erstes Stück, die Augen sorgsam auf die Geschehnisse im Fernseher gerichtet.

Leon betrachtete die Pizza in seinem Karton einen Moment. So etwas aß er sonst nie. Sie sah fettig und ungesund aus und verdammt verlockend. Er tat es Raphael gleich und biss herzhaft hinein. Der Käse und die großzügig aufgetragene Soße versuchten sogleich, davon zulaufen und er verrenkte sich ein wenig, um sich nicht zu bekleckern. Der Geschmack war viel besser als erwartet. Der Teig war erstaunlich weich aber gut durchgebacken und die cremige Soße schmeckte nach italienischen Kräutern und frischem Mozzarella. Der Spinat und der würzige Käse darauf waren einfach perfekt und Leon seufzte genüsslich. „Oh man, die ist echt gut", nuschelte er mit vollem Mund, völlig darauf konzentriert, nicht zu kleckern.

Raphael warf ihm einen skeptischen Blick zu, ein süffisantes Lächeln auf den Lippen, von denen er sich etwas Soße leckte, ehe er antwortete: „Das ist nicht einmal die Beste, die man kriegen kann. Hast du etwa noch nie Pizza gegessen?" Er hörte sogar auf zu kauen und musterte Leon, als sähe er ihn das erste Mal.

Die fragenden Blicke entgingen diesem allerdings, der nur nickte und das erste Stück seiner Pizza verschlang. „Meine Eltern achten darauf, was ich esse. Wir haben eine Haushälterin, die für mich kocht. Ich bestelle mir nie irgendwas, das erlauben meine Eltern nicht."

Raphael lauschte seinen Worten mit hochgezogener Braue. „Was, du hast eine Haushälterin?", fragte er dann erstaunt. „Bist du reich oder so?" Er grinste und griff sich das nächste Stück. Seine Aufmerksamkeit ruhte nun auf

Leon, die Sendung im Fernsehen war vergessen.

Dieser schluckte den Rest seines ersten Stücks herunter und rutschte unbehaglich auf dem Sack herum. „Ähm... Na, direkt reich würde ich nicht sagen. Meine Eltern arbeiten nur so viel, dass sie eigentlich nie zuhause sind." Sogar in seinen Ohren klang das ziemlich bemitleidenswert. „Die Haushälterin sorgt wohl dafür, dass ich nicht verhungere oder... das Haus im Chaos versinkt." Er zuckte etwas hilflos die Achseln und in Raphaels Augen spiegelte sich genau das, was er nicht darin sehen wollte. Mitleid.

„Eltern", schnaubte er jedoch nur, anstatt zu bekunden, wie bemitleidenswert er das fand. Leon starrte ihn überrascht an und blinzelte, ehe er langsam nickte. „Ja... Komische Typen, was?"

Sie sahen sich an und Raphael begann zu grinsen, was Leon zum Lachen brachte. Prustend stimmte auch Raphael mit ein. „Ja", pflichtete er ihm keuchend bei, als seine schmerzenden Rippen seinem Heiterkeitsausbruch ein Ende setzten, „das sind wirklich komische Typen. Meine Mum hab' ich nicht mehr gesehen, seit ich klein war." Er zuckte unbekümmert die Achseln und deutete auf das ganze Zeug im Bücherregal. Leon folgte seinem Fingerzeig, während er sich dem nächsten Stück Pizza widmete. „Sie war irgendwann einfach weg. Hatte beschlossen, dass sie lieber ohne Familie leben will. Das Einzige, was ich von ihr hab, sind die Sachen, die sie dauernd aus dem Ausland geschickt hat." Er biss kräftig in seine Pizza und Leon beobachtete ihn verstohlen von der Seite. „Sie ist Korrespondentin oder so. Keine Ahnung."

„Vermisst du sie?" Leon legte den Kopf schief und

leckte sich etwas von der hellen Soße von den Fingern. Raphael dachte einen Moment über die Frage nach und zuckte dann erneut die Achseln. „Keine Ahnung. Ich kenne sie gar nicht. Wie soll ich sie da vermissen?"

Das war nur die halbe Wahrheit. Die Andenken in den Bücherregalen und in den Ecken und Winkeln des Zimmers, in den Kisten und unten im Keller, die sich dort stapelten und Staub ansetzten, waren für Raphael Beweise eines Schmerzes, der für den Rest der Welt unsichtbar war. Er hasste das ganze unnütze Zeug, aber trotzdem sammelte es sich an.

Er erinnerte sich noch sehr genau an den Tag, an dem er schon mit einem unbehaglichen Gefühl aus dem Bett geklettert war. Die Sonne schien und es war ein kalter Frühlingsmorgen, an dem Osterglocken ihre gelben Köpfe im frischen grünen Gras wiegten und an dem flauschig aussehende Wolken an einem strahlend blauen Himmel entlangzogen.

Der Garten vor dem Haus war damals noch sehr ordentlich, mit sorgfältig angelegten Blumenbeeten, aus denen die ersten Krokusse hervorlugten wie bunte, kleine Frühlingsboten, während andere Blumen noch unter der Erde auf die wärmende Sonne warteten. Vögel saßen am Rand der hübschen Vogeltränke und badeten oder stillten ihren Durst.

Dort fand er auch seinen Vater im Gras kniend und zusammengesunken. Raphael wusste noch genau, wie sein Vater damals ausgesehen hatte und es erschreckte ihn, wie einsam und verlassen er wirkte. Wie jemand, der gerade etwas verloren hatte, das unersetzbar war. Er wusste, er musste ihn irgendwie trösten, nur nicht, wie er das anstellen sollte.

„Papa?", hatte er gefragt und seine kleinen Finger hatten scheu nach den großen, schwieligen Händen des Knienden getastet, der ihn aus unendlich traurigen Augen ansah. Raphael sah, dass das Auto nicht im Carport stand und eine schreckliche Gewissheit breitete sich in seinem kleinen Herzen aus. „Wo ist Mama?", fragte er.

Sein Vater hatte seine winzigen, klammen Hände in seine genommen und schwer geseufzt, ehe er zögernd und unbeholfen sagte: „Rhy, deine Mama kommt nicht wieder. Sie... möchte eine Weile alleine sein."

Er hätte genauso gut sagen können, dass sie tot war, denn es machte eigentlich keinen sehr großen Unterschied für den damals Fünfjährigen.

Nur, dass sie eben allerhand Krempel von ihrer Weltreise zu ihnen schickte, wie um ihnen zu zeigen, wie viel besser es ihr ohne die lästige Familie und ihre Kinder ging.

Sie schickte Fotos von sich, braun gebrannt und lachend von weißen Sandstränden, Cocktails mit Schirmchen in den Gläsern, oder von der Spitze des Eiffelturmes mit Blick über Paris und schicken, neuen Hüten. Vom Rücken bunt geschmückter Kamele in der flirrenden Wüstenhitze oder im Schatten einer Oase. Von Kreuzfahrten auf riesigen Schiffen, die eher schwimmenden Städten glichen, oder vom Karneval in Rio, posierend neben den bunt gekleideten Tänzerinnen. Aus Rom, Afrika, Australien, ja sogar aus Lettland und Amerika.

Und stets schickte sie irgendein Souvenir mit. Ob geschnitzte und bemalte Holzmasken aus Afrika, Matroschkas aus Russland oder ein Miniatureiffelturm; die Pakete seiner Mutter beinhalteten stets irgendeinen Beweis, der ebenso nutzlos wie schmerzhaft war.

Jedes Mal, wenn ein neues Paket eintraf, was etwa alle sechs Monate der Fall war, versammelten er, sein Bruder Joshua und sein Vater sich darum, als wäre es eine Zeremonie, ehe es dann schließlich von seinem Dad geöffnet wurde. Dabei ging er langsam und sorgfältig vor, als seziere er das Herz seiner Ehe und entnehme ihm sämtliche guten Erinnerungen.

Es gab schon oft genug Streit um die Pakete, nach denen sowohl Raphael als auch sein Bruder tagelang in düsterer Stimmung umeinander herumschlichen wie kampflustige Katzen und ihr Vater trank in dieser Zeit für gewöhnlich noch mehr als sonst. Dennoch wollte er die Pakete nicht ungeöffnet wegwerfen, obwohl Josh und Raphael ihn oft darum gebeten, ja sogar angefleht hatten. Sie hatten gedroht, gebrüllt und gestritten. Manchmal war sogar etwas zu Bruch gegangen oder es gab einen kurzen aber heftigen Schlagabtausch mit Fäusten, ehe ihr Dad wieder die Befehlsgewalt im Haus an sich riss und die Revolte seiner Söhne beendete. Dabei wollten sie einfach nur, dass es vorbei war.

Einfach, damit dieses endlose Drama irgendwann ein Ende hatte.

Nicht nur für sich selbst, sondern auch für ihren Vater, der seit der Trennung, oder eher gesagt; der seit dem Verlassenwerden einfach nicht mehr derselbe war. Er hatte nicht ein einziges Mal eine andere Frau getroffen oder sonst einen Schritt in diese Richtung unternommen. Er arbeitete, kam nach Hause, trank, und dann schlief er, ehe er wieder arbeiten ging. Und das Tag für Tag, Woche für Woche, Jahr für Jahr. Wie ein Gefangener in einem Hamsterrad aus Schmerz und Qual.

Joshua, der drei Jahre jünger war als Raphael, litt sogar

noch mehr als er selbst. Er würde es nie zugeben, aber ihm fehlte seine Mutter sehr und das trieb einen Keil zwischen die Brüder. Raphael hegte einen gewissen Groll auf sie, weil sie einfach gegangen war. Sie hatte sich nicht einmal von ihren Kindern verabschiedet und das nahm er ihr übel. Jedoch hatte sie auch ihrem Vater nichts gesagt. Alles, was er vorgefunden hatte, war eine schlichte Seite Papier gewesen, auf der sie schrieb, dass es ihr leidtue, aber sie wolle mehr vom Leben als Kinder, Haus und Ehemann.

Dabei hatte sie zuvor nie zu erkennen gegeben, dass sie unzufrieden war. Tatsächlich erinnerte sich Raphael daran, dass sie sogar alle sehr glücklich gewesen waren. Mit gemeinsamem Frühstücken, Ausflügen an den Wochenenden an den See, in den Zoo oder ab und an in Freizeitparks. Er erinnerte sich daran, wie seine Eltern sich ansahen und umarmten, oder sogar küssten. Auch an abendliche Gutenachtgeschichten konnte er sich erinnern. Liebevolle Küsse und Hände, die ihm das Haar verwuschelten, ehe er zugedeckt wurde.

Und dann war sie einfach weg.

„Meine Mutter", begann er dann an Leon gewandt, während er den Blick aus dem Fenster schweifen ließ, „existiert für mich nicht mehr, seit ich fünf bin. Sie hat uns im Stich gelassen und es gibt nichts, was sie sagen oder tun könnte, damit ich ihr das verzeihe."

Und damit war das Thema erledigt.

6

Das Einzige, was zu hören war, war das Kratzen der Kugelschreiber auf dem Papier und das Geräusch von Seiten, die umgeblättert wurden. Das leise Rascheln, wenn sich ein neues Blatt an ein anderes schmiegte.

Unterbrochen wurde diese Monotonie nur durch gelegentliche Zwischenfragen von Leon oder Raphael, oder durch eine kurze Besprechung einer Formulierung, damit die Inhalte ähnlich genug blieben, ohne dabei vollständig gleich zu sein. Die Lehrer sollten nicht denken, dass einfach einer von ihnen vom Anderen abgeschrieben hatte.

Draußen warf die untergehende Sonne rötlichen Schein durch das geöffnete Fenster in das Zimmer, der sich an einer der Schneekugeln brach, die Raphaels Mutter ihm von irgendwoher geschickt hatte. Leon seufzte leise und versuchte sich etwas zu strecken, was in dem Sitzsack nicht ging, ohne dabei knisternde Geräusche zu erzeugen, die von den kleinen Styroporkugeln stammten, mit denen er gefüllt war.

Der Abend brach an und das verursachte ihm ein

unbehagliches Gefühl. Er musste unbedingt bald los.

Die Strafarbeit, ein Aufsatz über Pünktlichkeit, sollte insgesamt vier Seiten umfassen und sie hatten es beinahe geschafft.

Leons Blick fiel auf die Salbe, die neben zwei geleerten Tassen Tee vergessen auf dem Glastisch stand. Eine angebrochene Packung Schmerztabletten lag daneben, von denen sich Raphael insgesamt bereits drei selbst verabreicht hatte. Nichts Weltbewegendes, eigentlich. Freiverkäufliche Tabletten, die er selbst nahm, wenn er Kopfschmerzen hatte. Und dennoch lösten sie in Leon Unbehagen aus. Er hätte es lieber gesehen, wenn Raphael zu einem Arzt gegangen wäre, doch der angespannte Zug um seinen Mund und seine konzentriert zusammen gezogenen Brauen hinderten Leon daran, dieses Thema erneut aufzubringen.

Seitdem er ihn nach seiner Mutter gefragt hatte, schien sich der sonst so unbekümmert wirkende Raphael in eine abweisende Festung aus Schweigen und kühlen Blicken verwandelt zu haben. Leon konnte sehen, wie ab und an seine Kiefermuskulatur arbeitete und mit jeder zähen Minute, die verstrich, fühlte er sich unwohler. Aber dennoch...

Es war nicht so, dass er gehen wollte.

Es war eher so, dass er einen Weg finden wollte, um diesen Zustand zu beenden. Was Leon wirklich wollte, war Raphaels Schmerzen zu lindern. Nicht nur die, die von den Tritten und Schlägen stammten, sondern auch die in seinem Inneren. Denn er war sich ziemlich sicher, dass diese viel tiefer und schlimmer waren, als alles, was an Blessuren auf seiner Haut sichtbar war.

Sie schrieben den letzten Satz fertig und beide seufzten

beinahe gleichzeitig vor Erleichterung auf.

„Oh mein Gott", stöhnte Raphael befreit auf, „vier Seiten über das Thema Pünktlichkeit, und warum die so wichtig ist … Das hätte ich alleine garantiert nicht geschafft. Sorry noch mal, war ja eigentlich meine Schuld." Er lächelte Leon verlegen zu. „Willst du noch einen Tee oder so?"

Leon schüttelte den Kopf und erwiderte das Lächeln scheu. Im Schein der Abenddämmerung fing sich das rötlich-goldene Licht in Raphaels Haaren und gab ihnen einen beinahe magischen Schimmer. Es leuchtete in seinen blauen Augen und ließ sie regelrecht strahlen.

„Nein, danke." Leon leckte sich nervös die Lippen und schob die Unterlagen zurück in seine Tasche, als er bemerkte, wie er Raphael anstarrte. „Wir sollten jetzt die Salbe draufmachen. Ich gehe nicht vorher weg."

Er hörte Raphaels leises Lachen, was ihn zum Grinsen brachte.

„Ah, ja? Du lässt echt nicht locker…"

Der Dunkelhaarige seufzte und erhob sich mit schmerzerfüllter Miene, ehe er sich das T-Shirt über den Kopf zog und Leon den Rücken zudrehte. Im Abendlicht sahen die Prellungen und Blutergüsse beinahe gar nicht mehr so schlimm aus. Leon musterte den breiten Rücken vor sich, als er sich erhob und einen Schritt auf ihn zutrat. Das Geräusch des Deckels, der von der Tube gedreht wurde, klang laut in seinen Ohren, ehe Raphael sie ihm über die Schulter reichte. Leon konnte sehen, wie sich seine Muskeln unter der Haut bewegten und einen Moment zögerte er, ehe er die geöffnete Tube nahm.

„Ist es das wert gewesen?", fragte er leise. Der Duft von Seife, frischer Wäsche und Raphaels warmer Haut drang ihm in die Nase, als er so dicht hinter ihm stand, dass er beinahe die Wärme seines Körpers spüren konnte. Sein Herz zog sich zusammen, ebenso wie sein Magen, der zu flattern begann.

Raphael schwieg einen Moment und verschränkte locker die Arme vor sich, ehe er antwortete: „Ja, war es." Seine Stimme sprach die Worte leise und sanft. Leon bekam Gänsehaut davon, ohne zu wissen, wieso. Zögernd drückte er etwas Salbe aus der Tube in seine Handfläche. Sie roch ein bisschen wie der Erkältungsbalsam, den seine Mutter ihm manchmal auf die Brust gerieben hatte, als er noch klein war. Nach Kräutern und irgendwie nach kühlender Schärfe. Er atmete tief durch, ehe er die Handfläche sacht auf die verfärbten Blessuren legte, die sich ein Stück unter dem Schulterblatt abzeichneten. Er spürte, wie Raphael leicht zusammenzuckte.

„Entschuldige... Tut es sehr weh? Ich versuche, vorsichtiger zu sein." Leons Herz schlug ihm bis zum Hals, als er behutsam die Salbe auf die warme Haut rieb. Sie fühlte sich glatt und weich unter seinen Fingern an und er konnte die Stärke der Muskeln spüren, als er sie berührte.

„Nein, es tut nicht weh. Es... war nur etwas überraschend", erklärte Raphael dann leise. Er hatte die Augen geschlossen, was Leon natürlich nicht sehen konnte. Auch nicht sehen konnte er, wie der dunkelhaarige, größere Junge schlucken musste und wie sich seine Muskeln anspannten, als er die Arme noch etwas stärker verschränkte. Er versuchte dabei, möglichst locker zu wirken, aber es gelang ihm nicht. Leons Hand fühlte sich warm und so sanft an, während er die Salbe mit langsamen, sachten Bewegungen auftrug. Es war eher ein Streicheln als ein Reiben und es löste ein nervöses Flattern in seiner Magengegend aus.

„Du hast ja Gänsehaut", stellte Leon leise fest. Es klang überrascht. „Ist die Salbe so kalt?"

Raphael leckte sich nachdenklich die Lippen, während er versuchte, den dröhnenden Herzschlag zu beruhigen, der ihn halb taub machte. Was war das nur, dass ihn so unruhig werden ließ? Vielleicht war es doch eine schlechte Idee gewesen, den Kleinen an seine Blessuren zu lassen. „Nein, es ist nicht kalt. Es fühlt sich nur komisch an. Die Salbe macht meine Haut ein bisschen taub", log er. Vermutlich würde Leon die Schwindelei durchschauen, aber das war immer noch besser als zugeben zu müssen, dass es ihm... gefiel.

Warum gefiel es ihm nur? Er presste die Lippen zusammen, um nicht zu fluchen. Er wollte Leon sagen, er solle sich beeilen, aber ein anderer Teil von ihm hoffte, er ließe sich noch etwas Zeit. Seine verkrampften, angespannten Muskeln lösten sich unter den sanften Berührungen wie von allein und er ertappte sich dabei, wie er den Kopf entspannt nach vorn sinken ließ, als Leons Hand seine Schulterblätter erreichte. Hatte er da auch Blutergüsse? Fühlte sich eigentlich nicht so an.

„Du hast ganz schöne Muskeln. Trainierst du irgendwas oder so?" Leon zog die Brauen zusammen und versuchte nicht auf die besagten zu starren, die sich unter der Haut bewegten, wenn Raphael sich an- oder entspannte. Von so viel Kraft oder so einem hübschen Rücken konnte er nur träumen. Er atmete durch den Mund, um weder den Geruch der Salbe noch den Duft von Raphaels Haut zu inhalieren, denn er atmete auch so schon schwer genug. Er konnte fühlen, wie seine Ohren glühten und gottseidank sah niemand, wie seine Hände zitterten. Ein paar kleinere Narben fanden sich hier und da, hoben sich in blassen Spuren von der gebräunten Haut ab. Er strich mit den Fingerspitzen zart darüber, ehe er sich wieder den Blessuren widmete.

„Nicht mehr so richtig." Raphael drehte den Kopf und warf einen Blick über die Schulter. „Ich hab früher im Verein geboxt, aber dann aufgehört. Zu viele Arschlöcher, die mir auf die Nerven gegangen sind."

Leon wagte nicht, ihn anzusehen, und rieb angestrengt Salbe auf einen violetten Bluterguss an Raphaels linker Seite. „Oh. Dann weißt du ja, wo man hinhauen muss, oder?", versuchte er einen Scherz.

Raphael schmunzelte ein wenig schief. „Ja, das schon. Aber ich übertreibe es nicht. Wenn jemand schon am Boden liegt, trete ich nicht nach. Boxerehre und so. Nicht wie diese ganzen coolen Kiddies heutzutage…", er zog die Brauen zusammen, als Leon innehielt. „Was meinst du damit?", fragte er.

Raphael konnte seinen Blick auf sich spüren. Die schönen, honigfarbenen Augen, und wie sie ihn fragend ansahen. Sein Magen kribbelte und ein eigenartiges Gefühl breitete sich in ihm aus. Er räusperte sich und richtete den Blick wieder nach vorn. „Heute gibt es sowas wie Fairness nicht mehr. Es wird geprügelt, bis einer krankenhausreif oder ohnmächtig wird oder man ihm mindestens irgendwas gebrochen hat. Und wenn einer am Boden liegt, wird noch nachgetreten. Das hat mit einer Prügelei schon nichts mehr zu tun. Die Leute wissen nicht mehr, wann es genug ist." Er schwieg kurz, ehe er anfügte: „Und es gibt auch keine Mann-gegen-Mann-Kämpfe mehr. Man kriegt's heutzutage mit dem Kerl, seinen Brüdern, allen Cousins, Onkeln, Tanten und seinem Hund zu tun, wenn man nicht aufpasst. Und wenn du denkst, das war's, verpasst dir seine Oma noch eins mit dem Krückstock." Er grinste, als Leon zu lachen anfing. Es klang ehrlich amüsiert und warm. Ein schöner Klang. Es gefiel ihm.

„Wirklich? Mit einem Krückstock? Das glaube ich sofort. Mich hat mal eine alte Dame aus dem Weg geschubst, weil sie vor mir in den Bus einsteigen wollte. Und dann hat sie mich angeschrien, dass die Jugend total verkorkst wäre und keinen Respekt mehr hätte..." Er schüttelte lächelnd den Kopf. „Ich glaube, ich hab' alles..."

Raphael drehte sich um und wollte gerade die Salbe wieder an sich nehmen, als plötzlich die Tür aufgerissen wurde und eine kleinere Version von ihm selbst ins Zimmer platzte; rauchgraue Augen starrten Leon unter einem Schopf verwuschelter, schwarzaussehender Haare an, der erschrocken zusammenzuckte, als die Ruhe so rabiat gestört wurde.

„Oh! Hi!", entfuhr es dem kaugummikauenden Bruder von Raphael, der die beiden aus neugierigen Augen genauestens musterte. „Raph, ich wusste ja nicht, dass du schon zuhause bist. Wer ist das?", fragte er dann interessiert mit einem Kopfnicken gen Leon.

„Ein Freund aus der Schule. Was willst du, Josh?" Raphael runzelte die Stirn, und der Blick, den er seinem Bruder zuwarf, konnte Leon nur als giftig beschreiben. Er griff mit einer beinahe aggressiven Geste nach seinem Shirt und warf die Tube mit der Salbe achtlos in die Nähe der Sitzkissen.

Joshua grinste breit und wirkte in dem zu großen

T-Shirt, das er offensichtlich von Raphael geliehen hatte, wie ein kleiner Draufgänger. Er lehnte sich mit verschränkten Armen lässig gegen den Rahmen. „Was macht ihr beide denn hier so ganz allein hinter verschlossenen Türen?" Sein Tonfall war ebenso spöttisch wie frech und ließ keinen Zweifel daran, dass er eine interessante Geschichte witterte, die er weitertratschen konnte. Er beantwortete Raphaels Frage mit einer Gegenfrage, was diesen die Augen verdrehen ließ. „Hausaufgaben. Was willst du?", hakte er dann erneut nach. „Raus damit oder verpiss dich wieder."

„Oh mein Gott, bist du wieder empfindlich, Raph!" Josh verdrehte seinerseits die Augen und schnalzte mit der Zunge. „Ich will mit meinen Jungs in den Park und wollte mir deinen Pulli leihen."

„Vergiss es." Raphael schüttelte den Kopf und Joshua sperrte empört den Mund auf. „Ey! Komm schon, man! Es ist nur ein Pulli!"

„Ich sagte Nein! Und außerdem gehst du nirgendwohin. Du weißt genau, dass Dad das nicht erlauben würde und von mir bekommst du erst recht nicht die Erlaubnis! Du weißt genau, dass du abends nicht in den Park gehst." Er klang erstaunlich hart und streng, während er Joshua fokussierte, die Hände in die Hüften gestützt. „Wir wissen beide, dass ihr wieder rum zieht und Graffitis sprayen geht. Und du weißt auch, dass es richtig Ärger gibt, wenn dich einer erwischt."

Joshua streckte ihm missgelaunt die Zunge raus. „Du bist so ein Arschloch! Aber rumlaufen und dich prügeln ist ok oder was?", fauchte er gereizt.

„Das ist was anderes", hielt Raphael dagegen. „Du hast garantiert noch Hausaufgaben auf, also mach die lieber, ehe du wieder eine Fünf in Physik kassierst und Dad sauer wird!"

Joshua funkelte ihn wütend an. „Eine Fünf in scheiß Physik ist doch total egal, wen interessiert sowas? Ich werd' ja auch nicht Raketenwissenschaftler oder so, sondern Künstler!" Er schnaubte und kaute aggressiv auf seinem Kaugummi. „Da braucht man so einen sinnlosen Scheiß nicht."

„Verpiss dich endlich. Und du gehst heute nirgendwo mehr hin, außer in dein Zimmer", knurrte Raphael, am Ende seiner Geduld angelangt. „Du bist erst vierzehn und es ist schon", er sah eilig auf die Uhr, „fast acht Uhr abends, also ab."

Joshua presste die Lippen zusammen und funkelte Raphael noch einmal an, ehe er rausging und dabei die Tür so heftig zuschlug, dass ein Windstoß durch das Zimmer ging, der zwei nur halbwegs befestigte Poster neben der Tür flattern ließ wie Fahnen an einem Fahnenmast.

Leon atmete vorsichtig aus und warf einen besorgten Blick zu Raphael. „Nett...", kommentierte er dessen kleinen Bruder knapp.

„Pest trifft es eher", murrte Raphael lediglich, ehe er sich seinem Gast zuwandte. „Tut mir leid. Wir verstehen uns seit einer Weile nicht mehr so gut. Ich versuche, ihn von Ärger fernzuhalten, aber er schnallt das einfach nicht."

Leon nickte verständnisvoll. „Tja. Ich glaube, mein Bruder hatte mit mir einen etwas... äh ...pflegeleichteren Fall."

Raphael schmunzelte verhalten. „Du hast auch einen? Das ist eine echte Plage. Ist er älter als du?"

Leon nickte und widerstand dem Drang, die Augen zu verdrehen. „Allerdings, ja. Er ist sechs Jahre älter als ich und... schwierig. Ich verstehe mich auch nicht gut mit ihm, aber da wir uns nur etwa einmal im Jahr sehen, hält es sich in Grenzen. Marlon ist nicht gerade sehr familiär. Na ja." Er lächelte freudlos. „Irgendwie ist das in meiner sogenannten „Familie" keiner so richtig."

Seine Worte entlockten Raphael ein verwirrtes Lächeln. „Wie ist das denn gemeint?"

„Meine Eltern arbeiten ziemlich viel und sind eigentlich nie da. Ich sehe sie so gut wie nie. Mein Vater arbeitet als Architekt und wohnt mehr oder weniger in seinem Büro und meine Mutter ist Stewardess bei einer großen Airline. Langstrecken. Sie ist nicht sehr oft zuhause und wenn, dann schläft sie die meiste Zeit, weil sie so k.o. ist."

Raphael hörte ihm aufmerksam zu und beobachtete währenddessen, wie die letzten Strahlen der Sonne hinter den Wipfeln der Bäume verschwanden. „Das ist sicher ganz schön hart, oder? So ganz allein..." Seine blauen Augen hefteten sich wieder an Leons Gesicht und dieser zuckte die Achseln. „Das geht schon Jahre so. Ich kann mich kaum daran erinnern, dass es mal anders war. Wenn die Haushälterin nicht wäre, würde ich mir vermutlich vorkommen, wie Robinson Crusoe."

Es sollte ein Scherz sein, aber dafür war zu viel Wahrheit enthalten.

„Na ja, wie auch immer." Leon griff nach seinem Rucksack. „Ich sollte langsam los. Es wird schon dunkel", murmelte er, als er ihn aufhob. Er fühlte sich schwer an, als wäre er mit Steinen gefüllt und nicht mit Büchern und Heften.

„Und wohin? In ein leeres Haus?" Raphael schüttelte

den Kopf. „Das ist doch quatsch. Du…", er zögerte kurz und fuhr sich mit einer Hand durch die Haare. „Du kannst doch hier schlafen. Es ist nicht total ordentlich oder so, aber…" Er vollendete den Satz nicht. Er wusste nicht einmal genau, wieso er das angeboten hatte. Er hoffte fast, Leon würde ablehnen, während er sich gleichzeitig wünschte, er täte es nicht. Aber was würde er seinem Vater sagen? Wie kam das rüber?

Leon lächelte überrascht und hievte sich mit einem verlegenen Ausdruck im Gesicht den Rucksack auf die Schulter. „Nein, danke. Das ist wirklich nett, aber das geht doch nicht. Und die Haushälterin macht sich bestimmt Sorgen, wenn ich nicht da bin. Ich habe ihr ja gar keine Nachricht hinterlassen."

„Du hast recht, ich-" Raphaels Satz wurde unterbrochen, als schwere, massive Schritte auf der Treppe hörbar wurden und keine Sekunde später die Tür krachend aufflog. Sie knallte gegen das Bücherregal und eine der Schneekugeln fiel mit einem dumpfen Geräusch runter, brach jedoch nicht, weil sie in einem Haufen Wäsche landete.

„Was ist hier los?!" Die wütend funkelnden Augen, grau wie kalter Rauch und ebenso unfreundlich, bohrten sich regelrecht durch Leon, der erschrocken zusammengezuckt war und sich an seinen Rucksack klammerte. Dass „Guten Abend", was er eigentlich sagen wollte, blieb ihm im Halse stecken.

Raphaels Vater war ein großer, breiter Kerl, der noch in der Uniform seiner Sicherheitsfirma steckte und allein der zuckende Muskel an seinem linken Auge hielt Leon davon ab, auch nur zu atmen. Er war einschüchternd und seine schiefe Nase mitsamt der kleinen Narben an Schläfe und Kinn machten den Eindruck nicht grade freundlicher. Adrenalin schoss durch Leons Adern und er bemühte sich, dem offensichtlich wütenden Mann nicht ins Gesicht zu sehen. Stattdessen fokussierte er seinen Blick auf die massiven Stiefel, die aussahen, als könnte man damit Türen – oder Schädel eintreten.

Raphael drehte sich gelassen zu seinem Vater. „Was soll der Aufstand? Darf ich jetzt nicht mal einen Kumpel aus der Schule mitbringen, um gemeinsam Hausaufgaben zu machen und eine Pizza zu essen?"

Ein dunkles Schnauben war die Antwort und die Stimme von Raphaels Vater klang nur mühsam beherrscht. „Da hat mir Josh aber was anderes erzählt. Also, hast du mir irgendwas zu sagen, Rhy?"

Leon konnte hören, wie schwer die beiden atmeten. Wie zwei Stiere, die sich in der Arena gegenüber standen.

„Ich weiß nicht, wovon du redest", knurrte Raphael nach einem endlos scheinenden Moment gepresst.

„Dein „Kumpel" hat an dir rumgefummelt und dich mit Salbe eingeschmiert!", explodierte der Mann und Leons Blick flog erschrocken hoch, zu seinem roten Gesicht, an dessen Schläfen sich Zornesadern gebildet hatten. Er schmetterte seine Faust gegen den Türrahmen und Leon wich panisch zurück.

„Ja, und?!", brüllte Raphael ebenso wütend. „Ich komm an meinen Rücken nun mal nicht ran, was ist daran so schlimm? Seid ihr beide völlig bescheuert oder was?" Er atmete heftig ein und aus und Leon konnte sehen, wie stark er zitterte. Seine Miene verriet jedoch nichts als Zorn über seinen Vater. Und eine gehörige Portion Trotz.

„Und wie soll das laufen, hm? Erzählt die kleine Schwuchtel dann in der Schule rum, dass du zuhause geschlagen wirst, oder was soll das werden?"

Leon schloss gequält die Augen und wünschte in just diesem Moment, der Boden möge sich auftun und ihn verschlingen. Wann war das alles so aus dem Ruder gelaufen? Er hätte nicht herkommen dürfen. Eine Welle aus Reue und Scham schlug über ihm zusammen.

„Wieso sagst du sowas?" Raphael bemühte sich um einen ruhigen Tonfall und leckte sich die Lippen. „Er ist keine Schwuchtel, er ist nur ein Kumpel, ich sag's doch! Wir haben Hausaufgaben gemacht, Pizza gegessen und ich habe ihn *gebeten*", das letzte Wort betonte er ausführlich, „mir die Prellungen einzureiben, weil ich nicht dran komme und sie höllisch wehtun." Er hielt seine Handflächen erhoben, beruhigend, wie man es auch bei einem scheuenden Pferd tun würde.

Sein Vater knurrte dunkel und ein Stück hinter ihm tauchte das bleiche Gesicht von Josh auf, der aussah, als wäre das nicht so geplant gewesen. Er war offensichtlich selbst über die Heftigkeit der Reaktion erschrocken, die er seinem Dad entlockt hatte.

„Und wieso bittest du einen Fremden darum, und nicht deinen Bruder oder mich?" Die Augen von Raphaels Vater waren schmale Schlitze, während er ihn betrachtete. Seine Stimme klang leise und gefährlich. Gereizt, wie ein Raubtier kurz vor dem Zuschlagen.

Leon wagte kaum, zu atmen oder zu blinzeln.

„Weil du nur wütend geworden wärst, wenn du... Es gesehen hättest, so wie immer." Raphaels Antwort klang müde und beinahe ergeben. „Und ich habe keine Ahnung, wieso ihr beide einen Aufstand deswegen macht. Oder wieso in unserem Haus neuerdings Gäste beleidigt werden. Ist das jetzt unser neuer Tiefpunkt?" Er schüttelte den Kopf. „Ich weiß nicht, was das soll. Ehrlich. Wir haben nichts falsch gemacht. Und es gibt keinen Grund, dafür beinahe Mamas Zeug kaputtzumachen." Er deutete auf die runtergefallene Schneekugel.

Die Erwähnung seiner Frau schien seinen Vater sofort zu dämpfen. Er klappte den Mund zu und funkelte seinen Sohn an. Einen Moment maßen sie sich mit Blicken, ehe er zu Leon schaute und ihn eingehend musterte. Der Junge traute sich nicht, hochzuschauen. Bleich und eingeschüchtert stand er da, seinen Rucksack umklammernd wie einen nutzlosen Schutzschild.

Er schnaubte abfällig. „Schaff ihn weg. Und das nächste Mal sagst du mir vorher Bescheid, wenn du vorhast, Besuch nach Hause zu bringen, klar?"

Schwere Schritte, gefolgt von sehr viel leiseren, entfernten sich und man hörte kurz darauf einen gedämpften Streit hinter geschlossener Tür. Anscheinend maßregelte der Vater soeben seinen jüngsten Sohn in der Küche. Raphaels Stimme klang gepresst und dunkel, als er sprach.

„Lass uns abhauen."

7

Das Licht der Straßenlaternen war nicht ausreichend genug, um Leons verrücktes Herz auch nur halbwegs zu beruhigen.

Die Schatten kamen ihm vor wie lauernde Raubtiere, jederzeit bereit, sich auf ihn zu stürzen und zu verschlingen. Angst brach ihm durch die Poren, sickerte aus ihnen wie Wasser aus einer gesprungenen Tasse. Tropfen für Tropfen.

Bilder und Szenen sämtlicher Horrorfilme die er je gesehen oder alle unheimlichen Bücher, die er je gelesen hatte, schossen ihm durch den Kopf. Monster, die in der Dunkelheit lauerten und mit geifernden Kiefern auf leichte Beute warteten. Unheimliche kleine Kinder mit leeren, toten Augen, die aus dem nächsten Gebüsch sprangen; die Möglichkeiten, die sein ängstlicher Verstand ihm vorgaukelte, schienen unendlich und ebenso grauenerregend zu sein. Er atmete durch den Mund, weil das leiser war und er hoffte, dass Raphael nicht merkte, wie lächerlich er sich benahm.

Achluophobie. Die übersteigerte Angst vor der Nacht, der Dunkelheit und dem Alleingelassenwerden in selbigem.

Leon bekam diese Diagnose schon im Alter von acht Jahren, nachdem er sich monatelang heftig dagegen gewehrt hatte, dass seine Eltern ihm nachts das Licht ausmachten, wenn er ins Bett gebracht wurde. Er konnte sich nicht erinnern, was die Angst ausgelöst hatte, oder wann genau sie begonnen hatte. Aber sie war so real und unleugbar vorhanden, wie seine Augenfarbe oder der Sonnenaufgang. Sie machte aus dem ruhigen, schüchternen Jungen ein Zerrbild seiner Selbst, bis er nur noch aus namenloser Panik bestand, die alles verschlang, was er war, bis nur noch ein zitterndes, weinendes Häuflein Elend übrig war.

Er verdrängte die Erinnerungen daran, wie er von absolutem Grauen erfüllt in seinem dunklen Zimmer an die verschlossene Tür gehämmert hatte, bis ihm die Fäuste wehtaten. An sein rasendes Herz und sein unkontrolliertes Weinen und die Schreie, die seine Eltern ignorierten, bis seine Mutter eines Tages keinen anderen Ausweg mehr sah, als ihn zu einem Psychologen zu schleifen. Etwa ab da begann sein Vater auch, in seinem Büro zu nächtigen. Sie sprachen nie darüber, dass es wegen Leons „surrealem Benehmen" passierte, aber er wusste sehr genau, dass sein Vater ihn für verrückt hielt. Bescheuert. Nicht ganz dicht. Seine Mutter verteidigte ihn anfangs noch, doch als er nur noch mit eingeschaltetem Nachtlicht in seinem Zimmer schlafen konnte, verstummte auch ihr ohnehin schwacher Protest. Und als es sich auch mit Beginn der Pubertät nicht gab, fing sie an, Überstunden zu schieben.

Nicht, weil das Geld so knapp gewesen wäre, denn das war nie ein Problem. Sie tat es, damit sie ihren aussätzigen Sohn nicht sehen musste.

Den Verrückten, der Angst vor der Dunkelheit hatte und sich verkroch wie ein angeschossenes Tier, sobald die Sonne unterging.

Er achtete darauf, genau unter den Straßenlampen zu laufen. Immer nur in ihrem Lichtschein, während Raphael unbekümmert neben ihm herlief. Schweigsam und anscheinend in Gedanken.

Leon blieb sorgsam im Lichtkegel, ehe er mit wachsender Furcht sah, dass die Lampen in der Nähe des Parks kaputt waren. Vermutlich von randalierenden Jugendlichen mit Steinen zerschmissen. Er konnte im fahlen Lichtschein die Scherben sehen, die auf dem dunklen Gehweg funkelten.

„Hey, lass uns durch den Park gehen. Das ist kürzer und wir sind viel schneller bei dir."

Raphael betrachtete ihn von der Seite, er konnte es fühlen. Sein Mund wurde trocken.

„Meinst du?", Er versuchte, mit einem zittrigen Lächeln seine Angst zu überspielen. „Ich glaube, es macht gar keinen Unterschied."

Raphael schüttelte den Kopf. Er schien von Leons Angespanntheit nichts zu bemerken. „Das spart fast eine halbe Stunde. Ich bin schon oft im Dunkeln da durchgelaufen, das gibt ein paar wirklich coole Plätze."

Leon leckte sich nervös die Lippen. „Ehrlich? Schon… oft?", wiederholte er unsicher. Sein Blick huschte zu Raphael, der so zuversichtlich und gelassen aussah, wie ein unerschütterlicher Berg. Er nickte und sein Blick ruhte auf dem Weg vor ihnen. „Na klar. Wir verlaufen uns schon nicht, falls du deswegen besorgt bist." Er sah kurz zu ihm und lächelte schief, was Leon nur noch etwas nervöser machte. Er sah sich im Dunkeln schon einer Panikattacke gegenüber, die ihn zu Boden zwang und lähmte. Oder wie er über Baumwurzeln stolperte. Oder wie sie in der Finsternis über irgendwelche Liebespaare stürzten, die es mitten in den Büschen trieben. Oder sie ertranken in dem kleinen Bach, der durch den Park floss. Er umklammerte die Träger seines Rucksacks mit verkrampften Fingern. Oder ihnen lauerten irgendwelche Jugendlichen auf, die sie dann verprügelten. Oder ein wilder Hund griff sie an...

„Hey!" Raphaels Stimme riss ihn aus den selbst erdachten Schreckensszenarien und er blinzelte hektisch. Sie waren stehengeblieben, genau an der Stelle, wo das Licht der Lampen aufhörte und die Finsternis ihren dunklen, endlos scheinenden Schlund aufriss. Raphaels blaue Augen funkelten im Zwielicht. „Ist alles in Ordnung? Du siehst ganz schön blass aus. Sogar hier, wo ich fast gar nichts mehr sehe. Dein Gesicht strahlt wie der scheiß Mond!"

Er stand so dicht vor ihm, wohl den schlechten Sichtverhältnissen geschuldet, dass Leon die Salbe riechen konnte, die er ihm kurz zuvor aufgetragen hatte. Er schluckte tapfer.

„Es geht schon. Ich bin nur nicht gern nachts draußen." Das war zwar nur die halbe Wahrheit, aber mehr konnte und wollte er gerade jetzt nicht gestehen.

Raphael betrachtete ihn einen Moment schweigend und erst jetzt hörte Leon das Zirpen der Grillen, roch den warmen Duft der lauen Sommernacht nach gemähtem Gras, warmen Steinen, blühenden Blumen und reifendem

Getreide irgendwo. Mücken und kleine Motten tanzten flirrend unter dem Lampenschein, angezogen vom Licht. Sein Herzschlag schien sich zu beruhigen und die Panik legte sich allmählich, verebbte zu einem erträglichen Hintergrundrauschen, so wie wenn man den Fernseher leise laufenließ und die Stimmen zu einem Murmeln wurden.

    Raphaels Augen schimmerten und Leon konnte sehen, wie er ihm zulächelte. „Vertrau mir einfach."

    Eine schlichte Bitte, doch so schwer ihr nachzukommen. Leon biss sich auf die Unterlippe und nickte dann nur. „Ich versuch's."

◆◆◆

Finsternis ist wie ein unendliches Meer. Wie ein Loch, das einen einsaugt, so wie ein Wirbelsturm. Man kann ihr nicht entkommen, man atmet sie. Sie legt sich auf die Haut, dringt in Mund und Nase, bis sie dich ausfüllt und das Blut in deinen Adern ersetzt, sogar deine Gedanken schwarz färbt, bis nichts anderes mehr existiert.

    Leon umklammerte verzweifelt die Träger seines Rucksacks mit beiden Händen. Er hatte das Gefühl, die Finsternis sogar auszuatmen. Sie drang ihm aus jeder Pore, durchnässte sein schlichtes Hemd, dass es wie eine zweite, tot wirkende Haut an ihm klebte. Er blinzelte hektisch und doch sah er nicht viel mehr als Raphaels Schemen, unwirklich, wie ein Schatten in der Nacht.

Durch die Baumkronen schimmerten ab und an Sterne, doch ihr Licht war zu kalt und zu weit weg, um Trost oder Hoffnung zu spenden.

Leons Herzschlag dröhnte ihm in Brust und Ohren und er war vollkommen damit beschäftigt, die Panik nieder zu ringen, die in ihm wütete wie ein völlig außer Kontrolle geratenes Tier.

Ich vertraue ihm, ich vertraue ihm, ich vertraue ihm... wiederholte er in Gedanken immer wieder, nur abgewechselt von derben Flüchen und der Stimme in seinem Kopf, die ihm Schreckensszenarien ausmalte. Oder, was noch schlimmer war, die ihn mit der Frage quälte, wieso zur Hölle er Raphael überhaupt vertraute. Oder wieso er nicht gegangen war, als es noch hell war.

Er stolperte über etwas, das vermutlich die Wurzel eines Baumes war und trat gleich darauf in eine Art Loch im Boden, vielleicht der Eingang zu einem Kaninchenbau oder einfach nur ein Loch, wer wusste das schon?

Er schrie auf. Ein spitzer, beschämend schriller Schrei, der die Dunkelheit zu zerreißen schien und der ihm das Blut erst aus dem Gesicht sacken-und es dann wieder schnell zurückfließen ließ.

Leon stürzte mit pochendem Herzen und glühenden Ohren, schwer atmend, und kniff fest die Augen zu, wartete wie ein fallender Baum auf den Aufprall. Es ging alles so schnell, dass er nicht einmal die Hände von den Trägern seines Rucksacks lösen konnte. *So eine verdammte Scheiße. Ich werde mir garantiert die Nase brechen.*

Doch weder schlug er auf dem Boden auf, noch brach er sich die Nase. Er wurde von warmen, kräftigen Händen aufgefangen, die ihn an den Schultern packten.

„Hey, ganz ruhig..." Raphaels Stimme klang sanft und

beruhigend und in der Finsternis konnte Leon nachvollziehen, wie sich jemand fühlen musste, der sich verirrt hatte und endlich die Stimme eines Retters im dunklen Wald hörte.

„Du bist ja total durchgeschwitzt und zitterst!" Er klang jetzt besorgter und Leon konnte seinen Blick regelrecht fühlen. Die warmen Hände lösten sich von seinen Schultern und ehe er blinzeln konnte, wurde seine Hand von Raphaels ergriffen.

„Es tut mir leid. Wenn ich gewusst hätte, dass es so schlimm für dich ist, wären wir den langen Weg gegangen." Schuld und Verlegenheit sickerte aus seinen Worten heraus und Leon griff seine Hand unabsichtlich fest. „Ich habe eine Form von Nachtangst", sprudelte es aus ihm hervor, noch ehe er die Worte zurückhalten konnte. „Ich fürchte mich vor der Dunkelheit und allem, was dazu gehört. Du konntest das nicht wissen. Ich hätte es dir sagen sollen, aber ich wollte nicht... feige sein." Leon starrte in Richtung Boden und schluckte. Das hatte er noch nie jemandem erzählt. Sicher hielt Raphael ihn jetzt für total bescheuert und würde ihn auslachen. Wer hatte auch schon mit siebzehn so eine bekloppte Phobie? So eine kindliche Angst, die andere schon mit acht oder neun nicht mehr hatten? Er war eben nicht normal. Und das in mehrerer Hinsicht.

Schweigen.

Nur das Zirpen von Grillen und das Rascheln der Blätter im Wind. Leon spürte Raphaels warme Hand, die seine ganz fest hielt. Einfach so. Und er ließ nicht los.

„Ich habe Angst vor Spinnen. Aber so richtig." Es klang ernst aber Leon konnte ihn trotzdem lächeln hören. Er musste grinsen. „So ein Blödsinn... du hast bestimmt keine Angst vor Spinnen!"

„Doch, und wie! Ich kreische wie ein kleines Mädchen, wenn ich eine sehe", beteuerte er, so ernst er konnte. „Vor allem die Springspinnen sind schlimm, diese kleinen, die einen todesmutig anhüpfen und dann weiß man nicht, wo das Drecksviech hingesprungen ist!"

Leon musste lachen und schüttelte ungläubig den Kopf. „Das hast du dir nur ausgedacht…"

„Hab ich nicht!" Raphael grinste und zog ihn sacht mit sich. „Ich kriege regelmäßig einen Anfall, wenn ich so einen Weberknecht in meinem Zimmer finde. Die, mit den langen Beinen und den kleinen Körpern. Mir ist mal einer davon über das Gesicht gekrochen. Seitdem hasse ich die Dinger."

Leon setzte seine Schritte wie in Trance und seine Finger verwoben sich mit Raphaels, während dieser ihn hinter sich herzog. „Wirklich? Dabei sind Spinnen und spinnenartige Tiere ziemlich sensibel für Bewegungen und auch für Körperwärme. Die krabbeln eigentlich nicht einfach so auf einem rum." Er leckte sich die Lippen, weil das Reden über Weberknechte ihm half, seine Gefühle unter Kontrolle zu halten. „Weberknechte sind nämlich keine sogenannten Webspinnen, also die bauen keine Netze, um eine Beute zu fangen, sondern fressen nur ganz winzig kleine Gliederfüßer und sowas. Und sie sind nachtaktiv."

Raphael brummte erstaunt und duckte sich unter einem Ast weg. „Echt? Das sind nicht einmal richtige Spinnen? Krass." Er hielt ihn oben, damit er Leon nicht ins Gesicht schlagen konnte und zog ihn weiter. Leon wollte gerade etwas erwidern, als sich über ihnen der Himmel auftat.

Die Lichtung war klein, vielleicht nur gerade doppelt so

groß wie sein Zimmer zuhause. Die Baumkronen schienen sich kreisrund wie ein Rahmen zu biegen, um das Stück Himmel nicht zu verdecken, das sich über ihnen öffnete.

Unendlich dunkelblau, besetzt mit unzähligen Sternen, die funkelnd und leuchtend das Firmament schmückten. Hohes Gras wuchs am Boden und ging einem weit über das Knie. Es duftete nach Blumen und Gras und Erde, die den ganzen Tag von der Sonne gewärmt wurde. Irgendwo in der Nähe hörte Leon das leise Glucksen eines Baches, der sich durch den Park schlängelte.

Seine Augen jedoch starrten wie gebannt hoch zu den Sternen. Ohne Wolken, die sie verdecken konnten, kam es Leon so vor, als hätte er noch nie richtig hingesehen. Sogar die Milchstraße war erkennbar. Wie Sternenstaub, durchzogen von funkelnden Himmelskörpern, wand sie sich am Firmament. Plötzlich schien die Dunkelheit ihm nicht nur schwarz und bedrohlich.

„Wow", flüsterte er staunend.

Raphael lächelte und folgte seinem Blick, legte den Kopf in den Nacken. „Ja. Wir sehen alle viel zu selten mal in eine andere Richtung als immer nur nach vorn. Wir vergessen zu leicht, dass es auch noch eine Welt *um uns herum* gibt, finde ich." Er linste zu Leon, dessen Mund leicht offen stand und der hochschaute. Mit großen Augen, so wie ein Kind an Weihnachten, das einen Berg voller Geschenke erblickt. Raphael betrachtete ihn schweigend. Das Sternenlicht schien sich in seinen Augen zu fangen und brachte sie zum Glitzern und Funkeln.

„Ich habe noch nie wirklich hochgesehen, glaube ich. Nicht so, jedenfalls", gestand Leon leise. „Nur aus dem Fenster, wenn es Nacht war, aber das ist irgendwie anders. Es ist schön." Er senkte den Blick wieder und lächelte Raphael zu. „Danke." Er strich sich verlegen das Haar aus dem Gesicht. „Du kommst wohl oft her, wenn du den Platz sogar im Dunkeln findest?" Er biss sich auf die Lippen und fuhr mit den Fingern der freien Hand durch das hohe Gras und die Blüten der wild blühenden Blumen, die ihn an der Haut kitzelten.

„Manchmal", wich Raphael aus. Er blieb stehen und rührte sich nicht. „Aber ich habe noch nie jemanden mit hierher genommen."

Überraschung zeichnete sich auf Leons Zügen ab, als er zu ihm sah.

„Das hast du wohl nicht erwartet, was? Dachtest du, ich nehme… Mädchen hierher mit?" Er schüttelte mit einem amüsierten Lächeln den Kopf.

Leon wurde rot. „Das wäre doch nicht so abwegig gewesen, oder?", nuschelte er verlegen zu seinen Schuhen. Sein Herz klopfte vor Aufregung schnell und der Rucksack schien plötzlich mit Steinen gefüllt zu sein.

Raphael antwortete eine ganze Weile nichts. Sie standen einfach da, verbunden an den Händen. So nah und doch war es, als läge ein ganzer Ozean zwischen ihnen.

„Ich wurde bisher erst einmal geküsst und es war nicht so wahnsinnig toll, wie man in den Filmen immer sieht. Es war sogar ziemlich enttäuschend." Raphaels Stimme drang sanft und weich zu Leons Ohren und er sah unwillkürlich zu ihm hin. Er wirkte verletzlich und ein wenig irritiert. Gleichzeitig lag ein sonderbarer Ausdruck auf seinem Gesicht, den Leon noch nie gesehen hatte. Seine Knie wurden weich davon und sein Magen flatterte.

„Echt?"

„Echt."

Leon leckte sich nervös die Lippen. „Ich wurde noch nie geküsst", gab er dann leise zu. „Aber das ist auch kein Wunder...", fügte er mit einem schmalen Lächeln an.

Raphael trat etwas näher, so dass er direkt vor ihm stand. „Warum ist das kein Wunder?", wollte er wissen. Er legte den Kopf schief und Leons Magen zog sich zusammen.

„Weil ich... Ich bin", erklärte er dann tonlos, als sei damit alles gesagt. Er wollte den Kopf wegdrehen, plötzlich einen Kloß im Hals und ein tonnenschweres Gewicht auf dem Herzen, doch es gelang ihm nicht. Er sah zu Raphael hoch, dessen Gesicht zum Greifen nah vor ihm zu schweben schien. Nur ein wenig näher... Nur ein bisschen auf die Zehenspitzen stellen... Seine Lippen schienen so nah und doch... Er sah mit klopfendem Herzen endlich weg und blinzelte hektisch in das Sternenlicht der Nacht. Gänsehaut auf dem ganzen Körper und ein leichtes Schwindelgefühl im Kopf, der so leer und gleichzeitig so voll schien.

„Wir sollten jetzt gehen. Es ist schon spät."

„Leon..."

Raphaels Stimme klang so sanft und bittend, dass er nicht anders konnte, als den Kopf wieder zu ihm zu drehen und ihn anzusehen. Die Hand, die seine gehalten hatte, löste sich und noch ehe er begriff, was geschah, legte sich Raphaels warmer Mund auf seinen, glitt seine Hand in das flachsfarbene Haar im Nacken und zog ihn zu sich, während die andere sich an seine Wange legte. Der streichelnde Daumen, der über Leons Haut rieb, schickte elektrisierende Wellen durch seinen ganzen Körper, brachte seine Haut zum Kribbeln.

Raphaels Lippen waren erstaunlich weich und Leons

Herz setzte einen ungläubigen Schlag lang aus, als könnte es nicht fassen, was da passierte. Er konnte das Zittern fühlen, das Raphaels ganzen Körper erfasst hatte, sogar seinen Mund, und wie es sich auf ihn selbst übertrug, so wie ein Funke, der übersprang. Seine Hände griffen wie von selbst in das dunkle T-Shirt des anderen und er spürte die Hitze seines Körpers durch den dünnen Stoff. Ihn wirklich zu berühren wagte Leon nicht. Er hatte noch immer die Bilder der Blutergüsse vor Augen.

Der Kuss war ein zögerndes, unsicheres Ertasten mit den Lippen. Zart und sacht, scheu beinahe. Als könnte jede falsche Bewegung zu einer Katastrophe führen. Leon seufzte leise und sämtliche Gedanken in seinem Kopf verstummten.

Raphaels Atem mischte sich mit Leons und seine warmen Lippen erkundeten ohne Hast die seinen. Zärtliche, behutsame Berührungen mit geschlossenen Augen und ohne zu viel Druck. Es schien ewig zu dauern, und als Raphael den Kuss beendete, schaute er mit schimmernden Augen und wild pochendem Herzen zu ihm hoch.

Leons leicht geöffnete Lippen, noch feucht und warm von seinem Kuss und das Sternenlicht, das sich in seinen großen, erstaunten Augen spiegelte, das Gefühl seiner warmen Haut und seines Haars unter seinen Fingern... Raphael schloss die Augen und versuchte dem Impuls zu widerstehen, ihn erneut zu küssen.

„Gerade weil du Du bist", erklärte er dann leise und mit erschreckend heiser klingender Stimme, „verstehe ich nicht, wieso du noch nie geküsst wurdest."

Leon starrte ihn sprachlos an, die Hände in sein T-Shirt geklammert, als könnte er sich jede Sekunde in Luft auflösen, wenn er ihn losließe. Er schluckte.

Raphael lächelte schief und löste nur widerstrebend und mit klopfendem Herzen die Hand aus seinem Nacken und von der Wange, deren Haut so weich und warm war. Er verdrängte die Gedanken, die auf ihn einstürmten und ihm zubrüllten, dass er einen riesigen Fehler machte und ihn das sicher noch teuer zu stehen kommen würde. Er wollte jetzt nicht darüber nachdenken, warum er ihn geküsst hatte. Oder daran, wie gut und richtig es sich angefühlt hatte. Oder wie sehr es ihn aufwühlte und durcheinanderbrachte, dass es so war.

Stattdessen löste er Leons Finger von seinem Shirt und nahm seine Hand wieder in seine.

Fest und vollkommen natürlich, als gehörte das schon immer so, verwoben sich ihre Finger miteinander.

„Wir sollten gehen. Es ist schon spät", griff Raphael dann Leons Worte von vorhin auf und zog ihn mit sich durch das hohe Gras. Er wollte nicht länger in der Dunkelheit bleiben, weil er sich plötzlich selbst nicht mehr traute. Wer wusste schon, was sonst noch alles passierte. Sein Magen kribbelte und sein Körper fühlte sich seltsam schwer und zeitgleich so leicht an. Er konzentrierte sich auf die Richtung, in die sie gehen mussten, und stellte sicher, dass Leon seine Hand nicht loslassen würde. In all dem Chaos, das in seinem Kopf und seinem Herzen wütete, schien das das Einzige zu sein, was jetzt zählte. Egal was passierte:

Er wollte auf keinen Fall Leons Hand loslassen.

Die laue Sommernacht schien Leon hingegen plötzlich keine wilde Bestie mehr zu sein, sondern ein beschützender, weicher Mantel aus Sternenlicht, der die Röte seiner Wangen und das Geheimnis seines ersten

Kusses verbarg. Er lächelte und folgte Raphael durch die Finsternis, ein Gefühl von Hoffnung im Herzen. Und zugleich zitterte und bebte es in seiner Brust wie ein verängstigter kleiner Vogel in einem zu engen Käfig, der zum ersten Mal den weiten, unendlich blauen Himmel und seine Freiheit sah.

Warum hast du mich geküsst, du Idiot?! Und... warum hast du wieder so schnell damit aufgehört?!

Es war verwirrend und beschämend und irgendwie war es einfach perfekt. Und Leon hatte einfach eine unglaubliche Angst, dass das alles nur ein ganz besonders mieser Scherz war.

Raphael küsste doch bestimmt nicht einfach so einen anderen Jungen, oder? Wusste er etwa schon, dass Leon schwul war? Und wenn ja, war das wichtig? Was war überhaupt wichtig?

Seine Gedanken überschlugen sich hektisch und völlig chaotisch in seinem Kopf, machten ihn taub und blind. Das Einzige, was dagegen half, war die warme, kräftige Hand von Raphael und ihre ineinander verwobenen Finger, die sie beide verbanden.

Wie viel Glück muss ein Mensch erfahren, um all die Wunden auf seiner Seele zu heilen, die ihm in seinem Leben zugefügt wurden?

Und wie lange reicht ein kleiner Funken davon aus, um ein Leben zu erhellen?

Ergeben zwei kaputte, verdrehte, verkorkste Dinge ein Ganzes?

Leons Herzschlag dröhnte in seinen Ohren und Tränen schossen ihm in die Augen. Was, wenn es nur eine Art Unfall gewesen war und Raphael das gar nicht so meinte?

Er könnte ihm nie wieder in die Augen sehen.

Aber noch viel schlimmer wäre es, wenn Raphael den Kuss schon bald bereuen würde. Wenn er sich dachte: „Oh, Scheiße, was zum Teufel ist da bloß passiert?" Und vielleicht nie wieder mit ihm reden würde.

Unbewusst drückte er seine Hand fester und starrte auf seine dunkle Silhouette, die sich vor ihm durch das Gras und über die unebenen Wege schob. Er kämpfte die Emotionen nieder, die sich in seiner Brust zusammenballten und sein Herz zusammendrückten wie eine Faust.

Die ersten Straßenlaternen schimmerten mit ihrem fahlen Licht durch die Bäume und Sträucher und plötzlich wollte er nichts mehr, als im Dunklen bleiben. Doch seine zitternden Beine folgten Raphael gehorsam.

„Sieh mal, da vorn ist schon die Straße. Wir sind gleich da!" Raphael klang ein wenig erleichtert und führte ihn sicher durch die leeren Straßen, vorbei an den kleinen Gärten und den hübschen, sauberen Hauseingängen. Und es dauerte nicht lange, da standen sie vor Leons Haus.

Es kam ihm vor wie der einsamste, traurigste Ort der ganzen Welt. Anstatt in der Amselgasse vierundzwanzig hätte es auch hinter einem Stein auf dem Mars stehen können. Oder auf dem Mond. Oder sonst irgendeinem weit entfernten Ort, an dem kaum je ein Mensch vorbeikam. Nicht einmal die Außenlampe war eingeschaltet, so dass er im Dunkeln nach seinem Schlüssel suchen musste. Es dauerte einen unendlich lang scheinenden Moment, ehe er Selbigen endlich in das Schloss gesteckt und aufgeschlossen hatte. Nicht, weil er so ungeschickt gewesen wäre, sondern weil er diesen unvermeidbaren Moment hinauszögern wollte. Den Moment, in dem Raphael erkennen musste, was für eine seltsame, verdrehte Person Leon eigentlich war. Denn welche Eltern würden ihren eigenen Sohn derart von sich wegstoßen, ständig alleinlassen, wenn sie nicht einen guten Grund dafür hätten? Das war ganz sicher nicht normal.

Die Stille im dunklen Flur war nahezu greifbar. Niemand schien zuhause zu sein und alles schien völlig reglos. Es hätte ebenso gut eine Gruft sein können.

„Tja. Da sind wir. Dann komm mal rein." Leon versuchte, möglichst heiter zu klingen, als er den Lichtschalter drückte, doch es gelang ihm nicht ganz.

8

Raphael lag auf dem Rücken. Durch die geöffneten Vorhänge konnte er den Sternenhimmel sehen und sogar den Vollmond, der erstaunlich hell ins Zimmer schien und die weißen, kalten Möbel aussehen ließ, als habe man sie aus den sterblichen Überresten erfolgloser Designer geschnitzt. Leons Zimmer war, abgesehen von seinen wenigen persönlichen Gegenständen und den Bildern an den Wänden ziemlich karg. Raphael konnte das kalte Laminat unter sich spüren, obwohl er auf mehreren Decken lag. Das Angebot, dass er im Bett schlafen könnte und Leon auf dem Boden, hatte er abgelehnt.

Dabei war es nicht so, dass es im Bett nicht genug Platz für beide gegeben hätte, aber...

Er seufzte tief und runzelte die Stirn. Die Gedanken an den Kuss drängten sich wieder in sein Bewusstsein und er schloss kurz die Augen. Seine Lippen kribbelten leicht, als ob auch sie sich erinnern würden und er leckte sie mit der Zungenspitze ab, als könnte das irgendwie helfen. Das tat es natürlich nicht.

Wieso hatte er ihn bloß geküsst? Und was hatte er so

eilig vor ihm versteckt, als er ihn gebeten hatte, vor der Tür zu warten? Er hatte etwas rascheln hören und ein schleppendes Geräusch, als wenn etwas hervorgezogen und wieder zurückgeschoben wird.

Na ja, eigentlich ging ihn das sowieso nichts an. Raphael seufzte erneut. Er lag unbequem und seine Rippen taten weh, ebenso die Schultern und der Nacken. Er dachte automatisch daran, wie Leon die Salbe aufgetragen hatte. So vorsichtig, als wären seine Rippen aus Zucker und könnten brechen, wenn er es zu fest machte. Aber das war nur die halbe Wahrheit. Es hatte ihm nämlich gefallen. Zu viel gefallen, vielleicht. Vielleicht hatte er ihn deshalb geküsst? Oder war es einfach nur dieser Moment gewesen, nichts als eine warme Sommernacht um sie herum und Sternenlicht über ihnen, der ihn dazu verleitet hatte? Sein Magen kribbelte bei dem Gedanken daran, wie es sich angefühlt hatte. Vielleicht war er ja doch schwul. Heilige Scheiße.

Er lauschte den nur mittelmäßig gleichmäßigen Atemzügen, die aus dem Bett drangen und dem sporadischen Rascheln der Bettwäsche, wenn Leon sich bewegte. Er war offensichtlich noch wach. Sicher lag er mit weit aufgerissenen Augen im Dunkeln und fürchtete sich zu Tode. Dabei hatte er selbst vorgeschlagen, dass das Nachtlicht ausgeschaltet bleiben sollte. Sicher, weil er ihn nicht stören wollte, denn das Ding war verflixt hell und noch dazu penetrant orange.

„Kannst du nicht schlafen?", fragte Raphael leise zu ihm hoch, ohne die hinter dem Hinterkopf verschränkten Arme zu lösen. Er wartete und ein heller Schopf schob sich in sein Sichtfeld, gefolgt von einem erschreckend blassen und sehr schuldbewussten Gesicht, als Leon sich über den Bettrand lehnte. „Nein... Tut mir leid. Ich halte dich wach, oder?"

Seine Augen glänzten im fahlen Mondlicht und die zerzausten Haare umrahmten sein Gesicht wie ein ziemlich aus der Form geratener Heiligenschein.

Raphaels Magen zog sich zusammen und einen Moment sah er nur zu ihm hoch, während Leon zu ihm hinabschaute. Verlegen und bittend. Sogar in dem schlechten Licht konnte er sehen, dass seine Wangen rot angelaufen waren.

Raphael räusperte sich, ehe er sich vorsichtig aufrichtete. „Rück' mal zur Seite... Meine Rippen bringen mich um. Ist doch unbequemer, als ich dachte." Leon hatte anscheinend nur darauf gewartet, denn er hatte schon Platz gemacht und die Decke für ihn zurückgezogen, noch ehe er richtig aufgestanden war.

„Tut mir wirklich leid... Wir haben ja nie Gäste, also gibt es auch keine Gästebetten oder sowas. Wir haben nicht einmal eine Luftmatratze." Leon nagte betreten an seiner Unterlippe und Raphael brummte leise, als er sich neben ihn legte. Darauf bedacht, ihn nicht zu berühren. Er drehte ihm den Rücken zu. „Du machst dir zu viele Sorgen."

Das Bett war frisch bezogen und weich. Er konnte Leons Körperwärme im Rücken spüren und war heilfroh, dass niemand sehen konnte, wie rot sein Gesicht in diesem Moment sein musste. Seine Ohren fühlten sich an, als hätte er sie an eine Heizung gedrückt.

Leon lag stocksteif neben ihm, und wagte kaum zu atmen. So geräuschlos wie möglich zog er sich die Decke bis zum Kinn und starrte auf den abweisenden Rücken, der so nah war, dass er nur die Hand ausstrecken müsste, um ihn zu berühren. Beide trugen noch ihre T-Shirts und ihre Boxershorts. Seitdem Raphael seine Hand losgelassen hatte, hatten sie sich nicht mehr berührt und sie hatten auch nicht über den Kuss geredet.

Dabei ging das Leon gar nicht mehr aus dem Kopf. Vermutlich bereute Raphael das bereits und sah ihn deswegen kaum an. Sein Herz wog mindestens so viel wie Wal „Hertz 52" und er kniff fest die Augen zu, als er spürte, dass Traurigkeit in ihm aufstieg. Er wollte auf keinen Fall weinen. Er hätte es ja kommen sehen müssen. Ein einziger Kuss inmitten von irgendeinem dunklen Park bedeutete eben doch gar nichts. Wahrscheinlich war es nur ein Unfall gewesen. Oder?

Er hörte das leise Rascheln und spürte, wie sich die Matratze bewegte, als Raphael sich umdrehte.

„Ist alles in Ordnung?" Er sprach leise und sanft, klang tatsächlich ein wenig besorgt. Oder war das auch nur Einbildung?

Blinzelnd öffnete Leon die Augen und stellte fest, dass Raphael ihn direkt ansah. Sein Gesicht war nah vor seinem und er hatte die Stirn in Falten gelegt, während er ihn betrachtete. „Ist es schlimm?"

Leon schluckte und verstand dann, dass er wohl die Dunkelheit meinte. Interessanterweise hatte er an die kaum einen Gedanken verschwendet, wie ihm auffiel.

„Warum hast du mich geküsst?", platzte es aus ihm heraus und er zog fast zeitgleich den Kopf ein wenig ein. Sein Herz pochte wie wild, als sich Überraschung auf Raphaels Gesicht abzeichnete, die sich zu etwas anderem wandelte, was er nicht deuten konnte. Er schwieg einen unerträglichen Moment, in dem sich Leon schon wünschte, er hätte ihn doch nicht gefragt.

Raphael rückte etwas näher an ihn heran. Vorsichtig, als hätte er Angst, Leon könnte aus dem Bett springen und abhauen. „Ich weiß nicht. Es kam mir einfach… irgendwie richtig vor. Ich meine…", versuchte er dann, zu erklären, als er sacht seine Stirn gegen Leons lehnte, „…ich wollte es. Ich könnte jetzt lügen und sagen, es ist einfach so passiert und war keine Absicht, aber das wäre feige. Und wenn es… unangenehm für dich war, tut es mir leid. Aber ich wollte es. Und ich habe ehrlich gesagt keine andere Erklärung." Er schwieg betreten und Leon streckte zögernd eine Hand aus, um am Kragen von Raphaels T-Shirt zu zupfen. „Es war schön." Er biss sich auf die Lippen. Seine Worte kamen ihm so dumm vor und so nutzlos, aber er konnte nicht aufhören. Er sah scheu in Raphaels Augen. „Wirst du das noch mal machen?"

Raphael blinzelte und Leons Worte hallten in seinem Kopf nach, wie ein Stein, den man in einen leeren Brunnen wirft und der von den Wänden abprallt.

„Wirst du das noch mal machen?"

Er leckte sich die trockenen Lippen und lächelte vorsichtig. „Ich weiß nicht genau, ob ich das wirklich tun sollte. Ich habe Angst, dass ich nicht aufhören kann."

Leons warme Fingerspitzen berührten sanft seine Wange. „Dann hör nicht auf."

9

Drei Wochen später

Das Ticken der Uhr im Klassenzimmer schien unendlich laut. Raphael konnte die Blicke des Lehrers auf sich spüren, der durch den Raum schlenderte und dafür sorgte, dass niemand schummelte.

Er hatte seine Klassenarbeit so gut wie fertig und warf einen knappen Blick zu Leon, der sich tief über seine Zettel gebeugt hatte. Das flachsfarbene Haar fiel ihm in die Stirn und verbarg die Sicht auf seine Mimik. Nur der angespannte Zug um seinen Mund und seinen Kiefer gab Aufschluss darüber, wie es ihm wohl gehen mochte.

Raphaels Herz wurde schwer. In der Nacht, in der er Leon nach Hause gebracht hatte, hatte er einen schweren Fehler begangen und jetzt wusste er nicht, was er tun sollte. Seit fast drei Wochen gingen sie sich aus dem Weg und sprachen kaum. Leon sah ihn kaum noch an und wenn, dann presste es Raphael jedes mal das Herz zusammen. Jeder einzelne Blick aus diesen großen, traurigen und zutiefst verletzten Augen war wie ein Dolchstoß, und er wusste, er hatte es nicht anders verdient. Aber ihn so leiden zu sehen...

Leon war noch schmaler geworden. Das Gesicht blasser, mit dunklen Schatten unter den Augen. Raphael ballte die Hand zur Faust und lenkte den müden Blick wieder auf die Aufgaben vor sich. Die letzte Klassenarbeit, ehe die Abschlussprüfungen losgingen. Nur noch sechs Wochen, dann hätte er entweder seinen Abschluss in der Tasche oder er hätte versagt.

Wie bedeutungslos es ihm vorkam. Und wie elend er sich fühlte. Er hätte ihn eben nie küssen dürfen.

Nein, das war falsch.

Er schluckte. Er hätte an dem bewussten Abend eben dableiben müssen. Stattdessen war er abgehauen. Er war einfach gegangen. Aus einem bescheuerten, feigen Impuls heraus, den er schon in der Sekunde bereute, in dem er aus dem Bett gestiegen war. Aber er hatte einfach nicht umkehren können. Er wollte Leon nicht verletzen, doch genau das hatte er damit getan.

Die Erinnerungen an diese Nacht drängten sich in den Vordergrund seiner Gedanken. Warme, zärtliche Küsse mit zitternden Lippen, scheue Hände, die den Körper des anderen betasteten, Umarmungen und leise, geflüsterte Worte. Er bekam Gänsehaut und schluckte, weil sein Mund plötzlich trocken war. Man konnte sich nicht aussuchen, in wen man sich verliebte. Es passierte einfach. Die Liebe war nichts, was sich festlegen oder bestimmen ließ. Man konnte sie genauso wenig erzwingen wie einfach abschalten und genau das war es, was ihm solche Angst machte.

So wie für Leon hatte er noch nie für jemand anderen gefühlt und es jagte ihm eine höllische Angst ein. Es war, als wollte er gleichzeitig vor ihm weglaufen und untrennbar mit ihm verbunden sein. Es war einfach total verrückt und unerklärlich. Vor allem, weil er eben kein Mädchen war und er genau wusste, dass weder sein Dad noch sein Bruder das gutheißen würden. Und trotzdem...

Die Aufgabe auf dem Blatt Papier verschwamm vor seinen Augen und er blinzelte. Seine Sicht stellte sich wieder scharf, aber sein Verstand war wie gelähmt. Die Zahlen ergaben keinen Sinn und er fühlte sich zu müde und ausgelaugt, um weiter darüber nachzudenken.

Leon hatte so entsetzt und einsam ausgesehen. Er hatte die Hand nach ihm ausgestreckt und seinen Namen geflüstert, als er aus dem Zimmer ging, doch er konnte nicht umdrehen. Er murmelte nur etwas, vermutlich, dass es ihm leidtue, ehe er fast den ganzen Weg bis nach Hause rannte. Er konnte sich nicht mehr erinnern. Es war, als hätte jemand anders die Kontrolle über seinen Körper übernommen, aber das war nur eine Ausrede dafür, um nicht zugeben zu müssen, dass er einfach feige weggelaufen war.

Vor seinen Gefühlen und vor Leon.

Verfluchte Scheiße aber auch, dass er sich von den ganzen sieben Milliarden Menschen auf der Welt genau in einen Kerl verlieben musste. Und noch dazu dermaßen heftig und verrückt, dass es ihn geradezu krank machte.

Er konnte kaum noch essen, er schlief erst gegen Morgen ein und er hatte sämtlichen Antrieb verloren. Für die Schule zu lernen war ihm früher schon schwergefallen, aber jetzt war es das Einzige, was ihn halbwegs aufrecht hielt.

Nicht einmal Joshuas Sticheleien lockten ihn aus seiner Starre und sein kleiner Bruder beobachtete ihn mittlerweile misstrauisch. Er ließ ihn meist in Ruhe, aber er wusste um die besorgten Blicke, die Josh ihm zuwarf. Sein Vater hatte es auch gemerkt und versucht, mit ihm zu reden, aber Raphael fühlte sich völlig leer. Als wären ihm einfach die Worte ausgegangen. Er hätte sich am liebsten einfach nur in einer Höhle vergraben und Winterschlaf gehalten, bis dieses ganze Chaos vorbei wäre. Natürlich wäre das keine Lösung. Nicht einmal, wenn Menschen so etwas wie Winterschlaf überhaupt halten könnten.

Probleme lösten sich nicht von allein. Man musste sie selbst regeln, sonst tat es jemand anders für einen und wie das ausging, war meistens nicht gerade erfreulich.

Er hatte ein paar Mal versucht, mit Leon zu reden, aber er war immer an ihm vorbei gegangen, als ob er ihn nicht gehört hätte. Ehrlicherweise musste er aber zugeben, dass er sich auch nicht gerade sehr energisch gezeigt hatte. Er schämte sich und das machte es noch schlimmer, weil es ihn sogar noch schüchterner werden ließ als Leon.

Niklas und die anderen beäugten beide misstrauisch und es gab Gerüchte über das, was zwischen ihnen angeblich vorging, doch er hörte ihnen gar nicht zu. Sie hatten aufgehört, Leon zu hänseln, und das war alles, was ihn interessierte.

In den Mittagspausen saß er abseits vom Rest der Schüler und warf das unangetastete Brot jedes Mal weg. Von Leon war unterdessen keine Spur in der Mensa zu sehen. Sicher versteckte er sich irgendwo, nur um ihn nicht sehen zu müssen. Er konnte es ihm nicht verübeln.

Er sah sich ja selbst kaum mehr im Spiegel an, weil der Anblick zu unerträglich – und – mittlerweile auch zu erbärmlich war. Er sah fertig aus. Eher wie ein Zombie als ein normaler Mensch.

Er spürte die Blicke der Mitschüler auf sich, die ihn verfolgten, wenn er das Schulgelände verließ. Und er wusste auch, dass die Schläger aus der Elften ihn beobachteten. Feindselige, hasserfüllte Blicke, die ganz sicher nicht lange nur mit Beobachten zufrieden waren, aber was sollte es ihn schon kümmern?

Er hatte es sich mit Leon versaut. Das war schlimmer als jede Prügel, die ihm irgendwer verabreichen könnte.

Die Schulglocke riss ihn aus seinen düsteren Gedanken und er blieb wie betäubt sitzen, als das allgemeine Rascheln von Papier und leises, erleichtertes Gemurmel einsetzte. Der Lehrer sammelte die Zettel ein und bedachte Raphael mit einem eingehenden Blick, als er sah, dass er die letzten beiden Aufgaben nicht ausgefüllt hatte.

„Das haben wir doch alles ausführlich durchgearbeitet, Raphael. Du musst dich wirklich mehr anstrengen, wenn du deinen Abschluss schaffen willst. Dir läuft die Zeit weg." Der Lehrer, ein älterer Herr mit Brille, der eigentlich ziemlich cool war, wie Raphael fand, fächelte die Blätter in seinen Händen, ehe er die Arbeit von Leon einsammelte. „Leon ist der beste Schüler darin. Du solltest dir Nachhilfe von ihm geben lassen. Ich denke", meinte er mit einem Blick auf beide, „das würde auch eure Beziehung etwas verbessern."

Raphaels Mund wurde trocken und er sah erschrocken zu Leon, der ebenfalls bleich wurde. „Beziehung?", fragte er tonlos. Er starrte stur geradeaus und Raphael sah, wie er die Hände unter dem Tisch zusammenpresste.

Der Lehrer schmunzelte. „Ihr habt euch doch immer ganz gut verstanden, und seit einiger Zeit haben ich und die anderen Lehrer das Gefühl, ihr hattet Streit oder etwas Ähnliches. Egal was es ist, so schlimm kann es nicht sein. Es ist Sommer." Er deutete hinaus und in den gleißenden Sonnenschein. Die Hitze des Tages hatte sich im Klassenraum gestaut und es war so heiß draußen, dass nicht einmal die geöffneten Fenster Erleichterung brachten. Zudem herrschte absolute Windstille, die die ganze Schule in ein Vakuum von schwüler, lähmender Glut versetzte. Nur das Zirpen der Grillen und die Schüler, die sich auf den Heimweg machten, war von draußen zu hören.

Der Lehrer lächelte beiden zu. „Es ist Sommer", wiederholte er, als wäre das ein unschlagbares Argument, „also geht raus, trinkt eine kühle Limonade, oder was sonst so angesagt ist, und redet. Wer nicht spricht, dem kann auch nicht geholfen werden." Er wandte sich daraufhin um und verstaute die Klassenarbeiten in seiner ledernen Tasche, ehe er winkend den Klassenraum verließ.

Die Stille war geradezu erdrückend.

Leon packte schweigend seine Sachen zusammen, ehe er seinen Stuhl zurückschob und sich den schweren Rucksack über eine Schulter hängte. Er trat einen zögernden Schritt auf die offenstehende Tür zu, ehe er den Kopf zu Raphael wandte, der einfach dasaß und auf seinen Tisch starrte. Mit der Fingerspitze fuhr er über das eingeritzte Herz im Holz der Tischplatte.

Leon betrachtete ihn eine Weile und irgendwann sah Raphael auf.

Ihre Blicke trafen sich und ein sachtes Kribbeln machte

sich in seinem Magen breit, brachte ihn zum Flattern. Aus dem Augenwinkel sah er einen Zitronenfalter am offenen Fenster vorbeigaukeln. Er schien diesen Ort zu mögen. Er hatte ihn schon einmal gesehen. Damals... Als Raphael neu in die Klasse gekommen war.

„Zitronenfalter werden bis zu zwölf Monate alt. Das ist für einen Schmetterling ziemlich alt, wusstest du das?" Leon betrachtete Raphaels Gesicht, das genau so müde und erschöpft aussah, wie er sich fühlte. Er wusste nicht, wieso er ihm das erzählte, aber es war auch unwichtig. Raphael dachte einen Moment darüber nach und lächelte vorsichtig.

Leons Herz setzte einen schmerzhaften Sprung aus. Warum nur musste es ausgerechnet er sein?

„Das wusste ich nicht." Raphael packte sein Zeug ein, ohne den Blick von Leon zu lösen.

„Ja, und sie können ziemlich kalte Temperaturen überstehen, weil sie sozusagen Frostschutzmittel im Blut haben. Sie sind ziemlich harte Burschen. Sie sitzen dann einfach bei Frost irgendwo ungeschützt rum und warten auf besseres Wetter. Auf die Sonne."

Raphael hatte seine Sachen gepackt und stand vom Stuhl auf, den Rucksack über einer Schulter. Er trat zu Leon und blieb kurz vor ihm stehen. „Das ist ein ziemlicher Bad-ass-Schmetterling."

„Ich hasse dich." Leons Augen füllten sich mit Tränen, weil sein Herz so schnell schlug und seine Handflächen feucht wurden.

Raphaels blaue Augen schienen direkt in sein Herz zu blicken und er sah schnell weg, ehe er noch wirklich zu heulen anfinge.

„Das ist gelogen..." Raphaels Stimme klang weich und

sanft und zitterte vor Kummer ein wenig. „Aber ich hätte es absolut verdient."

Leon atmete tief durch und starrte auf die offene Tür. „Warum bist du abgehauen?" Es klang so vorwurfsvoll und verletzt, doch er konnte es nicht ändern. Er hatte sich diese Frage gestellt, seit Raphael einfach gegangen war. Es war doch alles in Ordnung gewesen, oder? Und dann war er plötzlich aufgestanden und gegangen. Nein, geflohen, das traf es eher. Im einen Moment küssten sie sich, im nächsten rannte er auf und davon. Keine Erklärung, kein gar nichts. Als wäre er, Leon, ein Aussätziger und ihm grade wieder eingefallen, dass er ja eigentlich die Pest hatte.

Er hatte ihn einfach allein zurückgelassen, gerade, als er anfing, ihm zu vertrauen. Seine plötzliche Flucht hatte Leon an allem zweifeln lassen, was er gesagt und getan hatte. Der Schmerz war unerträglich, presste sein Herz zusammen und trieb ihm bittere Tränen aus den Augen, die tagelang nicht aufhören wollten, zu laufen. Als wäre sein Kopf plötzlich undicht geworden, wie ein schlecht verarbeitetes Aquarium. Und er konnte absolut nichts tun, um das zum Aufhören zu bringen. Es war unmöglich. Sein Herz war wund und verletzt und das war alles, was Raphael bewirkt hatte. Leon wünschte sich nichts mehr, als die Küsse im Sternenlicht zu vergessen, doch gleichzeitig bewahrte er die Erinnerung daran wie einen kostbaren Diamanten. Vielleicht war es das erste und letzte Mal, dass er so etwas wie „Liebe" spüren durfte. Raphael schwieg einen Moment betreten. Er wusste nicht, was er sagen sollte und tausende möglicher Antworten rasten durch seinen Verstand. Er durfte jetzt keinen Fehler machen, das wusste er.

„Ich liebe dich."

Leons Herz setzte einen ungläubigen Schlag aus und er riss den Kopf herum, um Raphael anzusehen. Er öffnete den Mund, um etwas darauf zu erwidern, aber seine Stimmbänder gehorchten ihm nicht. Stattdessen wich er einen Schritt zurück und schüttelte den Kopf wie benommen, abwehrend, als wollte er die Worte nicht wahrhaben.

„Leon..." Raphael griff nach ihm, als er durch die offene Tür flüchten wollte und erwischte ihn an der Schulter. Er riss ihn zurück und war bestürzt, als er die glitzernden Tränen sah, die aus Leons honigfarbenen Augen rannen.

„Hör auf, mich anzulügen! Wir wissen doch beide, dass du mich abstoßend findest!" Leons Augen schlossen sich gequält und er zappelte, um loszukommen, doch Raphael hielt ihn fest. Die Rucksäcke fielen polternd zu Boden.

„Wie kannst du so etwas zu mir sagen, nachdem du mich einfach im Stich gelassen hast und... wie.... konntest du mich nur küssen?" Leons Stimme brach und Raphael zog ihn fest an sich. Leons Fäuste ballten sich zwischen ihnen, als wollte er ihn auf Abstand halten.

„Es tut mir so leid. Ich wollte dir nicht wehtun." Raphael drückte seine Lippen auf den hellen Schopf, während Leons Tränen durch den dünnen Stoff seines T-Shirts drangen. „Ich hatte solche Angst, dass ich dich enttäusche oder dich verletze, dass ich plötzlich nicht mehr wusste, was ich tun sollte. Ich hätte bleiben müssen. Ich war einfach zu feige..." Er schloss gequält die Augen und drückte Leons zitternden, schluchzenden Körper enger an sich. Seine Hände streichelten sanft seinen Rücken. „Es tut mir leid, Leon." Er atmete tief durch.

„Aber ich meine es ernst." Seine Hand löste sich von Leons Rücken und sanfte Finger hoben das Kinn an, das energisch vorgeschoben wurde. Leons Augen schwammen in Tränen, aber sein Blick bohrte sich herausfordernd in Raphaels, zumindest schien er ihn das glaubenmachen zu wollen. Er sah jedoch die Angst in den beiden honigfarbenen Augen, die Enttäuschung, die Verwirrung und den Schmerz und den winzigen, neu entfachten Hoffnungsfunken.

„Ich liebe dich", wiederholte Raphael leise. Sein Herz pochte wie verrückt und er beugte sich vor. Seine Lippen fanden Leons, drückten sich sehnsüchtig auf sie und waren dabei so sanft und weich, dass es einer wortlosen Entschuldigung gleichkam. Er legte all seine Gefühle in den Kuss und hoffte, dass Leon ihn verstehen und ihm vielleicht vergeben könnte.

Er spürte Leons Widerstand und seine Angst davor, noch einmal verletzt zu werden, doch er küsste ihn mit so viel Geduld und Zärtlichkeit, dass Leons Verteidigung nachgab. Die Fäuste an seiner Brust lösten sich zögernd auf und er legte die Handflächen an die Stelle, an der Raphaels Herz so schwer und wild in seiner Brust pochte, während er den Kuss zaghaft erwiderte. Tränen rannen ihm über die Wangen, doch Raphaels warme Finger rieben sie sanft fort. Das Blut in seinen Adern rauschte schnell und laut, dröhnte in seinen Ohren, als er die Lippen für Raphael öffnete. Ein leises Seufzen erklang, als Raphael den Kuss vertiefte und Leon enger an sich zog, als wollte er ihn nie wieder loslassen. Wie von selbst schlangen sich Leons Arme um seinen Hals. „Du hast mir so gefehlt…", murmelte er leise an seinem Mund. „Tu das nie wieder!"

Raphael küsste zärtlich die langsam nachlassenden Tränen von seinen Wangen und bedachte ihn dann mit einem langen Blick. „Niemals. Versprochen", erwiderte er dann ernst. Er zögerte einen Moment. „Du hast mir auch gefehlt. Ich hätte nie gedacht, dass es so schlimm sein kann, jemanden zu vermissen", er lächelte unsicher, „den man liebt."

Leons Finger streichelten das Haar in seinem Nacken und er betrachtete prüfend sein Gesicht, ehe er schlucken musste. „Ist das wirklich wahr? Bitte spiel nicht mit mir…", bat er dann leise. Er sah mit klopfendem Herzen hoch und leckte sich die Lippen. „Weil ich dich liebe und ich ganz sicher sterbe, wenn du mich verarschst."

Raphaels Knie wurden weich und er konnte darauf nichts erwidern, außer Leon an sich zu ziehen und ihn erneut zu küssen.

◆◆◆

Dass leise Klicken einer Handykamera durchbrach die atemlos scheinende Stille auf dem stickigen Schulflur. Die Bilder waren zwar nicht ganz scharf, aber die beiden umschlungenen Körper in der innigen Umarmung waren zweifellos erkennbar. Das Warten hatte sich gelohnt. Ein verschlagenes Grinsen stahl sich auf die Lippen des Fotografierenden, ehe er sich leise davonschlich.

Rache servierte man eben am besten kalt. Die anderen würden sicher begeistert sein.

10

»Was grinst du denn so dämlich?« Joshua rümpfte die Nase, während er rücklings auf Raphaels Bett lag und seinem Bruder kopfüber dabei zusah, wie er Klamotten aus seinem Schrank wühlte wie ein Eichhörnchen, das vergessen hatte, wo die Nüsse vergraben waren. Der Hümpel an T-Shirts, Hemden, Hosen und Jacken reichte mittlerweile bis zur Hüfte und Joshua schaffte ab und an unauffällig ein paar der cooleren Stücke beiseite, um sie sich zu »borgen«. Im Klartext hieß das, es waren ab sofort seine.

Raphael schnaubte etwas, das Josh nicht verstand, und er drehte sich unzufrieden auf den Bauch. Misstrauisch geworden strich er sich das dunkle Haar aus dem Gesicht.

»Hast du ein Date oder was?«

Raphael hielt kurz inne, als ob er nachdenken würde. Er brummte nur etwas, ehe er einen erstaunlich neu aussehenden, schwarzen Kapuzenpullover zutage förderte und prüfend vor sich hielt. »Meinst du, der geht?« Die Frage war nur halblaut gemurmelt und Joshua zog eine Braue hoch. »Wie heißt sie denn? Ich hab noch nie gesehen, dass du dich für irgendeine Trulla so schick gemacht hättest. Ich dachte immer, du stirbst als alter Tattergreis einsam und mosernd auf einer Alm oder so.«

»Auf einer Alm?« Raphael blinzelte irritiert und klopfte ein wenig Staub aus dem Pulli. »Hm. Ne, der ist zu warm, glaub ich.« Stirnrunzelnd warf er das Kleidungsstück seinem Bruder zu, ehe er sich wieder dem Inhalt des Schrankes zuwandte. Josh gelang es nicht, ihn zu fangen. Stattdessen breitete sich der Stoff über seinem Kopf aus und versperrte ihm die Sicht, was er mit einem Brummen quittierte.

»Also echt«, motzte er, nachdem er sich davon befreit hatte. »Du bist ja völlig übergeschnappt. Also was ist nun, ist sie wenigstens hübsch?« Er rollte vom Bett runter und direkt auf den Berg an gesammelten Klamotten, was ihn kichern ließ.

Raphael schwieg verbissen und drehte sich mit einem königsblauen Shirt um, das ihm locker bis zur Hüfte fiel. »Das geht dich gar nichts an, Grünschnabel«, erwiderte er dann kurz angebunden. Er war in Gedanken schon längst aus dem Haus und unterwegs. »Bestell dir heute Abend was zu essen. Ich werd sicher eine Weile weg sein.« Halb abwesend warf er ihm ein paar Geldscheine zu, die auf seinen jüngeren Bruder herabregneten, der immer noch auf dem Kleiderhümpel auf seinen erbeuteten Schätzen lag und so tat, als ob er sie nur rein zufällig da aufgebauscht hätte.

»Nimm wenigstens Kondome mit, Romeo!« Josh lachte und sackte eiligst die Scheine ein, ehe sein Bruder es sich noch anders überlegen konnte. Raphael knurrte etwas und knallte die Badezimmertür hinter sich zu. Gut, dass Josh nicht sehen konnte, wie sehr er grinste.

◆◆◆

»Ich will dich kennenlernen.« Leon warf ihm einen scheuen Seitenblick zu, nachdem er das gesagt hatte. Die Sonne brannte und brachte die Straßen zum Flimmern. Kein einziger Windhauch wehte durch die Häuserschluchten und sogar im Schatten des Baumes, unter dem sie auf einem Stück Mauer saßen, war es unerträglich heiß. Die Kleidung klebte ihnen auf der Haut und nicht einmal die eiskalte Limonade, die sie sich gekauft hatten, verschaffte Erleichterung.

Raphael lächelte schief. »Ok?« Er drehte die noch recht kühle Glasflasche zwischen den Händen. »Das beruht auf Gegenseitigkeit.«

»Gut.« Leon nippte von der künstlich schmeckenden Limo, die angeblich echten Orangensaft hielt. Ganze zwei Prozent oder so. Er baumelte mit den Beinen und fächelte sich Luft zu, während ihm der Schweiß aus jeder Pore drang. »Also ...«, begann er dann, während er versuchte, betont lässig zu wirken. Es scheiterte kläglich. Er musste einfach zu Raphael sehen und wissen, was in seinem Gesicht vorging. »... sind wir jetzt .... richtig zusammen?«

Leute liefen im Schneckentempo vorbei und die Karosserien der vorbeifahrenden Autos glitzerten im grellen Sonnenschein. Stimmengewirr aus einem nahen Café mischten sich unter den Verkehrslärm und irgendwo weinte ein kleines Kind, weil es nicht noch eine Portion Eis bekam.

Raphael schrägte den Kopf, um Leon anzusehen. Er lächelte ihm zu. »Ja. Sind wir.« Sonnenlicht fing sich in seinen blauen Augen und brachte sie zum Leuchten. Die winzige Narbe quer über seiner Nasenwurzel schien heller zu sein und Leon ertappte sich bei dem Wunsch, sie zu berühren. Seine Hand zuckte, doch er legte den Griff lieber wieder um die Flasche. »Gut«, nuschelte er mit roten Wangen. »Das ist beängstigend. Und schön. Und ... beängstigend«, gestand er dann mit einem nervösen Lächeln.

»Ja. Ich hoffe, ich versaue es nicht wieder.« Raphael trank einen nervösen und zu großen Schluck von seiner Limo, die ihm schäumend wieder aus der Nase kam. Er beugte sich hustend und fluchend vor und Leons ausgelassenes, melodisches Lachen ließ sein Herz stocken. Er wischte sich die klebrige Brause aus dem Gesicht. »Das hab ich verdient ... », gab er mit roten Wangen zu, während er sich ein schiefes Grinsen erlaubte. »Ich glaube, ich habe dich noch nie so laut lachen hören. Das ist schön.«

Leons Ohren wurden rot und er lächelte ihm verlegen zu. »Wirklich? Na ja. Ich habe ja bislang auch nicht viel zu lachen gehabt.« Einen Moment zögerte er, ehe er anfügte: »Bis du aufgetaucht bist.«

Raphael schwieg einen Moment und wischte sich die klebrigen Finger an der Hose ab, was nur mäßig half. »Was ist eigentlich passiert? Du und dieser Niklas steht euch ja nicht grade nahe. Die ganze Klasse scheint bei seinen Quälereien mitzuziehen.« Er beobachtete Leon aus dem Augenwinkel, während dieser sich die Lippen leckte und sich mit einer Hand das verschwitzte Haar aus der Stirn strich. »Na ja. Das ist eine ziemlich lange Geschichte, weißt du?« Er sah kurz zu ihm hin, ehe er auf seine Schuhspitzen starrte. »Ich weiß auch nicht genau, was mit Niklas los ist. Wir waren eigentlich seit der Grundschule befreundet. Er war mal mein Nachbar.«

Raphael hörte ihm schweigend zu und beobachtete die Passanten, die vorbei kamen und ihnen flüchtige, gelangweilte Blicke zuwarfen. Selten sah er Menschen lächeln. Alle schienen von der Hitze und ihrem Alltag zu stark in Anspruch genommen zu sein, um den schönen Tag zu genießen. Es war heiß, ja, aber der Himmel war strahlend blau, die Luft roch nach Sommer und Sonnenschein und niemand schien davon Notiz zu nehmen.

Vielleicht wussten diese ganzen, einfachen Leute gar nicht, was Glück war, bis es sie in den Arsch biss. All die »normalen« Leute da draußen, die »normale« Beziehungen hatten, wussten gar nicht, wie es sich anfühlte, wenn man nicht dazu gehörte. Dabei gab es doch gar keinen nennenswerten Unterschied, oder?

Liebe ist Liebe, dachte er bei sich. *Sie sucht dich aus und verbindet dich mit einem anderen Menschen. Du kannst nichts dagegen machen. Du kannst nichts dafür, in wen du dich verliebst. Es ist einfach eine höhere Macht.* Er seufzte tonlos und lauschte Leons Worten.

»Wir verstanden uns immer ganz normal, eigentlich. Nicht die besten Freunde, oder sowas, aber es gab nie Zoff oder Stress. Wir haben ab und an nach der Schule zusammen rumgegangen, aber es war wirklich nur total normal. Nicht so wie bei uns«, erklärte er dann mit roten Ohren. Er räusperte sich. »Dann, etwa vor einem Jahr, nach dem Sportunterricht, waren wir beide allein in der Umkleide. Die Mädchen hatten gegeneinander Völkerball gespielt und wir hatten zugesehen. Die Jungs aus der Klasse hatten untereinander geredet, welche Schülerin sie am hübschesten oder am coolsten fanden, und«, er seufzte tief, »mich hatten sie auch gefragt, weil ich dazu nicht wusste, was ich sagen sollte, also sagte ich erst einmal gar nichts.«

Raphael verzog leicht das Gesicht. »Verstehe. Das war sicher ziemlich schwierig für dich.«

Leon nickte und wackelte in den Schuhen mit den Zehen. Eine Mutter schob einen Kinderwagen vorbei und lächelte ihnen zu. Das Baby grinste zahnlos, als Raphael eine Grimasse zog und er schmunzelte über die schlichte Freude im winzigen Gesichtchen.

»Ich meinte ganz diplomatisch, dass ich alle ganz hübsch fände und sie alle auf ihre Art cool wären. Aber das war ihnen nicht genug und sie machten sich lustig, weil mir das Thema total peinlich war.« Er sah scheu zu Raphael. »Ich hatte bis zu dem Tag nie ein richtiges Problem in der Klasse, weil Linda da noch da war. Sie war nicht so hübsch oder dünn wie die anderen, aber sie konnte dafür andere Dinge richtig gut. Und ich mochte sie. Sie hatte einen tollen Humor. Jedenfalls«, griff er das Thema wieder auf, »waren Niklas und ich nach der Stunde allein in er Umkleide, und da sagte ich ihm, dass ich ... nicht so richtig auf Mädchen stehe.«

Raphael schwenkte die Limo in der Glasflasche ein wenig hin und her, bis seiner Meinung nach genug Kohlensäure daraus verschwunden war. Er trank sie in einem langen Zug aus, ehe er den Deckel wieder auf die Flasche schraubte. Eine neugierige Hummel summte träge heran, wie ein schwerfälliger kleiner Hubschrauber. Sie umkreiste die beiden ein paar mal, ehe sie sich den Blumen zuwandte, die im Park wuchsen. »Also hat er dich verraten?«

Leon verzog gequält das Gesicht. »Na ja, ich denke, er wollte das anfangs gar nicht, aber er erzählte das den anderen. Tom, Jay und Lisa. Die hängen immer zusammen rum. Und die waren total angewidert davon. Und weil sie so heftig reagierten, hat er dann mit den Hänseleien und den Sprüchen angefangen, denke ich. Und es wurde einfach immer schlimmer. Er war eigentlich nie so ein Arschloch wie jetzt.« Er nippte an seiner Limo. »Ich hätte es eben nicht sagen sollen.«

Das Schnalzen von Raphaels Zunge ließ ihn zusammen zucken.

»Quatsch. Willst du dich etwa dein ganzes Leben lang verstecken, nur weil du eben nicht auf Mädchen stehst und ihnen nachläufst wie ein Köter? So wie der Rest der Typen?« Er warf Leon einen zweifelnden Blick zu, der leicht den Kopf einzog. »Du hast schon recht, aber meine Eltern bringen mich um, wenn sie rausfinden, dass ich ... na ja. Schwul bin.« Er ließ den Kopf hängen und Raphaels Herz zog sich zusammen.

»Leon. Du kannst nichts dafür. Es ist, wie es ist.«
Leon blinzelte und hob den Blick zu ihm. »Aber das interessiert doch keinen, oder? Es gibt noch so viele Leute, die das abartig finden, dass sich zwei Männer küssen oder lieben. Die dann Sprüche bringen oder einen sogar dafür schlagen und anspucken.«

»Niemand wird dich anspucken oder schlagen, okay? Der muss erstmal an mir vorbei kommen.« Raphael griff nach Leons freier Hand und verwob seine Finger mit seinen, während er ihn eindringlich ansah. Leon lächelte schüchtern und knabberte unschlüssig auf der Unterlippe. »Dein Dad wird auch nicht begeistert sein. Ich habe Angst«, gab er dann leise zu. Seine Hand drückte Raphaels fester und seine honigfarbenen Augen schimmerten hell im Sonnenlicht, als er ihn ansah.

»Mein Dad wird total ausrasten, wenn er erfährt, dass ich ... schwul bin.« Er runzelte die Stirn. »Das ist übrigens ein echt beschissenes Wort. »Dass ich einen Jungen liebe, klingt viel besser. Wer denkt sich bloß solche Begriffe aus, meine Fresse.« Sein Daumen streichelte sacht Leons Haut und er lächelte ihm aufmunternd zu. »Sie können eh nichts machen. Der Sommer ist bald vorbei und danach können wir uns Jobs suchen und ...«, er seufzte leise. »Keine Ahnung. Ich weiß noch nicht, was ich machen will, aber ich weiß, dass ich ... mit dir zusammen bleiben will.« Er betrachtete Leons Gesicht. »Und wenn ich dafür irgendwelche Jobs annehmen muss, damit wir das können, um zusammenzuziehen, falls du das willst ...« Er ließ den Satz unvollendet und beobachtete, wie sich Leons Augen überrascht weiteten.

»Du ... du willst, dass wir zusammenziehen?«, fragte er ungläubig. Er drückte seine Hand fester und lächelte vorsichtig. »Wirklich? Der Sommer ist noch lang, und du musst noch eine Menge Stoff nachholen, um deinen Abschluss zu schaffen«, wandte er dann ein. »Ich helfe dir dabei.« Er schluckte und leckte sich die trockenen Lippen. »Aber wenn du das wirklich willst, dann komme ich mit.«

Raphael lächelte ihm einen Moment stumm zu. »Wirklich? Ich meine das ernst, Leon. Wenn wir hier nicht zusammen sein können, weil irgendwer was dagegen hat, dann müssen wir unser Glück eben woanders finden. Ich will dich nicht verlieren, nur weil irgendwelche Affen uns das verbieten wollen. Nicht einmal von meiner Familie lasse ich mir das verbieten. Es ist mein Leben. Und ich war noch nie so glücklich, wie jetzt.« Er zögerte kurz. »Aber ich will dich zu nichts zwingen. Du musst diese Entscheidung für dich treffen. Nur für dich hörst du?

Nicht für deine Mutter, oder deinen Vater, oder mich, nur für dich. Es ist dein Leben, und ich möchte, dass du glücklich wirst.«

Sie betrachteten einander stumm, während die Gluthitze des Sommers in ihren Augen brannte.

»Ein Zitronenfalter kann Temperaturen von bis zu minus zwanzig Grad aushalten. Er sitzt einfach da und wartet auf die wärmende Sonne.« Leons Augen schimmerten im Licht, als er Raphael ansah. »Du bist für mich wie die Sonne. Und ich glaube, wenn du mich nicht gefunden hättest, wäre ich einfach erfroren. Ich folge dir überallhin, Raphael.« Leon ließ das einen Moment wirken, ehe er anfügte: »Ich hatte nie zu hoffen gewagt, jemanden wie dich jemals zu finden. Ich dachte, so etwas passiert nur anderen. Dass sie Glück finden, meine ich. Oder Liebe. Ich dachte immer, ich wäre total abartig und niemals würde sich jemand für mich interessieren. Alle sagen, dass ich ein Freak bin, sogar mein eigener Bruder, aber dann kamst du und«, er stockte kurz, ehe er tief durchatmete, während Raphael seine Worte geradezu aufsog. Sein Herz schlug schnell und in quälenden, schweren Schlägen in seiner Brust. »Und ich fühle mich zum ersten mal in meinem ganzen Leben nicht wie ein Aussätziger und ein Freak, sondern wie ein ganz normaler Mensch. Und sogar, wenn das mit uns nicht lange dauern sollte, will ich mich bei dir bedank-«

»Jetzt hör aber auf!«, fuhr Raphael dazwischen. Er blinzelte. »Du redest totalen Mist. Ich gehe nirgendwo ohne dich hin und wenn du noch mal andeutest, dass ich es nicht ernst mit dir meine, dann fessele ich dich ans Bett.«

Beide starrten sich einen Moment überrascht an.

Raphael blinzelte und seine Wangen wurden rot. »Hab ich das grade wirklich gesagt?«

Leon starrte ihn einen Moment verdattert an. »Ehm. Ja, hast du.«

Raphael räusperte sich. »Ok. Keine Ahnung, woher das kam. Sorry.«

Leon lachte leise und glucksend und rückte auf der Mauer näher zu ihm, so dass er sich an ihn lehnen konnte. »Ans Bett, ja? Du hast ja interessante Fantasien«, nuschelte er mit roten Ohren.

Raphael presste beschämt die Lippen zusammen, ehe er seinen Arm um ihn legte und ihn sanft an sich drückte. »Das ist bestimmt die Hitze.«

Leon brummte leise, was alles bedeuten konnte. »Ja, vielleicht. Aber jetzt ...«, meinte er gedehnt, »habe ich dieses Bild im Kopf.«

»Ach?«

»Mhmh.«

»Heilige Scheiße, Leon. Hör auf damit. Ich kippe gleich von der Mauer. Erzähl lieber was von Zitronenfaltern oder so.« Raphael drückte ihm grinsend einen flüchtigen Kuss auf den Schopf.

»Lass uns lieber etwas essen gehen. Diesmal bezahle ich«, schlug er dann mit einem breiten Lächeln vor, als er zu ihm hochsah. »Und dann kann ich dir was vom einsamsten Wal der Welt erzählen, wenn du willst.«

»Einsamster Wal der Welt?« Raphael stellte die Flasche beiseite und streichelte mit den Fingerknöcheln sacht Leons Wange, während er ihn ansah. Seine Lippen drückten sich auf seine Nasenspitze und entlockten Leon ein zufriedenes Seufzen. »Das klingt gut. Dann los.«

Es war in Raphaels Nähe so einfach, zu vergessen, dass die Leute sie anstarrten oder tuschelten. Früher hätte es ihn total nervös gemacht und er hätte sich schlecht und falsch gefühlt, so wie ein misslungenes Experiment oder eine abstrakte Zirkusattraktion, die aus ihrem Käfig entfleucht war.

Leon sog etwas von dem Eiscafé durch seinen Strohhalm ein und spähte verstohlen zu dem Tisch schräg gegenüber, an dem eine Familie mit Kindern saß. Die Kleinen aßen artig ihre Pommes mit Fischstäbchen, während die Mutter und der Vater argwöhnische Blicke zu Leon und Raphael warfen, die am Fenster saßen. Er lächelte ihnen zu und ignorierte die Abscheu, mit der sie sich wieder ihren Kindern zuwandten.

Manche Leute taten einfach so, als wäre es ansteckend, in ihrer Nähe zu sein oder sie auch nur anzusehen. Als könnte es durch Blicke oder die bloße Anwesenheit übertragen werden.

Schwulsein schien für manche tatsächlich einer Krankheit gleichzukommen.

Normalerweise würde es ihn stören, aber Raphaels Anwesenheit beruhigte ihn. Er fühlte sich unerklärlich sicher und beschützt. Es war entspannend, nicht allein derjenige zu sein, der angestarrt wurde.

»Guck einfach nicht hin.« Raphael zwinkerte ihm zu und schob sich ein Stück von seinem Steak in den Mund. Es war medium rare und der blutige Fleischsaft auf dem Teller wurde von den Kroketten aufgesogen, die noch unangetastet dalagen. Leon mopste sich eine mit den Fingern und aß sie.

»Ey!« Raphael grinste. »Ich wusste, du würdest das tun. Du isst erstaunlich viel, finde ich. Dabei siehst du so schmal aus, dass ich mich frage, ob dein Magen sich anders verteilt, als bei mir. Du hast nach der ganzen Portion Spaghetti carbonara nicht einmal die Andeutung eines Bauches.« Er deutete auf sich. »Ich hingegen muss nach dem hier«, mit Fingerzeig auf den noch gut gefüllten Teller, »vermutlich aus dem Laden kullern.«

»Das bezweifle ich. Und außerdem solltest du auf keinen Fall ohne Nachtisch gehen. Wenn man schon essen geht, dann muss der auf jeden Fall sein.« Leon leckte sich die Finger ab und trank einen neuerlichen Schluck Eiscafé. Zufriedenheit breitete sich in ihm aus und er betrachtete Raphael über den Rand des Glases hinweg. Kleine Wasserperlen rannen an der Außenseite des Glases herunter und verloren sich in der Serviette, auf dem es stand.

»Und was empfiehlst du dafür? Obwohl ich nicht glaube, dass ich noch irgendwas schaffe.« Er schnitt sich ein weiteres Stück von dem gegrillten Fleisch ab. Die Rucksäcke standen jeweils neben ihnen auf dem Boden.

»Das Mandeleis mit der Karamellsoße«, erklang es sofort. »Das ist himmlisch!«

Raphael kaute mit einem zustimmenden Nicken. »Ok, ich bin überzeugt. Obwohl es dazu auch nicht grade viel braucht, fürchte ich. Vor allem nicht bei Eis.«

Leon lachte leise und nickte beipflichtend. »Magst du eine bestimmte Sorte am liebsten?«

Nachdem sie sich stundenlang über Lieblingsfarben, Bands die sie mochten, Filme die sie gesehen hatten oder Dinge, die sie noch tun wollten, unterhalten hatten, war die Frage nach Lieblingsessen nur konsequent.

Raphael dachte einen Moment nach. »Ich mag eigentlich alle Nuss-Sorten gern. Am liebsten Haselnuss.«

Er aß seine Kroketten auf und lehnte sich seufzend zurück, als nur noch ein dekoratives Salatblatt übrig war.

»Und du?« Er strich sich das dunkle Haar aus der Stirn und seine blauen Augen ruhten ganz auf Leon. In der klimatisierten Umgebung des Restaurants ließ es sich aushalten.

»Mango und Pistazie. Aber Haselnuss mag ich auch gern.« Er dachte kurz nach und gab dann zu: »Aber wenn ich ehrlich bin, tut es wohl jede Sorte, Hauptsache, es ist Eis.«

Raphael grinste und nickte. »Ja, kenn ich. Also, noch Nachtisch, ja?« Er schob den Teller von sich und winkte einen der latent gestresst aussehenden Kellner heran, um das Gewünschte zu bestellen. Als dieser sich wieder entfernt hatte, beugte er sich vor und stützte die Ellbogen auf dem Tisch auf.

»Also, was hat es mit dem einsamsten Wal der Welt auf sich, das hast du mir noch nicht erklärt?« Er schrägte neugierig den Kopf und drehte mit einem Finger den Strohhalm von Leons Eiscafé zu sich. Ihre Blicke trafen sich, als er einen Schluck von der kalten Flüssigkeit trank und Leon konnte sehen, wie sich seine Pupillen erweiterten, ehe sie wieder normal wurden. Sein Mund wurde trocken und er sah automatisch zu der Mutter, die entsetzt rüber starrte. Mit offenem Mund.

Er drehte den Strohhalm wieder zu sich. Betont langsam, obwohl ihm das Herz beinahe aus der Brust springen wollte.

Er trank einen Schluck, während er Raphaels Blick auffing, dessen Mundwinkel amüsiert zuckten.

Er musste grinsen. »Also«, begann er dann mit einem Räuspern, »der einsamste Wal der Welt wird »Hertz 52«

genannt. Er heißt so, weil seine Tonfrequenz, mit der er kommuniziert, auf zweiundfünfzig Hertz liegt. Das ist viel höher als bei anderen Walen und darum geht man auch davon aus, dass ihn niemand verstehen kann. Es gibt nur ein einziges Exemplar mit einem derart hohen Rufton. Gehört wurde er das erste mal neunzehnhundert neunundachtzig.«

Raphael hatte gespannt seinen Worten gelauscht. »Man, das klingt echt einsam. Wenn ihn gar kein anderer Wal verstehen kann, dann ist er wirklich am Arsch.«

Leon nickte zustimmend und lehnte sich etwas zurück, als der Kellner einen großen Eisbecher brachte. Karamellsoße rann über das zartschmelzende Mandeleis, von dem zwei Kugeln im Becher lagen. Sie bedankten sich und der Kellner verschwand wieder.

»Und dieser Wal schwimmt total allein durch die Ozeane, ohne Hoffnung auf jemanden, der ihn irgendwann mal begleitet? Das ist wirklich traurig.«

Raphael blickte nachdenklich drein, ehe er den Löffel ergriff und von der Eiscreme kostete.

»Die ist wirklich gut.« Er schenkte Leon ein Lächeln, ehe er den Löffel anbietend hinhielt. »Ich weiß.« Leon schnappte ihn sich, ohne zu zögern, und schaufelte etwas von der Karamellsoße ab, die er mit einem wohligen Seufzen verspeiste. »Himmlisch ...«, bestätigte er nuschelnd. Er schluckte und leckte sich die Lippen, ehe er Raphael nachdenklich betrachtete. »Glaubst du, dass er vielleicht doch noch glücklich wird? Ich meine«, er stockte kurz und biss sich mit einem schiefen Lächeln auf die Lippen, »wenn er einen Wal trifft, der vielleicht taub ist? Meinst du, dann könnte er mit ihm oder ihr glücklich werden? Der andere hört ja nicht, dass er falsch singt.«

Wieso war ihm das so wichtig? Leon schüttelte innerlich den Kopf über sich selbst, aber sein Herz schlug so schnell. Er wollte einfach unbedingt wissen, was Raphael darüber dachte.

Dieser beugte sich nachdenklich vor und nahm Leon den Löffel ab, um grübelnd etwas von der süßen Eiscreme zu vertilgen, die rasch schmolz. »Das ist eine spannende Theorie. Gibt es denn taube Wale? Oder welche, die stumm sind, oder so? Davon hab ich noch nie gehört, aber ich bin auch kein Experte.« Er tippte sich mit dem Löffel sacht gegen die Unterlippe und beobachtete, wie eine kleine Lawine aus geschmolzenem Eis und Karamellsoße von dem Eis abrutschte und in die Pfütze aus Soße glitt.

»Ich denke, wenn ein tauber Wal diesen »Hertz 52« finden würde, der so schief singt und den keiner versteht, würde er bestimmt genau wissen, wie es sich anfühlt, allein zu sein.« Er warf Leon einen langen Blick zu. »Ich denke, sie würden sich viel besser miteinander verstehen, als mit den »normalen« Walen, weil sie eben beide wissen, dass sie anders sind. Anders ist nicht schlechter, nur eben anders. Besonders.« Er schob etwas Eis auf den Löffel und hielt ihn Leon hin. »Sie sind ja trotzdem beide Wale, egal ob taub oder mit schiefem Gesang. Sie haben trotzdem die gleichen Bedürfnisse und ganz sicher würden sie fortan gemeinsam durch die Meere reisen.« Er lächelte, als Leon sich mit roten Ohren vorbeugte, um die Eiscreme vom angebotenen Löffel zu nehmen. Seine Lippen schlossen sich um das Besteck, während er Raphael nachdenklich ansah. Er zog sich mit vollem Mund zurück und lächelte.

»Mir gefällt deine Sichtweise auf die Dinge. Und der Gedanke, dass »Hertz 52« dann nicht mehr allein wäre.

Ich stelle mir das nämlich absolut schlimm vor.«

Raphael nickte zustimmend. »Mir gefällt der Gedanke auch nicht. Hoffen wir für unseren Sänger auf das Beste.«

Die Familie am Nebentisch war fertig mit dem Essen und sammelte die beiden Kinder ein, die mit ketchupverschmierten Mündern und Zahnlücken fröhlich gen Raphael und Leon grinsten, was die Mutter mit einem gezischten Tadel beantwortete. Sie zerrte die beiden nach draußen. Der Vater der Familie bedachte die beiden Jugendlichen am Tisch mit einem beinahe entschuldigenden Blick, ehe er seiner Frau folgte.

»Eine Schande.« Raphael hatte ihnen nachgesehen und drehte sich wieder zu Leon um. Seine Stirn lag in nachdenklichen Falten und er rieb einen Wassertropfen vom Tisch.

»Was meinst du?« Leon leerte seinen Eiscafé und nahm noch einen Löffel vom fast gänzlich geschmolzenen Mandeleis, ehe er sich zurücklehnte. Von so viel gefrorenen Leckereien war ihm kalt geworden und er rieb die Gänsehaut auf seinen Armen mit den Händen fort.

»Dass sie ihren Kindern ihre eigenen Vorurteile beibringt, anstatt sie selbst die Welt entdecken zu lassen und ihnen die Möglichkeit zu geben, sich eine eigene Meinung zu bilden.« Raphael lächelte matt. »Ich denke, wenn Eltern ihre Kinder mehr machen lassen würden, was ihnen ihr natürlicher Instinkt sagt, und weniger das eintrichtern würden, was ihnen die Gesellschaft vorschreibt, wäre die Menschheit nicht so völlig am Arsch, wie sie es ist.«

Leon starrte nachdenklich aus dem Fenster. Der schwüle Nachmittag verging allmählich und löste sich in einer atemberaubenden Abenddämmerung auf, die mit goldenen und orangen Farben die Stadt in die Illusion von Flammen hüllte. »Ich denke, das einzige, was die Menschheit davon abhält, zu etwas wirklich Großem zu werden, ist das Festklammern an selbstaufgestellten Regeln was »normal« ist und was nicht. Im Prinzip ist niemand wirklich frei. Wir können gar nicht wirklich tun, was immer wir wollen, weil es ständig Grenzen gibt.«

Er beobachtete, wie die kleine Familie in ein Auto stieg und die Mutter mit verschlossener Miene die Kinder in ihre Kindersitze pferchte. Die Kleinen protestierten und sie schrie etwas, das er nicht verstand. »Man kann den Job, den man will, nicht machen, weil die Ausbildung zu viel Geld kostet. Oder einem wird gesagt, dass man »etwas vernünftiges« lernen soll. Oder »diese Arbeit machen doch schon tausende andere«, such dir was weniger Überlaufenes.« Er beobachtete die Sonnenstrahlen, die sich in den Scheiben der gegenüberliegenden Hochhäuser fingen. »Wir treffen unsere Entscheidungen meistens nicht aus dem Aspekt heraus, weil wir es so wollen, sondern weil andere Optionen vernünftiger, normaler oder lukrativer wären. Oder praktischer. Oder, weil sie die Familienehre aufrecht erhalten. Oder, weil alles andere nicht geht, ohne, dass man schief angesehen wird.«

Er seufzte und blickte wieder zu Raphael, der ihn schweigend ansah. »Eigentlich ziemlich traurig, finde ich«, fügte Leon mit einem schüchternen Lächeln an.

»Es sei denn, man scheißt drauf, was andere einem sagen, und macht einfach, was man machen will.« Raphaels Augen schienen direkt in Leons Herz zu blicken und er konnte fühlen, wie seine Wangen heiß wurden.

»Du meinst -...«, begann er leise und stockte, als

Raphael ihn unterbrach.

»Ich meine, wenn man glücklich sein will und so leben will, wie man es für richtig hält, dann muss man es sich nehmen. Niemand anders wird dafür sorgen, dass es dir gut geht, wenn du es nicht selbst tust. Das Glück ist überall zu finden. Man muss es sich nehmen und darf es sich nicht ausreden lassen. Was nützt es dir, wenn du brav nach den Regeln spielst, wenn es dir dabei total dreckig geht, weil du innerlich verrottest? Dann hast du dein ganzes Leben weggeworfen, nur um anderen zu gefallen oder dazu zu passen, wie ein braver kleiner Würfel, der sich nahtlos neben die anderen Würfel einfügt. Alles schön grau in grau, damit auch ja keiner aus der Reihe tanzt.« Er sah ihn eindringlich an. »Scheiß drauf. Das Leben ist einfach zu kurz, um es anderen recht zu machen. Ich werde mein Leben jedenfalls nicht vergeuden. Und ich werde mein Glück nicht opfern, nur damit andere keinen Anstoß an mir nehmen können. Sollen sie doch reden.«

Der Kellner trat an den Tisch und lächelte unverbindlich. »In der Tat. Darf es noch etwas sein?«, fragte er dann höflich. Er sah mit gelinder Neugier von einem zum anderen und Leon schüttelte den Kopf. Er zückte seine Börse und bezahlte den genannten Betrag samt einem großzügigen Trinkgeld.

Der Kellner sammelte es dankend ein und blieb einen Moment stehen, während er beide einen Augenblick nachdenklich ansah. »Wenn ich meinen Senf dazu geben darf? Ich bin absolut seiner Meinung«, verkündete er mit einem Fingerzeig auf Raphael. «Sein Leben selbstbestimmt zu leben erfordert Mut und Willensstärke, aber der Preis dafür ist eine Freiheit, die der Rest der

Menschheit nicht einmal in ihren Träumen sehen-oder auch nur verstehen kann. Nicht, weil sie dümmer sind, sondern weil sie zu sehr an das System gewöhnt sind. Sie sind wie Mäuse in einer Schale, die nicht über den Rand sehen können. Sie können sich nicht vorstellen, dass es auch anders geht und noch mehr existiert, als ihre kleine, beschränkte Welt, deren Grenzen sie sich selbst gesetzt haben.« Er betrachtete die beiden eindringlich. »Es wird immer Menschen geben, die euch dafür verachten oder beneiden, die schlecht über euch reden oder euch schaden wollen, aber«, meinte er dann, ehe er ging und ihnen zulächelte, »ihr habt einander. Und das sollte mehr wert sein als alles andere.«

Sie sahen ihm schweigend und staunend nach. Schließlich brach Leon zuerst das Schweigen.

»Man sollte wohl niemanden unterschätzen, denke ich.«

»Japp.«

»Wollen wir gehen?« Er angelte mit den Fingern schon nach seinem Rucksack und Raphael nickte ihm zu. »Wohin immer du willst.«

»Wie wär's mit dem Ende der Welt?«

Raphael lachte und erhob sich augenzwinkernd, den Rucksack über einer Schulter. »Ich hab gehört, das Wetter da soll grade fantastisch sein.«

Leon grinste und sein Herz flog ihm förmlich zu. »Und der Ausblick erst«, stimmte er nickend zu. »Dann mal los. Auf ans Ende der Welt!«

11

Das Licht der untergehenden Sonne, die eben mit den letzten glühenden Strahlen hinter den Dächern der Stadt versank und endgültig der Nacht platz machte, ließ Leon aufseufzen.

»Wie schön ein Sonnenuntergang ist. All die ganzen Farben und wie sich der Himmel verändert ... Das habe ich früher nie richtig gesehen. Ist es nicht komisch, dass man so alltägliche Dinge irgendwann gar nicht mehr wahrnimmt?«

Raphael lehnte sich etwas zurück, die Hände im Gras des Hügels auf dem sie saßen. Wie das kahle Haupt eines Mönchs ragte er zwischen den Bäumen auf, die am Stadtrand wuchsen, gar nicht so weit weg von dem Restaurant, in dem sie gegessen hatten. Er streckte die Beine von sich und genoss die milde Brise, die über sie hinweg strich. Ein erleichternder Luftzug, nach der Hitze des Tages, obwohl es immer noch sehr warm war. Träge blinzelte einer der ersten Sterne durch die zarten Wolken, die am Himmel über ihnen entlang zogen.

»Für mich ist so etwas wie das hier«, erwiderte Raphael

leise, »Glück.« Er schenkte Leon ein sanftes Lächeln, als dieser den Kopf zu ihm drehte, um ihn anzusehen. Seine Finger zupften einen Grashalm aus, während er im Schneidersitz nach vorn gebeugt verharrte. »Glück ...«, wiederholte Leon nachdenklich, ehe er sich nach hinten ins Gras sinken ließ, den Halm im Mundwinkel. Er schaute in den langsam dunkler werdenden Himmel und nickte dann stumm. »Ja. Wenn man solche Momente mit niemandem teilen kann, sind sie nur halb so schön. Du hast recht.« Er schob die Hände hinter den Kopf und schloss kurz die Augen. »Erzähl mir was von dir«, bat er leise.

Raphael betrachtete sein Gesicht, das so friedlich und entspannt aussah, das helle Haar, das ihm wirr in die Stirn fiel und das Heben und Senken seines Brustkorbs bei jedem Atemzug. Er sank nach hinten ins Gras und schob ebenfalls die Hände hinter den Kopf, während er überlegte und dabei die Augen schloss.

»Was willst du denn wissen?«

»Alles.«

Er musste lächeln. »Auch die nicht so guten Sachen?«

»Mhmh.«

Ein leises Seufzen und rascheln, als sich Leon wohl bequemer im Gras zurechtrückte. Der leichte Duft seines Parfüms drang ihm in die Nase, zusammen mit dem Geruch von wilden Blumen, Gras und sonnenwarmer Erde.

»Mein zweiter Vorname ist Rhyne. Das ist ein irischer Name, der wohl sowas wie »Beschützer« bedeutet, und den mir meine Mutter ausgesucht hat, als ich geboren wurde. Joshua ist dem entgangen. Er hat keinen zweiten Vornamen. Er ist jünger als ich und eigentlich sind wir wie Zwillinge. Wir mögen die gleichen Sachen und finden genau das gleiche Zeug schrecklich. Wir haben sogar das gleiche Lieblingsessen.«

Leon hörte ihm schweigend, mit einem leichten Lächeln auf den Lippen, zu. Raphael hatte nicht gesehen, dass er sich auf die Seite gedreht hatte und sein Gesicht betrachtete, den Kopf in eine Hand gestützt. »Und was ist dein Lieblingsessen?« Er betrachtete versonnen Raphaels Züge, die kleine Narbe über der schiefen Nase und die hohen Wangenknochen, den markanten Schwung des Kiefers und wie sich seine Lippen beim Sprechen bewegten. Ein Grübchen bildete sich in Raphaels Wange, als er mit einem schiefen Lächeln antwortete: »Steaks ohne Schnickschnack. Nur ein bisschen Kräuterbutter und fertig. Und am besten Medium rare, da kann ich nicht widerstehen. Josh und ich essen immer extra schnell, damit jeder das meiste Fleisch abbekommt. Jedenfalls, wenn mein Dad grillt, aber das hat er schon lange nicht mehr gemacht.« Bei den letzten Worten legte sich ein leicht melancholischer Ausruck auf sein Gesicht und seine Brauen zogen sich zusammen. Leon rückte lautlos etwas näher zu ihm und kämpfte mit dem Impuls, die Schwermut von seinen Zügen zu küssen, aber noch ehe er den Mut dazu aufbrachte, erklang Raphaels Gegenfrage: »Und was isst du am liebsten?«

Leon räusperte sich. »Spaghetti allo Scoglio. Im Prinzip sind es Spaghetti mit frischen Meeresfrüchten wie Muschelfleisch, Tintenfisch und Garnelen. Das ist wirklich lecker, aber ich habe das schon ewig nicht mehr gegessen.« Er dachte kurz nach. »Ich glaube zuletzt bei einem Urlaub in Italien. Da war ich neun oder so.«

Raphael zog überrascht die Brauen hoch, ließ die Augen

jedoch geschlossen. »Das ist ja schon eine million Jahre her«, witzelte er.

»Fast«, kicherte Leon.

»Ich hab noch nie Urlaub gemacht. Also, jedenfalls nicht so richtig, mit irgendwohin wegfahren oder so«, gestand Raphael leise. »Ich würde das aber unheimlich gerne irgendwann mal.«

Eine leichte Brise strich über sie hinweg und langsam wurde es dunkler. Sterne funkelten am Himmel, doch noch war es nicht vollkommen Nacht, noch der Tag nicht absolut gewichen, wie der hartnäckige Grauschleier am Horizont bewies, wo die Sonne untergegangen war.

»Wohin würdest du gehen, wenn du überallhin könntest?« Leon betrachtete seine sich regelmäßig hebende und wieder senkende Brust und den flachen Bauch, von dem ein kleines Stück sichtbar aufblitzte, wo ihm das Shirt hochgerutscht war. Genau an der Stelle, wo der Hosenbund anfing.

»Überallhin. Egal wo. Ich will unbedingt mal an einen Ort, wo es klares blaues Wasser und weißen Sandstrand gibt. Oder irgendwohin, wo einem im Winter der Schnee bis zur Brust geht. Ich will wissen, wie es ist, durch Sanddünen zu laufen oder durch Häuserschluchten wie in New York zu gehen, nichts als Beton und Stein und Asphalt. Ich will wissen, wie es ist, in Irland an einem dieser zerklüfteten Küstenabschnitte zu stehen und auf das Meer zu schauen.« Er stockte. »Ich will einfach mehr von der Welt sehen, als diese Stadt. Ich will Träume und Ziele haben, solange ich noch an so etwas glauben kann. Bevor ich so stumpf werde wie die anderen, die jeden Tag im gleichen Trott gefangen sind.«

Leon beugte sich über ihn, stützte die Hände neben

seinem Kopf ab. Ihre Gesichter waren sich so nahe, dass er seine Körperwärme spüren konnte. Als Raphael die Augen aufschlug, lächelte er zu ihm runter, gefangen von dem klaren, strahlenden blau. »Nimmst du mich mit?«

Raphael löste die Hände hinter seinem Kopf und tat so, als müsse er nachdenken, während er sich auf den Ellen abstützte. Seine Lippen strichen zart über Leons. »Ich würde gar nicht erst ohne dich losgehen.«

Leon schwang mit klopfendem Herzen ein Bein über Raphaels Hüfte, langsam und bedächtig, blieb jedoch auf allen vieren über ihm kniend, ohne ihn ansonsten zu berühren. Sein Mund wurde trocken und der Blick, den Raphael ihm zuwarf, ließ seinen Magen flattern.

»Manchmal habe ich Angst, dass ich aufwache, und alles war nur ein grausamer Scherz«, wisperte er leise gegen Raphaels Lippen, die seinen so nahe waren, dass die Sehnsucht nach einem Kuss beinahe körperlich wurde. Seine Stimme zitterte und er schloss kurz die Augen. »Bist du wirklich echt?«

Raphael betrachtete ihn einen langen Augenblick. Die Qual auf seinem Gesicht, die verzweifelte Hoffnung und die Sehnsucht, die sich auf ihm spiegelte, taten ihm in der Seele weh.

»Und das fragst du ausgerechnet mich ...«, raunte er sanft. Seine Stimme klang dunkler als sonst und rau, als wäre er heiser. Das Blut rauschte in seinen Adern und er riss sich zusammen, obwohl er nichts mehr wollte, als das Echo des Schmerzes von Leons Gesicht zu küssen. »Mich, der noch nie verliebt war und der nie damit gerechnet hätte, dass es überhaupt je passiert. Mich, der sich nie wirklich für Liebe oder sowas interessiert hat, und der plötzlich davon getroffen wird, wie von einem

Vorschlaghammer. Ich dachte, für mich würde es niemanden geben. Als wäre ich einfach vergessen worden.« Er rang sich ein Lächeln ab, als Leon die Augen öffnete und ihn ansah. Aus so geringer Distanz konnte er sogar bei dem schlechten Licht die goldenen Sprenkel in ihnen sehen. »Und dann spaziere ich in diese Klasse voller Hohlköpfe und das erste, was ich sehe, ist dieser hübsche Kerl in der vorletzten Reihe und mein Herz setzt aus. Und alles was ich denken kann, ist, dass ich noch nie sowas verdammt Schönes gesehen habe.«

Seine Worte brachten Leon zum Lächeln und sein Gesicht erhellte sich.

»Und ich spüre, wie es mir den Boden unter den Füßen wegzieht, weil ich mich plötzlich komisch fühle. Damals war mir nicht klar, dass ich mich in diesem Moment verliebt hatte, aber jetzt weiß ich es.« Er hob eine Hand und seine warmen Finger streichelten Leons Wange, ohne den Blick von seinen Augen zu lösen. »Wenn du ein Traum bist, dann will ich nicht aufwachen. Ich hoffe, dass ich für den Rest meines Lebens weiter träume, weil ich ohne Herz nicht weiterleben kann.«

Leon schluckte bei seinen Worten und seine Wange schmiegte sich an die liebkosende Hand. Er spürte, wie es ihm die Kehle zuschnürte, und blinzelte gegen die aufsteigenden Tränen an. »So etwas Schnulziges hat noch keiner jemals zu mir gesagt. Genau genommen hat überhaupt noch keiner jemals sowas Wunderschönes zu mir gesagt. Ich glaube, die Liebe hat dir nicht nur dein Herz, sondern auch noch den Verstand geklaut.«

Raphaels Hand glitt in seinen Nacken und vergrub sich in dem flachsfarbenen Haar, als er ihn näher zu sich zog. Seine Lippen schmiegten sich gegen Leons und er seufzte leise in den Kuss hinein.

»Na ja. Wenn`s der Verstand war, gab`s ja eh nicht viel zu holen«, erwiderte Raphael mit einem Zwinkern.

Leons leises Lachen hallte über den kleinen Berg und das letzte Licht des Tages verlosch, um der Nacht Platz zu schaffen, die sich wie ein sternenübersäter Mantel über die Welt legte.

♦♦♦

Es war schon spät, als sie Leons Haustür erreichten. Er hatte schon von weitem mit wachsendem Unbehagen bemerkt, dass Licht brannte.

Sie waren noch eine ganze Weile auf dem Hügel geblieben, hatten stundenlang geredet und einander gewärmt, als die Luft doch empfindlich kühl wurde. Noch immer konnte er Raphaels schützende Umarmung spüren und das Klopfen seines Herzens unter seiner Handfläche. Seine Nachtangst war nicht verschwunden, aber allein der Gedanke, dass er beschützt wurde, machte es ertragbar. Jetzt allerdings, wo der Abschied drohte, wurden seine Handflächen feucht. Ein Gefühl der düsteren Vorahnung brachte seinen Magen unangenehm zum Kribbeln.

»Oh. Sieht aus, als wärst du heute Abend nicht allein.« Raphael drückte seine Hand, als er bemerkte, wie nervös er wurde. »Alles okay?« Unsicher warf er ihm einen Schulterblick zu.

»Ich hoffe es mal«, erwiderte Leon mit einem gezwungenen Lächeln. Er trat widerwillig einen Schritt vor. »Danke für den schönen Tag. Wir sehen uns dann morgen, ja? Immerhin brauchst du ja Nachhilfe.«

Raphael schürzte leicht die Lippen. »Ja, ich weiß. Ich hoffe, ich kann mich auch darauf konzentrieren.« Er drückte sacht seine Hand. »Ich bin gegen vier da.«

Hinter dem Küchenfenster bewegte sich ein Vorhang und eine Silhouette huschte im Dunkeln vorbei. Raphael ließ widerstrebend Leons Hand los. »Es war schön heute. Ich hoffe, du- ...«

»Leon!«

Die harsche, strenge Stimme einer Frau durchschnitt die Nacht- und Raphael das Wort ab. Leon zuckte zusammen und drehte sich hektisch zu seiner Mutter um. Das Haar war wie immer perfekt zu einem Dutt hochgesteckt und das Make-up noch immer makellos. Sie hatte noch nicht einmal ihre Dienstkleidung abgelegt. In dem dunkelgrauen Anzug mit dem violetten Halstuch, das sie tragen musste, sah sie wie eine berechnende Geschäftsfrau aus und nicht wie eine Stewardess.

Ihre grauen Augen durchbohrten sowohl Leon als auch Raphael mit giftigen Blicken. Letzteren nahm sie einen unendlich lang scheinenden Augenblick genauestens ins Visier. Der abschätzige Blick, den sie ihm anschließend von oben bis unten zuwarf, ließ auf kein mildes Urteil hoffen.

»Ähm, das hier ist Raph-«, wollte Leon ihn soeben vorstellen, als er bereits am Arm gepackt wurde.

»Danke fürs Herbringen und gute Nacht«, entgegnete sie lapidar und mit einer schneidenden Kälte in der Stimme. Leon hatte kaum Zeit zu reagieren, da wurde er schon ins Haus gezerrt. Er versuchte, Raphael noch einen Blick zu zuwerfen, doch seine Mutter schlug bereits die Tür zu.

»Zauberhaft«, murmelte Raphael verdattert gen der abweisend wirkenden Tür und blieb einen Moment unschlüssig und mit besorgter Miene stehen. Er konnte zwar nicht mehr sehen, was vor sich ging, doch die aufgebrachte Stimme der Frau drang dennoch dumpf durch die Tür. Sie war alles andere als glücklich. Lauschen wollte er nicht, also zog er sich widerwillig zurück. Der Drang, Leon zu beschützen rang mit der Vernunft, sich nicht in seine familiären Angelegenheiten einzumischen. Seine Mutter hatte anscheinend so schon kein gutes Bild von ihm, da sollte er vielleicht lieber erst einmal abwarten.

Oder?

♦♦♦

»Was zum Teufel ist eigentlich los mit dir?!«
Leon presste die Zähne zusammen und starrte demonstrativ an seiner Mutter vorbei, die ihn wütend anzischte wie eine aufgebrachte Kobra. Ihr aschblondes Haar schimmerte im Schein der Wohnzimmerlampen. Kalte, modische Modelle mit metallenen Ständern, die fast deckenhoch waren und deren Lampenschirme wie Tritonenhorne geformt waren. Er hasste sie. Sie waren hässlich und gaben dem Raum noch mehr den Charme einer modernen Arztpraxis, als hätte den Eindruck die hellgraue Kunstledercouch nicht bereits zur Genüge erfüllt. Oder der dazu passende, cremefarbene Teppich.

Er schwieg und sie redete weiter.

»Seit wann treibst du dich mitten in der Nacht draußen rum, kommst nicht mehr nach Hause und lässt einfach das Essen der Haushälterin stehen?«, fauchte sie. Sie vergaß regelmäßig den Namen der Dame, die sich um ihren Sohn kümmerte. Aber sie jetzt darauf hinzuweisen, wäre nicht gerade das Klügste.

»Nimmst du Drogen mit diesem Typen, der schon aussieht, als wäre er schlechter Umgang? Was hat er dir alles gegeben, und wie lange geht das schon so?«, verlangte sie zu wissen. Sie packte Leon grob am Arm und er sah reflexartig zu ihr. In seinem Magen ballte sich ein Knoten zusammen, der aus Wut und Verbitterung bestand. Und aus Enttäuschung.

»Er nimmt keine Drogen«, stellte er dann bemüht ruhig klar und ignorierte den Schmerz, den ihre manikürten Nägel seinem Arm zufuhrten. Die langen Krallen bohrten sich in seine Haut, aber es schien ihr egal zu sein, dass sie ihm wehtat. »Und ich auch nicht. Er ist mein Freund, okay? Ich dachte, das wolltest du immer für mich. Dass ich normaler bin, Freunde habe und auch mal rausgehe.«

Sie maßen sich mit Blicken. Er wütend, sie misstrauisch. Sie ließ den Arm wieder los und er verschränkte sie demonstrativ vor sich.

»Und ihr macht was genau, bis mitten in die Nacht? Hast du mal auf die Uhr gesehen? Es ist fast zwei Uhr, verflucht noch mal! Keiner wusste, wo du bist! Wir dachten schon ...«

»Was, dass ich mich umgebracht habe, weil sich von meiner beschissenen Familie keiner für mich interessiert und ich nur eine Haushälterin habe, die für mich kocht und putzt und ansonsten unsichtbar ist?« Seine Stimme troff vor Bitterkeit und er konnte fühlen, wie sich sein Herz zusammen zog. Ein unangenehmer Geschmack breitete sich in seinem Mund aus.

Er sah die Ohrfeige kommen, aber er wich nicht aus.

Sie traf seine Wange mit einer Wucht, dass ihm für einen Moment schwarz vor Augen wurde. Sein Kopf flog zur Seite und er ballte die Hände zu Fäusten.

»Du undankbares Gör«, keuchte seine Mutter mit bleichem Gesicht. Er brauchte sie nicht anzusehen, um zu wissen, dass sie blass und zitternd vor ihm stand. »Dein Vater und ich tun das Beste, was wir können, damit du auf die Universität gehen kannst. Und zwar auf die beste! Wir wollen, dass du erfolgreich wirst und ein gutes Leben hast. Denkst du, das ist einfach?« Sie schluckte und atmete tief durch. »Du wirst das Haus nicht mehr verlassen, es sei denn, für die Schule. Du stehst kurz vor deinem Abschluss. Ich wette, deine Noten sind desaströs. Wenn du deinen Abschluss nicht zufriedenstellend machst, wird das Konsequenzen haben. Verstanden?« Sie wartete seine Antwort nicht ab, als sie an ihm vorbei ging und die Treppe nach oben erklomm. »Und diesen Typen wirst du nicht wiedersehen. Er bringt dich nur von deinen Aufgaben ab.«

Leon blieb, wo er war. Er wartete auf das Geräusch der zufallenden Schlafzimmertür, während er versuchte, das unkontrollierbare Zittern seines Körpers irgendwie einzudämmen, indem er sich hinhockte und die Arme um sich schlang. Er wiegte sich mit fest geschlossenen Augen vor und zurück und kämpfte die Tränen nieder.

Erstaunlich, wie jemand, der kaum je für ihn da war, es schaffte, dass er sich innerhalb weniger Minuten wie ein Stück Dreck fühlte.

Sie wollten, dass er Jura studierte. Er sollte Anwalt werden, das war ihr Traum für ihn. Sie hatten ihn nie auch nur ansatzweise gefragt, was er werden wollte. Sie beschlossen es einfach. Er hatte nicht einmal die Freiheit zu entscheiden, ob er überhaupt studieren wollte.

Stattdessen erpressten sie ihn regelrecht. Wenn er keinen anerkannten oder prestigeträchtigen Beruf ergriff, fiele das auf seine Familie zurück. Und schließlich bezahlten sie ja eine Menge Geld, um ihn best möglichst ausbilden zu lassen. Nicht nur für Unmengen an Fachliteratur, in die er kaum je einen Blick geworfen hatte, um ihn auf das Studium vorzubereiten, was er nicht wollte, sondern auch für andere Lehrmaterialien, damit er als Bester seines Jahrgangs die Schule abschloss. Und natürlich war auch die Haushälterin teuer. Und überhaupt fiel ohnehin alles, was er sagte oder tat, auf seine Eltern und seinen Bruder zurück, also reiß`dich gefälligst zusammen und benimm dich nicht wie ein undankbares Gör. Das würde sein Vater jedenfalls sagen, wenn er hier wäre.

Eine Zukunft als Rechtsanwalt war für ihn ungefähr so verlockend, wie sich selbst in die Kniescheiben zu schießen, wobei er Letzteres tatsächlich sogar noch bevorzugen würde. Weder lockte ihn das Geld, das er mit diesem Beruf verdienen konnte, noch Ruhm oder Ansehen. Das würde einfach nicht passieren. Das war nichts, was er wollte oder sich wünschte.

Wie betäubt erhob er sich schwankend. Die Tränen, die ihm über das Gesicht strömten, tropften auf sein T-Shirt und den Teppich. Er beobachtete eine Weile schweigend, wie sie den Stoff dunkler färbten und wünschte sich nichts mehr, als Raphael bei sich zu haben.

Der Gedanke, ihn nie wiedersehen zu dürfen, war unerträglich. Sie kannte ihn ja nicht einmal, sie wusste gar nichts über ihn. Wie konnte sie einfach darüber bestimmen, dass er aus seinem Leben verschwinden sollte? Sie wusste nichts. Weder über Raphael noch über Leon. Vor allem nicht über die Tatsache, dass sie zusammen waren. Leon schluckte und hob das Gesicht gen Himmel. Das Einzige, was er sich wirklich wünschte, war geliebt zu werden. Und bei Raphael war es so einfach, es zuzulassen. Es war so natürlich wie atmen. Die Gedanken an eine düstere Zeit in seinem Leben wollten sich in den Vordergrund drängen, aber er schob sie mit aller Kraft beiseite. Jetzt war nicht die Zeit dafür.

Er lächelte matt und wischte sich die Tränen vom Gesicht, während er sich schwerfällig die Treppe hinaufschleppte.

Wenn sie wirklich dachte, dass er sich an ihre selbstsüchtigen Forderungen halten würde, hatte sie sich gründlich geschnitten.

Raphael hatte recht: Er konnte nicht darauf warten, dass das Glück zu ihm kam. Er musste es sich holen und dafür kämpfen.

»Hast du eine Ahnung, wie spät es ist?« Raphaels Vater stand im Flur, nur in Jogginghose und seinem Lieblings-Shirt. Die kräftigen Arme waren vor der Brust verschränkt und Raphael musste ihn gar nicht ansehen, um zu wissen, wie enttäuscht und wütend er aussah.

»Ich war noch mit einem Freund unterwegs«, erklärte er, während er den Rucksack neben sich abstellte. Er hob den Blick zu seinem Vater. Das Flimmern des Fernsehers warf flackernde Lichteffekte an die Wand des Flurs. Hecktisch zuckende Impulse, während das leise Gemurmel der Stimmen kaum zu verstehen war.

»Mit dem Kerl von neulich?« Die Augen seines Vaters zogen sich zusammen und sein Blick glitt prüfend über seinen Erstgeborenen, als wollte er Spuren für irgendetwas an ihm finden, dass sein Misstrauen bestätigte.

»Ja«, gab Raphael dann müde zu. »Er heißt Leon. Und ich habe ihn nach Hause gebracht.« Er wollte mehr sagen, aber seine Lippen blieben verschlossen. Er würde es ohnehin nicht verstehen.

»Wieso? Traut er sich im Dunkeln nicht heim?« Der Spott in seiner Stimme war unüberhörbar. Ein abfälliges Schnauben erklang hinterher. »Er ist doch kein Baby mehr, oder? Und deswegen kommst du erst mitten in der Nacht zurück?«

Er trat einen Schritt näher. So nahe, dass Raphael den Alkohol in seinem Atem riechen konnte. Er ballte unwillkürlich die Hände zu Fäusten und bemühte sich, den prüfenden Blick seines Vaters so gelassen wie möglich zu erwidern. »Rhyne«, begann er leise, und es klang wie eine Drohung, als er sich vorbeugte und sein Kinn packte. Der Griff seiner Finger war fest und schmerzte, doch Raphael verzog keine Miene. »Du wirst nicht mehr mit diesem Weichei rumhängen. Du wirst nicht mehr mitten in der Nacht erst nach Hause kommen und deinen kleinen Bruder den ganzen Tag alleine lassen. Und du wirst von heute an für die Schule lernen, als würdest du nichts anderes tun wollen, klar? Ich werde nicht zusehen, wie du ein paar Wochen vor Schulabschluss alles in den Sand setzt, weil du irgendeinen schwächlichen Versager nach Hause eskortierst, der Angst im Dunkeln hat.« Seine Augen wurden schmal. »Ist das klar?«

Raphaels Kiefer mahlten und er atmete bemüht ruhig. Er brachte kein einziges Wort hervor und sie starrten sich schweigend in die Augen. Die Spannung zwischen ihnen schien unerträglich zu werden. »Ich habe dich etwas gefragt.«

Raphaels Herz pumpte heftig in seiner Brust. »Ich habe gehört, was du gesagt hast«, presste er hervor. »Aber ich kann es dir nicht versprechen, weil Leon und ich in die gleiche Klasse gehen. Ich sehe ihn also, ob ich es will oder nicht.«

Das darauffolgende Schweigen ließ seinen Magen vor Nervosität kribbeln. Der Blick, den sein Vater ihm zuwarf, gefiel ihm überhaupt nicht.

»Schön«, schnaubte er düster. Er ließ sein Kinn abrupt los und drehte sich um, stapfte mit schweren Schritten zurück in das Wohnzimmer. Raphael konnte hören, wie er sich schwerfällig auf dem Sofa niederließ. So leise wie möglich atmete er aus und sah Joshuas bleiches Gesicht oben am Treppenaufgang, wo er zusammen gekauert hockte. Er lächelte gezwungen und schlich leise hoch und in sein Zimmer.

Josh folgte ihm auf nackten Sohlen und sah in dem viel zu großen Shirt, das er sich von Raphael »geborgt« hatte, noch schmaler aus als er in Wirklichkeit war.

»Wo warst du denn so lange? Ich hab mir schon echt Sorgen gemacht und Dad war richtig sauer!«, flüsterte er eindringlich. Es war schlecht, zu laut zu sein, wenn ihr Vater in so einer düsteren Stimmung war.

Raphael streifte seine Schuhe ab und ließ sich seufzend auf das Bett sinken. Josh kniete sich neben ihn und musterte sein Gesicht ausgiebig, als könnte er die Wahrheit aus ihm herauslesen, wenn er nur genau genug starrte.

»Ich war bei Leon.« Er ließ sich auf den Rücken sinken und fixierte die Decke, während sein Bruder schwieg.

»Ähm ... ich dachte, du hast ein Date?« Es klang ein wenig verwirrt und mit einem seltsamen Unterton. Er ahnte es.

»Ja, das hatte ich auch.«

Josh zögerte kurz. »Mit Leon.« Eine Feststellung, der eine lange Pause folgte.

Raphael seufzte und sah seinem kleinen Bruder ins Gesicht. Dort sah er mildes Erstaunen und große, fragende Augen. »Ja.«

»Heilige Scheiße«, entfleuchte es Joshua. »Das ist ja krass, Alter.« Er beugte sich vor und grinste ein wenig hilflos. »Du verarschst mich doch, oder?«, fragte er, obwohl sie beide wussten, dass er das nicht tat.

Raphael schüttelte den Kopf. »Nein, tue ich nicht. Ich bin schwul, Josh.« Sein Herzschlag pochte laut in seinen Ohren und er biss sich auf die Lippen, während er darauf wartete, dass sein Bruder anfangen würde zu schreien oder zu lachen, ihn zu beschimpfen oder sonst etwas, doch er saß nur da und sah aus, als hätte er eine Kröte verschluckt.

»Echt jetzt?«

»Ich glaube schon.«

»Oh mein Gott.«

»Jepp.«

»Und weiß Dad das?«

»Würde ich dann noch leben?«

»Punkt für dich.« Josh seufzte und bedachte Raphael mit einem langen, verwirrten Blick. »Wie ist das passiert?«, fragte er, als ob das wie eine Erkältung wäre, die man sich einfach irgendwo einfing. Raphael musste lachen, aber er tat es so leise wie möglich.

»Ich weiß nicht. Ich glaube, ich war immer schon so.«

Josh nickte langsam. »Ok? Ich meine, das ist echt ... überraschend, irgendwie.«

»Bist du gar nicht ... sauer oder so?« Raphael musterte ihn eingehend und wunderte sich, wie gelassen Josh alles aufnahm. Er zuckte nur die Achseln. »Äh, weswegen denn? Weil du nicht auf Mädchen stehst? Bleiben halt mehr für mich.« Er grinste frech und Raphael blinzelte überrascht, ehe er das Grinsen erwiderte.

»Ah ja. Na, immerhin.«

»Und dieser Leon ....«, begann er dann und rückte neugierig etwas näher. »Hast du ihn geküsst?«

»Das geht dich gar nichts an«, erwiderte Raphael. Hitze schoss ihm in die Wangen und Josh grinste wissend. »Cool«, murmelte er langgezogen. »Wie war`s?«

»Ich sag doch, das geht dich nichts an!«

»Ach, komm schon! Erzähl!« Josh rückte noch näher und pikste Raphael in die Rippen. »Ich will das wissen, klar?«

Raphael wand sich und rollte sich auf die Seite. Ein inbrünstiges Seufzen entrang sich seiner Kehle und er verdrehte genervt die Augen, obwohl er grinsen musste. »Es war schön. Ich meine ... Es war richtig, richtig schön.«

»Und ihr seid echt zusammen? So richtig? Habt ihr schon ...«, fragte Josh staunend und Raphael schnaubte. »Nein! Haben wir nicht, und du fragst mich das nie wieder, okay? Das ist peinlich.«

Josh lachte unterdrückt. »Ja, schon, aber ich bin neugierig.« Er schwieg kurz und betrachtete seinen großen Bruder kopfschüttelnd. »Dad wird total ausrasten, wenn er das erfährt.« Seine Miene wurde mitleidig und ein wenig besorgt. »Sagst du es ihm?«

»Das muss ich wohl irgendwann, mh?«

»Am besten wenn er hundert ist und grade stirbt«, meinte Josh mit hochgezogenen Brauen. »Du weißt, wie er darüber denkt.«

»Ich weiß. Aber ich kann das nicht vor ihm verstecken. Wie soll das gehen? Ich kann nichts dafür. Ich ... liebe ihn eben.«

»Heilige Scheiße, man.« Josh betrachtete ihn kopfschüttelnd, und schien sich kaum noch einzukriegen. »Dich hat`s ja echt krass erwischt. Aber dieser Leon sieht auch nicht grade schlecht aus.« Er zog die Nase kraus. »Ich mein ... für einen Kerl, du weißt schon?« Er grinste. »Ich bin ja nicht schwul oder so.«

»Das dachte ich auch immer«, murmelte Raphael trocken.

»Wann wusstest du es? Also ... dass du ihn liebst?« Raphael schmunzelte und wiegte den Kopf, ehe er antwortete: »Ich hatte gleich so ein komisches Gefühl, als ich ihn sah, aber da war es mir noch nicht klar. Richtig bewusst wurde es mir erst später.«

»Also war es Liebe auf den ersten Blick?« Josh lächelte ihm zu. »Das ist total schräg. Und irgendwie süß, aber eigentlich ziemlich schräg. Ist ja wie im Film.« Er seufzte tief. »Ich werd`s Dad jedenfalls nicht sagen, das ist ja klar.«

»Danke.«

»Aber ...«, begann er dann vorsichtig, »was willst du jetzt machen? Wegen Leon? Ich mein, ihr könnt das bestimmt nicht verstecken. Und wer weiß, wie seine Eltern das sehen. Wie finden die das überhaupt?«

»Ich denke nicht, dass sie es wissen. Oder dass sie es gut finden würden, wenn. Und Dad hat mir verboten, mit ihm rumzuhängen, also ... Er ist sowieso nicht begeistert von ihm, hast du ja mitbekommen.«

Josh wand sich verlegen und rieb sich das dunkle Haar im Nacken. »Sorry dafür. Ich wusste ja nicht, dass er so abgeht.«

»Ist geschenkt. Wahrscheinlich war`s für irgendwas gut.«

»Das ist doch bescheuert, dass er dir verbietet, ihn zu sehen.« Josh runzelte die Stirn und zog die Beine in einen Schneidersitz, die Hände im viel zu weiten Shirt vergraben. »Erzählen Eltern einem nicht immer, dass sie nur das Beste für einen wollen, und dass man glücklich sein soll und so?«

Raphael zuckte die Achseln. »Ja, schon. Wenn man tut, was sie wollen und auf die Art glücklich ist, die sie für einen im Sinn haben.«

Josh nickte widerstrebend. »Ich beneide dich kein bisschen.« Er legte den Kopf nachdenklich schief. »Übrigens sind heute ein paar komische Leute ums Haus rumgeschlichen.«

Raphael wurde hellhörig und seine schwermütigen Gedanken schwiegen. »Was denn für Typen?«

»Hab ich nicht so genau gesehen, da war`s schon recht dunkel. Aber einer ist im Garten über den Brunnen gestolpert und hat geflucht. Echt, so richtig helle waren die nicht«, meinte er spöttisch. »Die wollten bestimmt klauen oder so. Aber hier gibt`s eh nix zu holen.«

Raphael betrachtete ihn mit zweifelnder Miene. »Wie viele waren das denn?«

»Ich hab nur zwei gesehen.« Josh schenkte ihm einen unsicheren Blick. »Hast du Ärger oder was?«

Er erntete ein leises Schnauben und eine hochgezogene Braue. »Ich? Das sollte ich dich fragen. Hast du wieder gesprayt?«

»Hast du mir doch verboten«, gab Josh pampig zurück.

»Als ob dich das je abgehalten hätte.«

Josh grinste, schüttelte aber den Kopf. »Nicht mehr, seit du es mir verboten hast«, versicherte er dann nickend. »Ich war total brav. Ich hab sogar regelmäßig meine Hausaufgaben gemacht und eine Eins in Bio bekommen, obwohl ich irgendwie glaub, das war nur ein Glückstreffer.«

Raphael lächelte ihm zu und sein Herz zog sich zusammen. Gespräche wie diese waren viel zu selten und er fühlte sich schlecht, weil er viel zu oft viel zu streng mit Josh war. In Momenten wie diesen wurde ihm klar, was für eine große Lücke ihre Mutter hinterlassen hatte.

»Du denkst an sie, oder?« Josh schob die Unterlippe vor und zupfte betreten an der Bettdecke. »So guckst du nur, wenn du an sie denkst.«

Raphael nickte ertappt. »Ja. Sie ... ist eben nicht da, obwohl sie es sein müsste.«

»Kann man nichts machen.« Josh biss sich auf die Unterlippe. »Vielleicht ist es gut, dass sie nicht da ist. Vielleicht hätten sie und Dad sich dann nur gestritten oder so. Wer weiß.«

Raphael war ganz und gar nicht seiner Meinung, aber er beließ es dabei. »Ja, wer weiß«, meinte er nur ausweichend.

»Ich bin jedenfalls froh, dass du es mir gesagt hast. Wegen Leon, meine ich. Falls ich dir irgendwie helfen kann, sag`s nur, okay?« Joshs Miene erhellte sich wieder etwas und er erhob sich langsam. »Ich geh jetzt ins Bett.«

»Gute Nacht, Grünschnabel«, erwiderte Raphael neckend aber mit einem erleichterten Lächeln. Es tat gut, etwas von dem Geheimnis mit jemandem zu teilen, der ihn nicht gleich dafür verurteilte. »Und Danke«, fügte er noch an, als sein kleiner Bruder schon fast draußen war.

Josh grinste. »Nacht, Rhyne.« Er schlüpfte hinaus und schloss leise die Tür.

Wieder allein wälzte Raphael sich unruhig auf dem Bett herum und starrte an die Decke, während er sich fragte, was um Himmels willen er jetzt tun sollte.

Sein Vater hatte ihm schon mehrfach gedroht, dass es richtig Ärger geben würde, wenn er seinen Schulabschluss versaute. Aber er war, um das zu schaffen, auf Leon angewiesen, weil nur er ihm beim Nachholen des Stoffes helfen konnte. Das bedeutete, dass das Verbot seines Vaters im Grunde absolut sinnfrei war. Er brauchte Leon. Nicht nur, um den Abschluss zu schaffen, sondern generell. Raphael grübelte über die Argumente, die er seinem Dad um die Ohren hauen konnte und fragte sich gleichzeitig, wie er es ihm sagen sollte. Seine Meinung über Schwule und Lesben war ziemlich eindeutig und er wusste, dass sein Vater es einfach nicht würde akzeptieren können, wenn es noch dazu seinen eigenen Sohn betraf.

Aber es gab einfach keine Alternative, mit der Raphael leben konnte. Die Alternativen, die er hatte, bestanden darin, sich entweder von Leon zu trennen, was absolut nicht in Frage kam, oder die Beziehung geheim zu halten, was früher oder später ja trotzdem raus kommen musste.

Er zog sich die Decke über den Kopf und stöhnte gequält auf. Die Erinnerungen daran, wie er Leon im Arm gehalten hatte, als es auf dem Hügel zu kalt wurde, überkamen ihn.

Er hatte Leon einfach auf seinen Schoß gezogen und die Arme um ihn geschlungen, ohne nachzudenken. Noch immer schien es ihm, als könnte er seine Hand spüren, die er auf die Stelle über seinem Herzen gelegt hatte, während er sich zitternd an ihn schmiegte, das Gesicht an seinem Hals vergraben.

»Wie schnell dein Herz schlägt«, hatte Leon ihm ins Ohr geflüstert und er hatte Gänsehaut davon bekommen, ihm so nahe zu sein.

Unruhig drehte er sich auf die andere Seite und versuchte die Erinnerungen an das Gefühl seines Körpers an seinem zu verdrängen und zu schlafen, aber es ging nicht. Sein Shirt roch nach ihm und er trug seinen Duft auf der Haut. Sein Magen begann zu kribbeln, als er daran denken musste, wie sie sich geküsst hatten. Wie warm und weich sich sein Mund angefühlt hatte und wie sanft.

»Verfluchte Scheiße«, murmelte er dumpf in sein

Kopfkissen. Er bekam ihn nicht mehr aus sich heraus. Weder aus seinem Kopf noch aus seinem Herzen.

»Leon«, flüsterte er mit belegter Stimme in die Nacht, die am Horizont schon dem Morgengrauen Platz machte, während sich sein Herz zusammenzog und eine Träne aus seinem Augenwinkel rann, ohne dass er sagen konnte, warum er weinte.

♦♦♦

Ein Klopfen an der Tür riss ihn aus unruhigem Schlaf. Mit verquollenen Augen und wirrem Blick sah sich Leon desorientiert in seinem Zimmer um. Der Wecker zeigte ihm eine unsägliche Zeit. Erst halb neun, und das am Samstag. Er hatte kaum ein paar Stunden geschlafen und rieb sich eilig das Gesicht, während er die Decke von sich strampelte und barfuß zur Tür tappte. Mit düsterer Miene öffnete er und spähte misstrauisch durch den Spalt. Seine Mutter stand da, perfekt geschminkt und zurechtgemacht, ihre Reisetasche in der Hand.

Sein Herz schlug schneller und er öffnete etwas weiter. Sie hatte den Mund missbilligend verzogen, auf dem sorgfältig roter Lippenstift aufgetragen war. »Wie schön, dass du schon wach bist. Das Frühstück steht unten bereit. Ich habe Stella angewiesen mir sofort Bescheid zu geben, wenn du dir irgendeinen Fauxpas erlaubst. Das beinhaltet zu lange Telefonate, zu langes Aufbleiben oder zu langes Fernbleiben des Hauses nach Schulschluss allgemein. Sie wird ein paar Tage hierbleiben, um zu prüfen, ob du diese Regeln einhalten kannst. Sie schläft im Wohnzimmer, also benimm dich besser. Ich will nicht hören, dass du herumstreunst.« Sie maß ihn mit Blicken, während er sie wortlos anstarrte, und versuchte, das eben Gehörte mit seinem noch schläfrigen Hirn in Einklang zu bringen.

»Und wenn du dir auch nur einen Fehler oder eine schlechte Note erlaubst, drücke ich dir einen Privatlehrer auf, hast du verstanden?« Sie wartete gar nicht ab, ob er noch etwas sagen würde, sondern drehte auf klappernden Absätzen um und schritt die Treppe hinab.

Er stand wie angewurzelt da und blinzelte, als die Tür ins Schloss fiel.

Von unten erklangen geschäftige Geräusche. Er konnte hören, wie der Tisch gedeckt wurde und jemand summte eine ihm unbekannte Melodie. Kaffeeduft und das Aroma frisch gebackener Brötchen zog die Treppe hinauf und verursachte ihm Übelkeit. Wie betäubt schloss er die Tür wieder und zog sich in die Stille seines kalt wirkenden Zimmers zurück.

Sein Kopf war vollkommen leer und er blinzelte, als er auf das zerwühlte Bett starrte. Er stand unter Hausarrest, so wie er das verstanden hatte, und wenn er sich nicht benahm, würde das noch weitreichendere Konsequenzen haben. Seine Noten waren also desaströs? Er konnte sich nicht daran erinnern, dass dem so war. Er hatte fast nur zweien geschrieben. Wenn das für sie bereits zu schlecht war ...

»Das ist doch absurd.« Stirnrunzelnd betrachtete er sein Zimmer. Die Bücherregale waren mit DVDs von Animes- und Mangas gefüllt und das war auch so ziemlich das

Einzige, was er am ganzen Raum mochte. In den anderen Regalen befand sich Literatur der Weltgeschichte, Vorbereitungsliteratur auf das Jurastudium, das er nicht wollte, und andere, kaum gelesene Bücher, die ihn nicht interessierten.

Er nagte an seiner Unterlippe und versuchte, sich nicht von der Verzweiflung überkommen zu lassen, die sich in seiner Brust ausbreitete. Er fragte sich grade, ob er aus dem Fenster würde klettern können, als es leise klopfte und eine Frauenstimme mit leichtem Akzent seinen Namen nannte. Sie klang warm und liebevoll und er verzog das Gesicht, weil er genau so etwas jetzt gar nicht gebrauchen konnte. Seine Aufpasserin, die ihn vermutlich zwang, alle möglichen Dinge mit ihr zu bereden oder die ihm irgendwelche Aufgaben aufdrücken wollte. Er war siebzehn Jahre alt und seine Mutter drückte ihm eine Amme aufs Auge. Na, besten Dank auch.

»Ja?«, fragte er dumpf, ohne sich zu rühren. Er trug nur seine Boxershorts und ein altes T-Shirt, aber es war ihm völlig egal, wie er aussah oder wie er rüberkam.

Die Tür wurde leise geöffnet und die Stimme der Dame klang ausnehmend fröhlich. Vielleicht ein spanischer oder italienischer Akzent? Schwer zu sagen. Er drehte sich höflicherweise zumindest halb um und sah sich einer stark gebräunten, fülligen Dame gegenüber, deren schwarzes Haar lockig und glänzend um ihr rundes Gesicht fiel. Gutmütige braune Augen betrachteten ihn und ihr Lächeln schien ehrlich. Sie sah viel jünger aus, als er gedacht hatte. Vielleicht erst mitte dreißig oder so. Er hatte sie erst zweimal gesehen, und das letzte Mal war schon lange her. Damals hatte sie ihre Haare zu einem strengen Zopf getragen und seine Mutter hatte sie kurz und wenig freundlich eingewiesen. Vielleicht hatte sie ihm sogar verboten, mit ihr zu reden, oder war es andersrum? Er wusste es nicht einmal mehr. Aber sie hieß Stella, wenn sein Gedächtnis nicht spann.

»Es gibt Brötchen, Pfannkuchen und ich habe ein paar Muffins gebacken. Es ist so schön, dich endlich kennenzulernen, Leon! Möchtest du mit mir frühstücken und wir plaudern ein wenig?«

Er lauschte ihren Worten verdattert und seine Wangen wurden rot. Um jemandem, der ihm Brötchen, Muffins und Pfannkuchen anbot, und der so nett aussah, etwas gemeines entgegen zu schleudern, war er einfach nicht der Typ. Seufzend nickte er und ihre schiere Freundlichkeit ließ seine sorgsam errichteten Mauern schmelzen wie Butter in der Sonne. Vielleicht war sie ja doch ganz in Ordnung. Zumindest schien sie ihn nicht gleich lebendig häuten zu wollen. »Das wäre ... schön, ja. Danke. Ich ziehe mich nur schnell um.«

In seinem Kopf formte sich ein Plan. Vielleicht kam er doch aus seinem Käfig.

12

Schwuchtel.
Das Wort war mit roter Farbe an die Haustür geschmiert worden. Raphael und Josh starrten darauf. Das Entsetzen hatte sie regelrecht gelähmt und es dauerte eine unendlich scheinende Minute, ehe Raphael sich halbwegs wieder im Griff hatte. Sein ganzer Körper zitterte und er sah sich mit fahrigen Bewegungen nach weiteren Schmierereien um.

»Das müssen wir dringend wegmachen, ehe Dad nach Hause kommt.« Joshs Stimme klang dünn und sie bebte, während er zu verstehen versuchte, was das sollte. »Das muss jemand gewesen sein, der von dir und Leon weiß. Will dir irgendjemand eins auswischen?«

Raphael ging an ihm vorbei, um aus der Küche ein Reinigungsmittel und einen Eimer zu holen. Josh folgte ihm mit ängstlicher Miene.

Sie hatten eigentlich zusammen einkaufen gehen wollen und dabei war Josh in die Farbe getreten. Wären sie nicht rausgegangen, hätten sie das nicht entdeckt und Raphael wäre von seinem Dad aber sowas von verprügelt worden.

Er warf einen Schwamm in das Wasser, das er vor Nervosität viel zu heiß in das Behältnis gefüllt hatte. »Scheiße, hoffentlich geht das Zeug überhaupt ab.« Er fluchte, als er eine großzügige Menge Reinigungsmittel in den Eimer gab. »Keine Ahnung, wer das war. Ich nehme mal an, Niklas und seine ach so tollen Kumpel. Ansonsten wüsste ich keinen.«

»Glaubst du, Dad hat es gesehen, als er heute Morgen zur Arbeit ist?« Josh starrte ihn aus großen Augen an und Raphaels Mund wurde trocken, als er diese Möglichkeit in Betracht ziehen musste. »Keine Ahnung. Es war noch dunkel, glaube ich. Oder?« Unsicher standen sie einen Moment in der Küche, ehe Raphael eilig zur Haustür schritt. »Es muss weg, so oder so.« Seine Kiefer mahlten, als er in das brühende Wasser griff und mit dem Schwamm versuchte, die rote Farbe abzuwaschen. Es gelang, jedoch würde es ewig dauern, alles wieder sauber zu machen. Josh flitzte noch einmal in die Küche und holte eine Rolle Küchenpapier sowie einen eigenen Schwamm zum Schrubben.

»Gut, dass wir das rechtzeitig gesehen haben, ehe das die Nachbarn mitbekommen. Du kennst doch den Alten von nebenan. Der hat nichts anderes zu tun, als Gerüchte rumzuerzählen. Weißt du noch«, fragte Josh leise, »wie er sich über Mama aufgeregt hat?«

Das musste Josh gar nicht fragen. Jahrelang hatte der alte Nachbar, ein Polizist im Ruhestand, Gerüchte gestreut, warum ihre Mutter die Familie verlassen hätte. Vom Liebhaber in Brasilien über einen schweren Bankraub war so ziemlich alles dabei. Auch Drogensucht hatte er ihr anhängen wollen, dabei stimmte nichts davon.

Beinahe hatte ihr Vater dadurch seinen Job verloren, weil sogar sein Chef davon Wind bekommen hatte und in einer Stammkneipe wurde aus einem Gerücht bei ein paar Bieren schnell eine Tatsache.

»Ich weiß«, presste Raphael hervor, während er so fest schrubbte, wie er konnte. Rote Farbe rann ihm über die Finger und an der Tür hinab wie Blut, färbte das Wasser im Eimer. Josh neben ihm tat es ihm gleich und sie arbeiteten eine Weile schweigend und mit tränenden Augen, die von dem chemischen Geruch des Mittels gereizt wurden.

»Wer immer das war, will auf alle Fälle, dass es jeder mitbekommt.« Josh rieb sich die Stirn und versuchte, mit einer Nagelbürste die Rückstände vom Rot aus dem Holz zu bekommen, die sich in die winzigen Spalten der Tür gesogen hatten. Es war nahezu aussichtslos. »Scheiße aber auch, das kriegen wir ja nie komplett raus.« Er sah hilflos und panisch zu Raphael, der verbissen weiter schrubbte.

»Wir müssen, Josh. Dad bringt mich um, wenn er das sieht. Es muss so viel weg wie möglich.«

»Raphael ... Wenn jemand sich schon die Mühe macht, sowas an unsere Tür zu schreiben, dann kommt bestimmt noch mehr!« Josh biss sich auf die Unterlippe und verzog das Gesicht, als er weitermachte. Er musste seinen Bruder nicht ansehen, um zu wissen, wie gequält er ihn anstarrte. Das Geräusch des Schrubbens blieb einen Moment aus, ehe es nur noch energischer wieder einsetzte.

»Ich kläre das. Mach dir keine Sorgen, okay? Ich werde das wieder in Ordnung bringen.« Sein kleiner Bruder warf ihm einen langen Blick zu. Mit Sorge musterte er das angestrengte, verbissene Gesicht und den entschlossenen Ausdruck in seinen Augen. »Was hast du denn vor?«

»Ich werde einfach zu Niklas gehen und ihn fragen, was sein Scheißproblem ist. Und dann klären wir es.«

Joshs Augen weiteten sich entsetzt. »Das kannst du nicht machen, Rhyne! Weißt du nicht, was Dad gesagt hat, wenn du dich noch mal prügelst?« Er wollte ihn am Arm packen, aber seine Hände waren voller Rot und er zog sie zurück, als Raphael ihm einen kalten Blick zukommen ließ. »Ich weiß. Aber wenn die das hier«, er deutete auf die Tür, »bei uns machen, machen sie es auch bei Leon. Und ich kann nicht zulassen, dass meine Familie bedroht und eingeschüchtert wird. Oder er. Verstehst du? Ich weiß, dass Dad das nicht gut finden wird, und dass ich richtig Ärger kriege, aber ich will nicht, dass man dir irgendwas tut.« Er schluckte und sah seinen Bruder eindringlich an. »Ich will nicht, dass du Probleme wegen mir bekommst.«

Josh verzog das Gesicht und wand sich wieder der Aufgabe zu, die vor ihnen lag. »Aber diese Schläger aus der Oberstufe haben dich schon mal richtig vermöbelt. Die werden das nächste Mal nicht viel netter sein, eher das Gegenteil. Was, wenn sie dir was brechen? Das kannst du nicht verstecken, so wie die ganzen Prellungen. Oder, wenn es noch schlimmer wird ...« Er biss sich auf die Lippen. »Ich habe Angst, Raphael!«

Er schloss gequält die Augen. Das war das Schlimmste. Er konnte nicht zulassen, dass sein kleiner Bruder sich bedroht fühlte und Angst hatte. Er musste unbedingt etwas unternehmen, am besten noch heute.

»Ich sorge dafür, dass du keine Angst haben musst, okay? Vertrau mir einfach. Es wird alles gut.« Seine Stimme klang sanft und zuversichtlich und er rang sich ein schiefes Lächeln ab, doch er konnte nicht erreichen, dass Josh beruhigter aussah. Sein Gesicht war bleich und seine Hose fleckig, wo das gefärbte Wasser sie besudelt hatte. Er nickte nur und sie schrubbten weiter.

Es dauerte Stunden, doch am Ende war die Haustür wieder in einem Zustand, der nur bei sehr genauem Hinsehen Argwohn erwecken würde. Zwar war die Farbe nicht aus den feinen Ritzen herauszubekommen, aber das fiel nur auf, wenn man es wusste, oder gezielt Ausschau danach hielt.

Seufzend warf Raphael die verdreckten Klamotten in die Waschmaschine und goss den letzten Rest Wasser aus dem Eimer, den er gründlich sauber machte.

»Lass mich mitkommen«, bat Joshua ungefähr zum hundertsten Mal. Er ließ einfach nicht locker. »Ich habe auch ein Handy und kann die Polizei rufen, wenn es zu schlimm wird!«

»Josh!«, wehrte Raphael entsetzt ab. »Es wird keine Polizei gerufen, okay? Ich will ja erst einmal nur reden und versuchen, es friedlich zu klären. Ich gehe nicht mit einer Kettensäge dahin oder so.«

»Schon, aber du weißt doch nicht, was dieser Niklas macht, oder seine Leute! Was, wenn es eine Falle ist?!«

Raphael seufzte tief und rieb sich den Nacken. Von der ganzen Schrubberei war er verspannt und schmerzte. »Ich habe schon daran gedacht, ja.«

Das Klingeln des Telefons unterbrach die Diskussion und beide zuckten erschrocken zusammen. Sie bekamen so selten Anrufe, dass ihnen das Geräusch nicht vertraut war. In der Stille des Hauses klang es zu laut und zu schrill.

Josh nahm den Hörer ab, als er in die Küche geflitzt war.

Raphael folgte ihm instinktiv und blinzelte überrascht, als Josh ihm das Telefon gab. »Ist für dich.«

»Ja?«, fragte er misstrauisch und registrierte Joshs neugierige Blicke. Am anderen Ende hörte er ein leises Seufzen.

»Raphael! Geht es dir gut?« Leons Stimme drang dumpf und besorgt an sein Ohr und sein Herz machte einen Satz, zusammen mit seinem Magen. Allein der Klang seiner Stimme verursachte ihm Gänsehaut.

»Geht so. Und bei dir?«, fragte er bemüht gelassen und versuchte erfolglos, Josh wegzuscheuchen, der ihm nur blöde zu grinste.

»Ehm ...«, erklang es zögernd, ehe er verhalten antwortete: »Ich stecke ziemlich in der Klemme, glaube ich. Du solltest herkommen.«

Raphael umklammerte das Telefon fester und Unruhe breitete sich in ihm aus. »Was soll das heißen? Was ist denn los?« Er sah alarmiert zu Josh, der besorgt zu ihm aufsah.

»Das kann ich am Telefon schlecht bereden, weil ich«, murmelte er undeutlich, »nicht alleine bin.« Anscheinend hörte man ihm zu und Raphael konnte sich nach dem Auftritt seiner Mutter höchstens ansatzweise vorstellen, was das bedeuten konnte. Wurde er etwa überwacht?

»Okay. Ich mache mich gleich auf den Weg.« Er sah Josh entschlossen an, der schon den Mund zu einem Protest öffnete, doch er schnitt ihm mit einer Geste das Wort ab. »Bis gleich.«

»Bis gleich.« Es klang unendlich erleichtert und dann legte Leon auf.

»Aber du kannst nicht weggehen! Nimm mich wenigstens zu Leon mit, ich bin auch total brav!« Josh starrte ihn bettelnd an, wie ein Hund, der auf keinen Fall allein gelassen werden will.

Verflixte Welpen ...

»Aber du nimmst dein Handy mit und wenn irgendwas passiert, hältst du dich raus, klar?«, schnappte er angefressen. »Ich will nicht, dass du in Schwierigkeiten kommst. Und wir müssen uns beeilen, bevor Dad wieder da ist.«

Josh nickte eifrig und sauste die Treppe hoch, um sein Zeug zu holen.

Ein ungutes Gefühl breitete sich in Raphaels Magen aus, während die Nachmittagssonne rötlichen Schein durch das Fenster der Küche warf.

»Deine Freundin?« Stellas sanfte Stimme ließ Leon vor Schreck zusammenzucken. Sie stand mit zwei benutzten Tellern ein paar Schritte von ihm entfernt in der Küche. Er hatte sie gar nicht kommen hören.

»Nein«, begann er dann zögernd und spielte nervös an dem Stoff seines Shirts herum. »Mein Freund.«

Stella lächelte ihm zu. »Du scheinst ihn sehr zu mögen. So wie du ausgesehen hast, als du mit ihm geredet hast.«

Es klang nicht vorwurfsvoll. Aber er war auch sicher, dass sie es falsch verstanden hatte. Er leckte sich nervös die Lippen.

»Nein, ich mag ihn nicht«, entgegnete er dann ruhig, obwohl sein Herzschlag ihn fast taub machte. »Ich liebe ihn.«

Stella warf ihm einen überraschten Blick aus großen Augen zu und ließ beinahe die Teller fallen, die sie gerade noch rechtzeitig zur Spüle bugsierte, ehe sie ihr aus der Hand glitten. »Oh«, hauchte sie überrascht. Sie nickte langsam und lächelte ihm unsicher zu. Ihre füllige Gestalt schob sich zu ihm hin und das Geräusch ihrer Haussandalen klang ungewohnt laut und schlurfend. Sie blieb vor ihm stehen und sah ihn mitfühlend an. Der Duft von einem blumigen Parfüm wehte um sie herum, als sie sich eine gelockte Haarsträhne über die Schulter strich. Ihr rundes Gesicht, von feinen Fältchen durchzogen, die vor allem um Augen und Mund verliefen, verriet, dass sie ein Mensch war, der gern fröhlich war und lachte. Er verstand nicht, wieso sie dann ausgerechnet hier eine Anstellung gefunden hatte.

»Die Liebe ist eine wunderbare und manchmal auch sehr verwirrende Sache«, begann sie dann mit ihrem gewohnten Akzent. Sie wirkte nachdenklich. »Aber man kann sie nicht aufhalten oder unterdrücken. Sie ist wie Wasser. Liebe findet immer einen Weg.« Ihr breites Lächeln wurde strahlend und ließ weiße Zähne aufblitzen, als sie seine Hände nahm. Sie waren viel größer als seine, und rau von der vielen Arbeit, die sie in ihrem Leben schon geleistet hatte. Leon schluckte und aus unerfindlichen Gründen schossen ihm Tränen in die Augen. »Na, na, nicht weinen, Leon. Es wird sicher alles gut.« Sie sah ihn mitfühlend und gütig an und drückte sanft seine Hände. »Wenn du ihn wirklich liebst, dann kann daran niemand etwas ändern, auch deine Eltern nicht. Sie müssen das einsehen, ob sie wollen oder nicht. Es ist nicht das Ende der Welt, wenn man sich in jemanden verliebt.«

Er schnaubte, während er dastand und sich schämte und dumm vorkam und gleichzeitig war er irgendwie dankbar dafür, dass ihm jemand zuhörte und allein die Worte »alles wird gut« fühlten sich schon unheimlich gut an.

»Findest du das gar nicht komisch, Stella? Ich meine, wir sind immerhin ...«, er schwieg und schämte sich. Sie hatten in den letzten Stunden viel geredet. Vor allem sie hatte das, und er hatte erfahren, dass sie Italienerin war, die streng katholisch erzogen worden war. Das kleine Kreuz aus Gold um ihren Hals bezeugte dies, und sie plauderte munter von ihrer Heimat. Sie freute sich wie ein Kind, als er von seinem einzigen Italienurlaub und seiner Leibspeise berichtete. Sie selbst hatte vier Brüder und war die einzige Tochter der Familie, die jedoch aus unzähligen weiteren Tanten, Nichten, Neffen und Onkeln bestand, die alle ein bisschen verrückt waren und an Festtagen zu viel Alkohol tranken.

Aber die Tatsache, dass sie so streng gläubig war, machte ihn betreten. Für die Kirche war Homosexualität schließlich nicht gerade ein tolles Aushängeschild, soweit er sich erinnerte.

Sein Blick fixierte die Sandalen der Haushälterin. Sie hatte pompös lackierte und mit kleinen funkelnden Steinchen besetzte Nägel.

»Papperlapapp!« Ihre energische Stimme ließ ihn überrascht aufsehen. »Jungs und Jungs, Männer und Männer, Mädchen und Mädchen, Frauen und Frauen, was auch immer! Die Liebe macht keinen Unterschied. Sie ist wie der liebe Gott. Für die Liebe sind wir alle gleich. Und weißt du auch, wieso?« Sie lächelte wieder. »Weil die Liebe etwas Göttliches ist. Ein Funkeln des Glücks auf dieser Welt. Sie ist einfach, was sie ist. Also Kopf hoch, Leon. Ich werde deiner Mama nichts sagen, es sei denn, du willst es. Die Ansichten der Kirche sind schon ein paar tausende Jahre alt und ich habe selbst eine gute Freundin, die Frauen lieber mag als Männer. Eine echte kleine Sizilianerin mit ordentlich Feuer! Sie ist die tapferste, liebevollste und wundervollste Frau, abgesehen von meiner Mama, die ich je getroffen habe. Und sie kann fluchen wie ein betrunkener Matrose, das kann ich dir sagen. Aber sie würde niemals absichtlich einem anderen Menschen wehtun.« Sie schwieg kurz und überlegte, ehe sie zugab: »Na gut, dieser Kellner aus der Spelunke am Hafen von Mazara del Vallo, den zähl ich nicht. Der war ja auch frech.« Sie drückte seine Hände noch einmal und zwinkerte. »Und jetzt backe ich noch ein paar Muffins, ja? Immerhin kriegen wir Besuch!«

Vor Erleichterung wurde ihm ganz übel und er wischte sich mit einem hilflosen Lachen die Tränen vom Gesicht. »Noch mehr Muffins, Stella? Du backst wirklich toll, aber es sind doch noch so viele übrig.« Er deutete vielsagend auf den kleinen Korb, in dem noch fast ein ganzes Dutzend der kleinen, süßen Köstlichkeiten auf hungrige Naschkatzen wartete.

Buttrige Vanille und ein zartes Prickeln von Zitronenglasur machten die kleinen Leckereien unwiderstehlich.

Er hatte selbst schon mehr verputzt, als gut für ihn war. Das Frühstück war zwar schon einige Zeit her, aber er fühlte sich noch immer ziemlich voll. Dabei war es schon Nachmittag.

»Man kann niemals genug Süßes haben, wenn das Leben einem nur Saures gibt!«, erklang es eifrig und dann war nur noch das Surren der Küchenmaschine zu hören. Er fragte sich, was Stellas Freundin wohl mit dem armen Kellner gemacht hatte.

Raphael und Josh liefen auf das Haus zu. Von außen wirkte alles normal. Keine rote Farbe, mit der boshafte Worte an die Tür geschmiert worden war, und auch sonst nichts Auffälliges. Es gab zumindest hier keine Hinweise darauf, dass irgendjemand an Leons Haus herumgepfuscht hatte. Oder falls doch, hatte er sie bereits beseitigt.

Raphael zögerte, ehe er sich der Haustür näherte. Aus dem Inneren drang eine melodische aber sehr laute Frauenstimme, die eine italienische Ballade sang, doch außer dem allseits bekannten »O sole mio« verstand er herzlich wenig. Das mochte auch einem nervenzehrenden Surren und Rattern geschuldet sein, was sich in den Gesang mischte und alles zu einem ohrenbetäubenden Lärm verband.

»Was geht da denn ab?« Josh verzog das Gesicht leicht und strich sich das dunkle Haar zurück. »Ich dachte, Leon ist immer allein?«

»Ist er eigentlich auch, aber ich glaube, er steht jetzt unter Aufsicht oder so.« Raphael zuckte die Achseln und näherte sich der Tür, ehe er die Klingel drückte.

»Wie, Aufsicht? Das klingt ja, als säße er im Knast.« Josh murrte und starrte erwartungsvoll auf die Tür. Hektisches Trampeln war durch den allgemeinen Lärm zu hören und die Tür wurde regelrecht aufgerissen. Leons Haar hing ihm wirr in die Stirn und er strich es sich mit ungeduldiger Handbewegung aus den Augen. Das mintgrüne Shirt ließ ihn noch etwas blasser aussehen, doch es brachte die ungewöhnliche Farbe seines Haars noch besser zur Geltung und seine honigfarbenen Augen strahlten regelrecht. Er sah besorgt aus, aber er lächelte, als er Raphael sah. Josh schien er gar nicht zu bemerken.

»Raphael!« Vor Erleichterung, dass er wirklich gekommen war, presste er sich an ihn und schlang die Arme um ihn, das Gesicht an seiner Halsbeuge vergraben. »Gottseidank«, flüsterte er leise. Er spürte, wie sich Raphaels Arme um ihn schlangen und ihn an sich drückten. Seine Wange schmiegte sich an Leons Haar und sanfte Finger streichelten beruhigend seinen Rücken. »Ich sagte doch, dass ich zu dir kommen würde. Was ist denn los?« Seine Stimme klang besorgt und erleichtert zugleich. Raphaels Atem kitzelte ihn am Ohr.

Leon hob den Blick zu ihm und wollte gerade etwas sagen, als er hörte, wie sich jemand räusperte.

Aus dem Augenwinkel erkannt er Josh und zuckte vor Schreck zusammen. Schon wollte er sich von Raphael losmachen, doch der hielt ihn fest.

»Ist schon okay, er weiß es.«

Leon blinzelte unsicher zu Raphael hoch. »Er weiß es?« Seine Wangen wurden tiefrot und er verbarg sein Gesicht verlegen an Raphaels Hals.

»Japp. Ich weiß alles. Na ja«, lenkte er ein, als Raphael ihm einen durchbohrenden Blick zukommen ließ, »fast, jedenfalls. Und ich find`s nicht schlimm.« Er lächelte seinem Bruder zu und grinste, als er Leons schamrotes Gesicht sah. »Man, ihr seid ja echt süß.«

»Halt endlich den Rand«, schnappte Raphael. Er wurde von Joshs Gerede nervös und seine Ohren glühten förmlich. »Wir sollten reingehen.«

Leon nickte und lächelte beiden verlegen zu, ehe er sich von Raphael löste. »Ja, du hast recht«, nuschelte er, als er vorausging. »Ehm, es gibt auch Muffins.«

»Geil!« Josh folgte ihm händereibend. »Man, ich liebe Muffins!«

Raphael verdrehte die Augen und schloss leise die Tür hinter sich. Er hörte die fröhliche Stimme der Dame, die er für die Haushälterin hielt, die bereits seinem kleinen Bruder einen Teller in die Hand zu drücken schien. Er verstand nicht, was Josh sagte, aber wenn es was zu essen gab, war er sowieso immer der Erste.

Leon war im Flur stehengeblieben und drehte sich zu ihm um, während in der Küche bereits fröhlich gescherzt wurde. Man konnte über Josh sagen, was man wollte, aber er verstand es, Leute für sich zu gewinnen.

»Ich muss unbedingt mit dir red-«, begann Leon, aber da hatte Raphael ihn schon an sich gezogen.

Seine warmen Finger glitten in Leons Nacken und seine andere Hand drückte sich in sein Kreuz. Sein Mund erstickte Leons Worte und er schmiegte sich seufzend an ihn. Sein Verstand schien auszusetzen, denn er vergaß vollkommen, was er hatte sagen wollen.

Raphaels Zunge drang zwischen seinen Lippen fordernd in seinen Mund und rieb sich zärtlich an seiner und ihm wurde schlagartig heiß. Plötzlich spürte er nur allzu deutlich, wie stark Raphael war. Er fühlte deutlich die angespannten Muskeln, die sich gegen ihn pressten, die Wärme seines Körpers, nahm seinen Duft wahr und ihm wurde schwindelig, als Hitze durch seine Adern schoss. Seine Beine begannen zu zittern und er klammerte sich wie ein Ertrinkender an Raphael, während sein Kuss ihn willenlos machte. Sein Herz schlug heftig und aufgeregt in seiner Brust und er schmiegte sich zitternd an ihn, während er sich vollkommen dem Moment hingab.

Plötzlich schien die Stille regelrecht greifbar und Raphaels Lippen lösten sich von seinen. Im Flur standen die Haushälterin und Josh, beide feuerrot und mit offenen Mündern.

»Heilige Scheiße, man!«, entfuhr es seinem kleinen Bruder, der einen Teller mit Muffins in jeweils einer Hand hielt. »Du musst mich warnen, ehe du sowas tust! Ich bin eindeutig noch zu jung, um sowas zu sehen! Das ist ja FSK 18, mindestens!«

Raphael knurrte lediglich und rieb sich verlegen den Nacken. »Man, was guckt ihr auch!«, konterte er lahm. »Das ist privat, okay?«

Leon schwieg betreten, konnte sich ein Grinsen allerdings nicht verkneifen. Er war dankbar für das schlechte Licht im Flur, so dass niemand sah, wie fürchterlich er zitterte. Seine Knie fühlten sich an, als bestünden sie aus Stellas Zitronencreme, mit der sie die Muffins füllte. Sein Magen kribbelte und in seinem Hirn herrschte ein absoluter Blackout. Er wollte Raphael am liebsten nach oben in sein Zimmer zerren und ihn nie wieder gehenlassen.

Die Haushälterin räusperte sich und fächelte sich mit einer Hand Luft zu.

»Ähm, also ... Du meine Güte! Das war mal ein Kuss! Ich glaube, ich, ähm, lasse euch dann mal alleine, ja? Wenn ihr etwas braucht, ruft mich!« Sie zog Josh mit sich, der sich nicht wehren konnte, weil er die Hände voll hatte. »Ey!«, protestierte er, als sie ihn am Stoff seines Shirts mit sich zog.

»Wir beide reden ein bisschen im Wohnzimmer!«, erklärte sie energisch. »Keine Widerrede!«

Josh sandte Raphael einen schmollenden und ungläubigen Blick zu, ehe er um die Ecke gezogen wurde. Das Geräusch einer zufallenden Tür hallte laut in der Stille wider, und erst jetzt bemerkte Leon, wie schwer er atmete. Nervös versuchte er, es zu unterdrücken, und schenkte Raphael ein zögerndes Lächeln. »Danke, dass du hier bist.«

Raphael nickte und leckte sich die Lippen, als er versuchte, seine Fassung wieder zu gewinnen. Was hatte ihn denn da eben geritten? Er hielt Leon noch immer fest und spürte, wie er zitterte. Sein eigener Herzschlag war schnell und heftig, doch er ließ das unkommentiert. »Geht es dir gut?«, fragte er leise. Er betrachtete besorgt Leons Züge und sein Blick senkte sich in die Augen, die ihn groß und unschuldig ansahen. Sein Magen machte einen Sprung.

»Jetzt schon. Du bist ja da.« Ein Lächeln stahl sich auf Leons Mund und Raphael zwang sich, ihn nicht wieder zu küssen. Stattdessen streichelte er seinen Rücken. »Also, was ist los?«

Leon seufzte und biss sich auf die Lippen. »Meine Mutter will mich von dir fernhalten. Sie sagt, ich darf ...«, er zögerte und sein Herz wurde schwer. »... dich nicht wiedersehen. Du wärst schlechter Umgang, dabei weiß sie gar nichts!« Er sah gequält zu Raphael hoch und er hatte das Gefühl, in seinen blauen Augen zu ertrinken.

Er lächelte gezwungen. »Oh, toll. Ich fühle mich ja geehrt, aber im Gegensatz zu Josh bin ich recht vernünftig.« Er überlegte kurz, ehe er einräumte: »Es sei denn, du bist in der Nähe. Dann mache ich lauter verrückte Sachen.« Er seufzte und drückte Leon einen Kuss auf die Stirn. »Mein Vater hat mir ungefähr das Gleiche gesagt. Er will nicht, dass ich mit dir rumhänge.«

Die Worte drückten Leons Herz regelrecht zusammen und seine Finger krallten sich in den Stoff des Shirts, als er sich unbewusst enger an Raphael drückte. »Und was sollen wir jetzt tun? Ich will dich nicht verlieren ...« Seine Stimme klang erschreckend dünn und verzweifelt und er barg sein Gesicht an Raphaels Hals. »Ich will nicht mehr ohne dich sein.«

Raphael senkte den Kopf und sein Atem strich zart an Leons Ohr entlang. »Ich gehe nicht weg. Nicht, wenn du mich nicht darum bittest, okay? Es ist mir egal, was mein Vater sagt. Er hat keine Ahnung.« Sein Mund glitt sacht an dem Ohr entlang und Leon erschauerte, als er Gänsehaut davon bekam. »Ich liebe dich. Und ich werde dich nicht allein lassen, Leon.«

Seine Augen füllten sich mit Tränen und sein Herz schmerzte, schien vor Gefühlen überzuquellen. »Ich liebe dich auch!« Er drückte einen sanften Kuss mit zitternden Lippen auf Raphaels Hals. »Aber ich will nicht, dass du Ärger bekommst. Ich habe Angst, dass meine Eltern mich auf eine Privatschule stecken oder so, denn das machen sie, wenn sie das rausfinden. Oder irgendwas anderes, Fieses. Meine Mutter hat mir schon damit gedroht, einen Privatlehrer zu engagieren, wenn meine Noten schlechter sind als zwei.«

Raphael schnaubte abfällig. »Wow. Sorry, Leon, aber deine Mutter ist ein bisschen durchgeknallt. Zwei ist doch richtig gut, was will sie denn noch? Du schreibst schließlich auch einsen, so ist es ja nicht.« Er seufzte. »Und du bist siebzehn, sie kann dich nicht einsperren.«

»Nun ja, wie du siehst ...«, erwiderte Leon mit einem gezwungenen Lächeln. »Aber Stella sagt, sie ist auf unserer Seite. Sie findet das Ganze auch doof.«

Raphael schwieg nachdenklich. »Josh sieht das genau so. Aber ... mein Vater ist wie gesagt nicht sonderlich begeistert. Ich muss es ihm sagen, was auch immer passiert. Ich kann nichts daran ändern, wie er reagieren wird. Aber ich will es nicht verheimlichen.« Er hob eine Hand und streichelte sanft Leons Wange. »Es ist wie es ist. Wir müssen wohl versuchen, es unseren Eltern irgendwie zu sagen.«

»Und wenn sie es nicht verstehen?« Leon schmiegte sich seiner Hand entgegen und schloss die Augen. Sorgenvoll verzog er das Gesicht.

»Dann warten wir, bis wir achtzehn sind, und hauen ab«, erklang es dumpf. Raphael betrachtete ihn ernst und ihre Blicke trafen sich.

Leon nickte nach einem Moment des Schweigens. Sein Herz pochte aufgeregt in seiner Brust und er leckte sich nervös die Lippen. »Okay.«

»Okay?« Raphael lächelte schief. »Bist du sicher?«

»Ja, bin ich.« Leon schlang die Arme um seinen Hals und drückte einen sanften Kuss auf seine Lippen. »Ich will bei dir sein. Was immer nötig ist.«

Er spürte, wie Raphaels Hände an seinem Körper herab strichen und seine Beine schlangen sich wie selbstverständlich um seine Hüften, als er ihn hochhob.

Es gab keine Worte mehr, als Leon seine Lippen auf Raphaels presste. Er spürte, wie er ihn trug und mit ihm auf seinen Armen die Treppe erklomm. Er bekam kaum mit, wie er die Zimmertür öffnete oder sie wieder schloss. Sein ganzer Körper schien zu kribbeln und zu prickeln und ihm war schwindelig, während er sich zitternd an Raphael klammerte. Sein Herz schien sich vor Aufregung überschlagen zu wollen, so schnell klopfte es.

»Du machst mich verrückt.« Raphaels Stimme klang dunkler als sonst und heiser und sein Atem streichelte über die Haut an seinem Hals, als er Leon auf das Bett legte und sich über ihn beugte. Er küsste seinen Hals, kostete mit der Zungenspitze seine Haut und Leons Herzschlag setzte einen Moment aus. Er biss sich auf die Lippen und drehte den Kopf zur Seite, bot ihm somit mehr Fläche zum Liebkosen an.

Raphaels streichelnden Hände glitten unter Leons Shirt und strichen mit zitternden Fingerspitzen über die warme Haut. Raphaels Mund wurde trocken und er vergrub sein Gesicht an Leons Halsbeuge, knabberte zart an der empfindlichen Haut, ehe er sie küsste und deutlich hören konnte, wie scharf er die Luft einsog. Zitternde Hände streichelten seine Brust und seinen Rücken, glitten ihrerseits unter den störenden Stoff seines Shirts und er erschauerte, als Leon seine Haut berührte. Es war beinahe zu viel.

Raphaels Hand glitt über den flachen Bauch und die Brust und Leon drückte verlangend den Rücken durch, als seine sanften Fingerkuppen über die weiche, empfindliche Brustspitze strichen, die unter seiner Berührung hart wurde. Alles in ihm schien sich vor Begierde zusammenzuziehen und er schloss keuchend die Augen, als Raphaels erkundende Finger den Nippel sacht zu reiben begannen.

»Fühlt sich das gut an?« Er küsste seinen Hals, sein

Ohr, knabberte an dem Ohrläppchen und strich mit dem Mund über die Haut, während er versonnen Leons schneller werdendem Atem und seinem erregten Keuchen lauschte. Statt einer Antwort glitten Leons Hände zu seiner Brust und zeigten ihm, was er zu wissen verlangt hatte. Sein Mund fand Leons für einen langen, innigen Kuss, während sein ganzer Körper vor Verlangen zu schmerzen schien. »Du kleines Biest«, murmelte er heiser an seinen Lippen, ehe er sich kurz von ihm löste, um ihm das Shirt auszuziehen. Leon sah aus schimmernden Augen zu ihm hoch, die Lippen feucht von seinem Kuss und mit geröteten Wangen. Raphaels Blicke glitten über die glatte, weiche Haut, die vor ihm lag und er betrachtete ihn ausgiebig. Leon wand sich unruhig unter seiner Betrachtung und streckte die Arme nach ihm aus, ein unsicheres Lächeln auf den Lippen. »Du machst mich nervös«, hauchte er leise.

Raphael beugte sich vor und sein Mund drückte sich knapp neben dem Bauchnabel auf Leons Haut. Er unterdrückte ein Stöhnen und warf Raphael einen flackernden Blick zu. »Du bist gemein«, beschwerte er sich mit einem leisen Keuchen.

»Mhmh« Raphaels Zungenspitze zog eine feuchte Spur zu dem flachen Nabel, leckte zart die empfindliche Haut und arbeitete sich höher, als sich Leons Rücken durchdrückte und er leise aufstöhnte. »Ich hasse dich«, keuchte er beschämt. Seine Finger gruben sich in das dunkle Haar und er wand sich unter ihm, begierig darauf, mehr Küsse zu erhaschen.

»Lügner«, erwiderte Raphael, ehe sich sein Mund um Leons Nippel schloss. Seine Zunge rieb sich sanft an ihm und entlockte Leon Laute, die Raphael zu mehr anspornten. Er schmiegte sich mit seinem ganzen Körper an ihn, genoss das Gefühl der Finger in seinem Haar und der heißen Haut an seinem Mund, der wieder hoch wanderte, zu den Lippen, die mit bebender Stimme seinen Namen flüsterten. Es klang beinahe wie ein Schluchzen.

Seine Lippen öffneten sich wie von selbst für Raphaels Zunge, die sich fordernd in seinen Mund drängte und sich verführerisch und quälend langsam an seiner rieb. Ihm wurde heiß und sein leises Keuchen ging in ein verlangendes Stöhnen über, das ihn erschreckte.

»Raphael ...«, hörte er sich atemlos an seinem Mund flüstern.

»Nein. Ich werde jetzt nicht aufhören.« Raphaels Stimme klang dunkel und heiser und sein Mund löste sich von seinen Lippen, drückte sich an seinen Hals und bedeckte ihn mit zärtlichen Küssen. Leon wimmerte leise und wand sich unter ihm, gefangen von seinem Körper und seinen Zärtlichkeiten, die ihm das letzte bisschen Selbstbeherrschung raubten.

Raphaels Körper drückte ihn in die Matratze, rieb sich aufreizend an ihm und verstärkte nur das heftige Pochen, das von seinen Lenden Besitz ergriffen hatte.

Sein Körper reagierte viel zu heftig auf die plötzliche Flut an Reizen und ihm wurde schwindelig vom Rasen seines wild pochenden Herzens. „Ich will auch gar nicht, dass du aufhörst. Untersteh dich...", hauchte er leise, als er die Zähne spürte, die sacht an seiner Haut knabberten. Gänsehaut folgte überall dort, wo Raphael ihn küsste, doch es war einfach nicht genug. „Raphael..."

Die Art, wie Leon seinen Namen wisperte, kam einer Bitte gleich und er kam ihr nur zu gern nach.

In seinem Kopf war kein Platz mehr für logisches Denken oder Vernunft. Alles, was er sah, hörte, fühlte und wollte war Leon, der zitternd und mit schimmernden Augen unter ihm lag. Er konnte sein Begehren auf der Zunge schmecken und durch seine Adern rinnen spüren.

Leons Finger gruben sich in den Stoff des Shirts und zogen es über Raphaels Kopf. Er warf es zur Seite, ohne zu sehen, wohin.

Er hatte nur noch Augen für ihn.

Raphaels Haut schimmerte im Licht der untergehenden Sonne, die durch das Fenster fiel und seine Augen zum Leuchten brachte. Das Blau war so intensiv, dass er den Blick kaum davon lösen konnte. Seine kräftigen Muskeln spannten sich unter Leons Musterung an und Raphael griff seine Hände, als er sich wieder zu ihm beugte und legte sie an seine Brust. »Das wollte ich auf dem Hügel schon so sehr«, gestand er leise.

Leon erschauerte, als er den heftigen Herzschlag unter seinen Fingern spürte. Seine Hände streichelten scheu die kräftigen Muskeln, die Brust und Bauch bedeckten. Sie fühlten sich hart an, und doch war seine Haut so weich.

Er lehnte sich gegen Raphael, so dass er sich zur Seite fallenließ und Leon schwang sich mit einem unsicheren Lächeln auf seinen Schoß. Er schluckte und seine Hände streichelten Raphaels Brust, ehe er sie mit sanften Küssen bedeckte.

»Und das wollte ich schon die ganze Zeit tun«, flüsterte er gegen seine warme Haut. Seine Zunge strich behutsam über die Brustspitzen, die sich unter seiner Zärtlichkeit zusammenzogen und Raphael ein leises Keuchen entlockten, ehe er an ihm hinabglitt und seinen Bauch küsste.

Seine Muskeln zogen sich unter den zarten Berührungen zusammen und er starrte aus funkelnden Augen zu ihm herunter, als Leons Finger über den Bund seiner Jeans strichen.

»Leon ...«, flüsterte er atemlos. Er hatte sich auf die Ellbogen gestützt und Leon konnte sehen, wie schnell sich Raphaels Brust hob und senkte. Seine Finger öffneten langsam den Verschluss der Hose, während er zu ihm hochsah.

Raphael leckte sich die Lippen und schloss kurz die Augen. »Du musst das nicht ...«, raunte er ihm mit belegter Stimme zu. Er wollte nicht, dass er aufhörte, aber er hatte das Gefühl, dass er das sagen musste. Es kostete ihn einiges an Selbstbeherrschung, um einfach liegenzubleiben und ihm zuzusehen. Der Anblick allein war schon fast zu viel.

Die letzten Sonnenstrahlen fingen sich in Leons Haar und brachten es zum Leuchten, ließen seine Augen strahlen. Raphael konnte nur denken, wie unglaublich schön er aussah und wie sehr er ihn liebte. Sein ganzer Körper verzehrte sich nach ihm.

»Ich weiß.« Leons Lächeln spiegelte sich auf Raphaels Gesicht wider.

13

Sein Mund war so weich, so warm ... Raphael stöhnte und seine Finger krallten sich in das Bettzeug. Er keuchte und drängte sich ihm entgegen, biss sich auf die Lippen. Leons Hände streichelten seine Brust, seinen Bauch, schienen überall gleichzeitig zu sein. Raphael konnte nichts mehr tun oder sagen, nur noch fühlen und genießen. Er machte ihn verrückt, raubte ihm den Verstand. Sein Körper reagierte heftig auf Leon und das, was er tat, es ließ ihn zittern und schwitzen und machte seine Haut feucht. Es fühlte sich so gut an und dennoch wollte er immer mehr und mehr.

Der liebkosende Mund löste sich von ihm und Leon schmiegte sich an ihn. Nackte Haut an nackter Haut. Feuchte Hitze, die ihre Körper bedeckte wie ein feiner Nebelschleier.

Seine Klamotten lagen irgendwo, ebenso wie Raphaels. Sie waren im Gewirr all der Liebkosungen, der Küsse und der erkundenden Hände überflüssig geworden.

Es war unwichtig.

Sanftes Zwielicht erfüllte den Raum und Raphael schlang seine Arme um ihn, drehte sich mit ihm herum, so dass er auf ihm lag. Leon blickte zu ihm hoch, aus schimmernden Augen, mit geröteten Wangen und dem Geschmack seiner Küsse auf den Lippen.

»Bitte ...«, flüsterte er leise, flehend. Seine Hände streichelten Raphaels Rücken, seine Schultern. Er wand sich unter ihm, mit Verlangen in den Augen, das nur er stillen konnte.

»Ich liebe dich«, wisperte Raphael und sein Mund senkte sich auf Leons, als er sanft in ihn drang.

Leon umschlang ihn mit den Armen, klammerte sich an seinen Schultern fest, als Raphael seiner Bitte nachkam. Ein kehliges Stöhnen drang aus seinem Mund, als er den Kopf zurücklegte und sich ihm vollkommen hingab.

Leons Körper öffnete sich für ihn wie die Knospe einer Blüte, die von den lang ersehnten, wärmenden Sonnenstrahlen liebkost wird, und sich in aller Pracht entfaltet.

Es gab keine Zweifel, keine Fragen, keine Schmerzen. Nur Gewissheit und zwei im gleichen Takt schlagende Herzen. Sie verschmolzen miteinander, gefangen in dem perfekten Tanz ihrer Körper, in innigen Küssen und leisen, mit zitternden Stimmen geflüsterten Liebkosungen.

Als es vorbei war, und sie wieder halbwegs gleichmäßig atmen konnten, gab es keine Worte. Alles, was gesagt werden musste, sagten sie mit ihren Augen und ihren zärtlichen Küssen. Mit streichelnden Händen und mit dem Aneinanderschmiegen ihrer Körper, die sich nicht mehr voneinander lösen wollten.

Es war perfekt und vollkommen.

Sternenlicht strömte in das Zimmer und tauchte die Szenerie in sanften Schein, als Raphael die Decke enger um Leon und sich selbst schlang. Der helle Schopf kitzelte ihn an der Haut und brachte ihn zum Schmunzeln. Leon lächelte ihm zu und kuschelte sich enger an seine Brust, die Arme fest um ihn geschlungen.

Raphael seufzte dankbar und genoss die Wärme seines Körpers und die angenehm wohlige Trägheit, die ihn fest im Griff hatte. Er fühlte sich gleichzeitig schläfrig und hellwach.

»Bleibst du heute Nacht hier?« Ein sanfter Kuss drückte sich mit warmen Lippen auf seinen Kehlkopf und er brummte leise. Eigentlich konnte er das nicht. Er müsste nach Hause, ehe sein Vater zurückkam. Und sicher wollte Josh ebenfalls gehen, aber seit Stunden hörten sie von unten leise Gespräche und das Geräusch des Fernsehers. Sie sahen sich gemeinsam alte Filme an und schienen sich bestens zu verstehen. Wenn etwas nicht in Ordnung gewesen wäre, hätte Josh ganz sicher längst auf sich aufmerksam gemacht.

Er würde sowieso Ärger bekommen. Da spielte es keine große Rolle mehr. Außerdem wollte er nicht gehen.

»Wenn mich keiner rauswirft?«

Leon drückte einen Kuss auf sein Kinn. »Der muss erst an mir vorbei.« Er lächelte ihm zu und sie betrachtet einander stumm, vollkommen im Einklang miteinander.

»Dann bleibe ich.«

»Schon als ich noch klein war, wusste ich, dass ich anders bin als die anderen Kinder.« Leon schmiegte seine Wange an Raphaels Brust und lauschte seinem Herzschlag, der regelmäßig und kräftig an seinem Ohr klang, während er sprach. Zuverlässig und stark, wie die Arme, die ihn fest an sich gedrückt hielten. Raphaels Finger streichelten durch Leons Schopf und sandten ein angenehmes Kribbeln über seinen ganzen Körper. Leon seufzte leise, ehe er fortfuhr: »Ich mochte es einfach, still in einer Ecke zu sitzen und zu zeichnen, zu malen. Ich war nicht so gut darin, Freunde zu finden. Ich beobachtete die anderen beim Spielen und Raufen und ich weiß noch genau, wie ich zum ersten Mal Herzklopfen bekam, als ich den älteren Jungs beim Fußballspielen zusah.« Er sah verlegen zu Raphael hoch, an dessen Brust er lag. Der Dunkelhaarige hatte sich bequem in die Kissen gelehnt und sein Blick ruhte sanft auf Leons Gesicht.

»Fußballer, mh?« Er lächelte breit. »Und da wusstest du es?« Seine Finger fuhren durch die hellen Haarsträhnen und ließen sie durch sie hindurchgleiten. Sie fühlten sich seidig und glatt an und er genoss das Gefühl, Leon ganz für sich zu haben. Mondlicht strömte durch das Fenster und trotz der Dunkelheit schien Leon entspannt und zufrieden. Seine Augen betrachteten Raphaels Gesicht versonnen, ehe er zögernd lächelte.

»Ja. Ich wusste es damals einfach. Der Anblick eines Jungen war einfach aufregender, als der eines Mädchens. Das heißt nicht, dass ich sie nicht auch schön finde oder mag, aber ich mag sie eben nicht so. Nicht auf diese Art.«

Raphael nickte verständnisvoll. »Ich verstehe dich. Ich konnte mit Mädchen auch nie so viel anfangen. Ich wurde zwar einmal geküsst, aber es war ... Nicht so, wie bei dir.«

Er schmunzelte und Leon rutschte ein Stück höher, die Hand vertrauensvoll an seine Brust gelegt. »Ich bin so froh, dass du hier bist.«

»In deinem Bett?«

Leon biss ihn zärtlich ins Ohrläppchen und Raphael brummte leise. »In meinem Leben, meine ich.« Leon barg sein Gesicht mit roten Wangen an Raphaels Hals.

»Ich bin auch froh, dass ich gerade an diese Schule gewechselt bin.« Raphael drückte nachdenklich einen sanften Kuss auf das helle Haar. »Es war also doch für irgendwas gut, dass ich diesem arroganten Chemielehrer eine geknallt hab.«

»Was?« Leons Kopf fuhr hoch und er betrachtete ihn mit offenem Mund, was Raphael zum Lachen brachte.

»Das war nur ein Scherz. Ich bin von der Schule geflogen, weil es da diesen einen Typen gab, der ständig die jüngeren Schüler terrorisiert hat«, erklärte er dann, »und irgendwann hat es mir gereicht.« Er lächelte schief und Leons Miene wurde weicher. »Allerdings«, gestand er dann schuldbewusst, »war ich auch lange kein unbeschriebenes Blatt, weißt du?«

Leon legte fragend den Kopf schief und lauschte ihm schweigend.

»Ich war früher selbst ziemlich fies. Ich habe mich ständig geprügelt, schon in der Grundschule, und ich war oft echt gemein zu anderen. Ich fand das ...«, er zögerte, als er betreten auf seine Hände sah, die an Leons Schultern lagen, »... irgendwie cool. Stark und gefürchtet zu sein. Ich mochte das Gefühl, dass sich keiner mehr mit mir anlegen wollte. Es war im Nachhinein betrachtet eigentlich nur unheimlich dumm und armselig. Heute tut es mir leid, dass ich so ein Arschloch war.«

Leon schwieg einen unendlich scheinenden Moment und Raphael betrachtete ihn besorgt. Beinahe schien es ihm schon, dass er vielleicht zu viel gesagt hatte.

»Es ist gut, dass du es heute nicht mehr cool findest. Jeder benimmt sich mal, wie ein Arschloch, glaube ich.« Seine Stimme klang weich und nachdenklich, als er Raphaels Kehle mit einem Kuss bedachte. »Ich bin froh, dass du jetzt so bist, wie du bist.«

Es fühlte sich gut an, auch über die schlimmen Dinge zu sprechen. Die, die man sonst keinem erzählte, weil es niemanden gab, der einen verstand.

»Ich bin auch nicht immer so lieb, weißt du?« Leon seufzte leise. Er zog raschelnd die Decke bis zu seinen Schultern, so dass nur noch sein heller Schopf unter dem Stoff hervorlugte, als er sich wieder an Raphaels Brust schmiegte.

»Kann ich mir gar nicht vorstellen«, murmelte er leise.

»Ich habe mal absichtlich eine geöffnete Tube Farbe, eine von den wirklich großen Tuben, wo ordentlich was drin ist, in den Rucksack von jemandem fallenlassen, der mich geärgert hatte. Das war im Kunstunterricht und es hat grade keiner hingesehen. Sie stand einfach perfekt auf dem Tisch. Ein kleiner Schubs, und fertig.« Er verbiss sich ein Lächeln bei der Erinnerung daran. »Es war nicht nett, aber in dem Moment überkam es mich einfach.«

»Was hatte er oder sie denn gesagt, dass du so wütend warst?«

Leons Blick verdunkelte sich. »Dass ich mich einfach umbringen sollte, weil nicht einmal meine eigenen Eltern mich mögen würden und es für alle einfach besser wäre, wenn ich verschwinden würde.« Seine Stimme klang dumpf und er verzog das Gesicht leicht. Ein warmer

Finger schob sich unter sein Kinn und er war gezwungen, den Blick zu Raphael zu heben, der ihn ernst betrachtete.

»Ich werde nicht zulassen, dass jemals wieder jemand so etwas zu dir sagt.« Seine Finger streichelten sanft über seine Haut und Leon betrachtete ihn schweigend, während sein Herz anzuschwellen schien. Glück und Hoffnung strömten durch seine Adern und er lächelte ihm dankbar zu.

»Ich bin froh, dass ich es nie gemacht habe«, flüsterte er leise.

Raphaels Blick wurde durchdringender und ehe Leon reagieren konnte, hatte er ihn gepackt und sich mit ihm umgedreht. Raphaels Gesicht wurde von den zerzausten, dunklen Haaren umrahmt und sogar in der Dunkelheit konnte Leon sehen, wie angespannt und ernst er aussah. Sein Herz zog sich furchtsam zusammen und er wollte den Blick abwenden, weil er sich schämte, etwas so dummes gesagt zu haben.

Raphaels Finger an seinem Kinn ließen das jedoch nicht zu, und noch ehe er etwas sagen konnte, legte sich Raphaels Mund auf seinen. Er küsste ihn lange und innig und seine Hände hielten Leons Handgelenke über seinem Kopf auf das Bett gedrückt. Ein Schauer durchlief ihn, als er sich fest an ihn schmiegte.

»Ich bin froh, dass du es nie getan hast«, raunte Raphaels dunkle Stimme an seinen Lippen. Eine der Hände löste sich von seinen Handgelenken, während die andere sie weiter festhielt. Leons Atmung beschleunigte sich. »Weil ich sonst das hier nicht tun könnte ...«

Seine warme Hand glitt streichelnd über seine Brust, liebkoste die empfindlichen Spitzen, ehe sie über seinen Bauch strich und tiefer ...

Leon schloss die Augen und wand sich zitternd unter ihm, als die sanften Berührungen heiße Schauer durch seinen Körper jagten. Er hörte sein eigenes Keuchen und wie schnell das Blut in seinen Adern rauschte, doch Raphaels begieriger Mund, der sich mit seinem verband, machte Worte unmöglich. Jegliche Gedanken setzten aus und sein Körper schmiegte sich wie von selbst an Raphaels liebkosende Hand, an seine harten Muskeln und seinen weichen Mund.

Es war so lächerlich einfach, so vollkommen verrückt, und so absurd, wie gut es sich anfühlte und wie natürlich es war. Als ob ihre Körper dazu bestimmt waren, zusammen zu sein.

Und Raphael ging es genau so. Er konnte es ebenso fühlen, es in seinen Augen sehen, die vor Verlangen dunkler wurden. Er spürte es am heftigen Klopfen seines Herzens, das an seiner Brust widerhallte.

Sein Atem strich heiß über Leons Hals, bedeckte ihn mit Küssen, während er ihn dort unten streichelte, und liebkoste und ihn völlig um den Verstand brachte, bis er sich selbst um mehr betteln hörte.

Leon wünschte sich nichts mehr, als dass diese Nacht nie enden möge.

14

Die Bilder waren eindeutig.
Es war unleugbar.
Und doch ...
Fassungslos starrte er auf die Ausdrucke. Sein eigener Sohn war darauf zu sehen, wie er eng umschlungen in einem Flur stand und diesen Leon an sich gepresst hielt, ihre Münder zu einem Kuss vereint. Sogar die geschlossenen Augen und die verzückten Gesichter hatte die Kamera perfekt und gestochen scharf abgebildet.

Ihm wurde übel und er schwankte.

Eigentlich hatte er nur die Post aus dem Briefkasten holen wollen. Schon zuvor war ihm aufgefallen, dass etwas mit der Haustür nicht stimmte, aber er kam nicht darauf, was es war. Und dann, zwischen all den Sonderangeboten der örtlichen Supermarktketten und der Wochenendzeitung mit ihrer Reklame und den Anzeigen das:

Sein Sohn. Küssend mit einem anderen Jungen.

Die Ausdrucke quollen ihm regelrecht entgegen, fielen raschelnd zu Boden wie trockenes Herbstlaub und er fluchte. Zuerst dachte er, es war wieder ein untermotivierter Postjunge am Werk, doch dann erkannte er Raphael und seine ganze Welt schwankte wie ein Schiff bei zu schwerem Seegang. Er glaubte einen Moment lang, er bekäme einen Herzanfall.

Wie betäubt starrte er auf die Bilder, die reichlich in den Postkasten gestopft worden waren. Auf manchen standen Schmähungen, waren ihnen mit schwarzem Filzstift Körperteile in eindeutigen Positionen angemalt worden.

Und als wäre das alles noch nicht schlimm genug, stand eine Uhrzeit auf jedem der Fotos. Ebenso das heutige Datum. Rote Farbe hatte die Ziffern wie mit Blut darauf geschmiert und ihm wurde ganz kalt.

Sein Blick glitt zur Uhr. Ein namenloses Grauen erfasste ihn und die Bilder entglitten seinen kraftlosen Fingern.

Auf dem Anrufbeantworter hörte er Joshuas fröhliche Stimme, die ihm versicherte, dass sie beide in Sicherheit waren und bald nach Hause kommen würden und dass er sich keine Sorgen machen brauchte.

Die Nachricht war von gestern Abend. Seine Schicht hatte unerwarteterweise doppelt so lange gedauert, weil zwei seiner Kollegen mit Grippe im Bett lagen und er das zusätzliche Geld gut gebrauchen konnte. Er sparte für einen gemeinsamen Urlaub, den er seinen beiden Söhnen schon seit Jahren versprochen hatte und den er jetzt wahr machen wollte.

Doch die Müdigkeit, mit der er sich rum schleppte, war verflogen. Sein Verstand war hellwach und in Panik. Seine beiden Kinder waren nicht in ihren Zimmern und das, was auf seinem Küchenboden lag, sah ihm schwer nach einer Drohung aus.

Irgendjemand hatte es auf Raphael abgesehen.

Er griff sich die Hausschlüssel vom Tisch und riss die Liste von Raphaels Mitschülern von der Pinnwand, auf der auch die Adressen und Telefonnummern standen.

Er würde sich nicht darauf verlassen, das am Telefon zu klären.

Er würde das persönlich machen. Niemand griff seine Kinder an und kam ungeschoren davon.

♦♦♦

»Rufst du mich an, wenn du Zuhause bist?«
Leon spielte verlegen an dem Saum seines Shirts. Sonnenstrahlen fingen sich in seinem Haar und obwohl ein Gewitter drohte, das am Horizont in grauen, dunklen Wolken aufzog, war es noch drückend heiß. Nicht einmal die Vögel sangen und alles und jeder schien nur auf den erlösenden Regen zu warten.

Seine honigfarbenen Augen blickten beinahe scheu zu Raphael hoch und sein Lächeln war so süß, dass er sich innerlich verfluchte, seinen Bruder mitgenommen zu haben. Er wollte nicht wieder gehen.

Am liebsten wäre er einfach bei Leon geblieben, aber das ging nicht. Nicht, solange nicht alles geklärt war.

Raphael versuchte, Joshs neugieriges Starren zu ignorieren, ebenso wie die Tatsache, dass die Haushälterin ihnen einen ganzen Korb Muffins aufs Auge gedrückt hatte. Josh trug ihn freiwillig und vermutlich waren sie alle, wenn sie Zuhause ankamen. Sie selbst hing gerade irgendwo herum und staubte vielleicht die

Schränke ab oder so.

Er hatte Leon nichts davon erzählt, was bei ihnen Zuhause passiert war. Wenn Niklas es nur auf ihn abgesehen hatte, konnte er Leon vielleicht vollständig aus der Sache raushalten. Er würde Josh nach Hause bringen, und sich dann auf den Weg zu Niklas machen.

»Ich rufe an. Versprochen. Und morgen ist sowieso Schule, also sehen wir uns dann.« Er beugte sich zu Leon vor, der zu ihm hochsah.

Ein warmer, sanfter Kuss, der nicht enden wollte. Er bemerkte an der Art, wie Leon stand und sich bewegte, dass er ihn alles andere als gehenlassen wollte und er seufzte leise an seinem Mund, als er die Hand an seiner Brust spürte. Er hielt ihn nicht fest, aber ein Blick genügte, um all seine guten Vorsätze wanken zu lassen.

»Ich warte darauf, okay? Also lass dir nicht zu viel Zeit. Und morgen lernen wir dann wirklich für die Schule.« Seine Wangen wurden rot bei den letzten Worten, als er einen flüchtigen Blick zu Josh geworfen hatte, der ungeniert gestarrt hatte. Das Gesicht so rot wie die Tomaten, die Leon so ungern mochte. Er sah Raphael wirklich unglaublich ähnlich und Leon musste unwillkürlich lächeln.

»Leon ...« Raphael zog besorgt die Brauen zusammen. Der Gedanke, dass etwas passieren konnte, wenn er nicht bei ihm war, brachte ihn fast um. Er blickte in seine fragenden Augen und zögerte, eher er meinte: »Pass auf dich auf. Lasst die Fenster nicht offen, okay? Ich glaube, hier schleichen manchmal komische Leute rum.«

Leon zog eine Braue hoch und sah zu Josh, der beifällig nickte. »Japp, bei uns waren auch welche. Sicher ist sicher und so.«

»Okay?« Leon biss sich nervös auf die Unterlippe und warf einen kurzen Blick zum dunkler werdenden Horizont. »Ihr solltet los. Es sieht nach Regen aus.«

Sie sahen einander an und keiner von beiden bewegte sich, bis sie sich schief angrinsten.

Raphael seufzte. »Na schön. Ich rufe an.« Er setzte sich widerwillig in Bewegung und Leon sah den beiden nach, bis sie außer Sicht waren.

Drinnen klingelte das Telefon.

♦♦♦

Der Park war nahezu leer, nachdem immer wieder Donner hallte und Blitze über den Himmel zuckten. Noch waren sie fern, doch es wurde zunehmend dunkler und kühler. Der Wind frischte auf und vertrieb die Familien, die mit ihren kleinen Kindern auf den Liegewiesen spielten. Er verscheuchte auch die Pärchen, die sich in nahe Cafés flüchteten und bald schienen Raphael und Josh die einzigen zu sein, die noch unterwegs waren.

Mückenschwärme umkreisten sie und sie schlugen nach den lästigen Insekten, die vom Versprechen von baldigem Regen wie aufgekratzt waren.

»Verfluchte Scheißviecher!« Josh schlug genervt mit der flachen Hand gegen seine Wange.

»Ich hasse diese kleinen Blutsauger.«

Raphael brummte zustimmend. »Wir gehen durch den Park, direkt durch die Mitte. Das ist kürzer. Und vielleicht kommen wir dann noch trocken an. Ich glaube, das gibt ein richtiges Unwetter.«

Josh nickte und murrte ungehalten. »Japp. Ich hoffe, wir werden nicht nass. Ich hasse Regen.«

Raphael lachte und pickte ihn in die Seite. »Du hasst heute wohl alles, was?«

Er quiekte und lachte dann ebenfalls auf. »Nein, ich liebe diese Muffins«, widersprach er dann kichernd. Er schwenkte den Korb gerade so viel, dass keiner davon herausgeschleudert wurde. Er warf Raphael einen seiner quälend intensiven Nervensägenblicke zu.

»Und, habt ihr ...?«, fragte er wissbegierig. Er starrte Raphael aus großen Augen an und wartete auf die Antwort.

Sein großer Bruder schnaubte mit hochroten Wangen. »Das geht dich immer noch nichts an.«

»Oh mein Gott, sag doch einfach ja oder nein!« Josh lachte leise. Die Scham im Gesicht seines Bruders brachte ihn zum Grinsen. »Ich wette, ihr habt«, neckte er ihn. Er schob sich das dunkle Haar aus dem Gesicht, während Raphael eisern schwieg und hoffte, dass Josh bald das Interesse verlieren würde.

Sie kamen in die Nähe der Lichtung, auf der er Leon unter dem Sternenhimmel geküsst hatte. Ihr erster Kuss.

»Raph! Ey, Rhyne!« Josh ging vor ihm und wedelte mit einer Hand. Raphael blinzelte hektisch. Verflixte Tagträume. Die Bilder von letzter Nacht und heute Morgen zogen an seinem inneren Auge vorbei. Verschlungene Körper und zärtliche Küsse. Leons leises Stöhnen und sein schneller Atem auf seiner Haut, wenn er ihn berührte. Das Gefühl seiner Hüften unter seinen Händen und wie er sich unter ihm wand ...

»Hallooo?«, erklang es genervt und ziemlich gedehnt.

Als wäre das Wort ein Kaugummi, dass er versuchte, so weit wie möglich in die Länge zu ziehen, um zu sehen, ob es irgendwann riss. Josh war stehengeblieben und Raphael wäre fast gegen ihn geknallt, so abgelenkt war er. Er schüttelte sich wie ein Hund, um den Kopf wieder frei zu bekommen.

»Ja, anwesend!«, meinte er genervt. Er versuchte, sich auf das Hier und jetzt zu besinnen. Obwohl das wirklich schwer war. Sein ganzer Körper roch nach Leons Parfüm und dem ihm eigenen Duft seiner Haut.

»Von wegen! Du bist ja wie in Trance.« Josh zog die Brauen zusammen und er starrte ihn an. Auf diese eine, besondere Art, auf die er ihn nur anstarrte, wenn etwas nicht in Ordnung war.

Raphael war sofort hellwach. Er sah aus dem Augenwinkel einen Schatten hinter den Bäumen vorbeihuschen.

»Ich glaube, wir haben ein Problem.« Josh betrachtete ihn ernst und jegliche Fröhlichkeit war aus seinen Zügen gewichen.

Es war wieder wie damals, als sie noch kleiner und Josh noch viel unvorsichtiger war. Raphaels Herzschlag beschleunigte sich. Wie damals, als Josh fast mit diesem unheimlichen Kerl mitgegangen wäre, der den damals neun Jährigen auf dem Parkplatz angesprochen hatte, auf dem er auf Raphael wartete.

Es war ein Sommer wie dieser und wirklich heiß.

Er hatte ihnen beiden etwas zu trinken holen wollen, aber Josh blieb draußen. Er hatte keine Lust, an der Kasse anzustehen.

Der Kerl war groß und ziemlich kräftig gewesen.

Er hatte Josh versprochen, ihm etwas Kaltes zu trinken

zu geben, wenn er mit ihm zu seinem Auto kam.

Raphaels Herz hatte ausgesetzt, als er aus dem Laden kam und sah, wie dieser Typ nach seinem kleinen Bruder griff. Es war, vermutlich aufgrund der Hitze, nicht allzu viel los gewesen und niemand scherte sich um die beiden Kinder oder den Fremden.

Erst, als Josh aus Leibeskräften zu schreien begann, drehten sich ein paar Köpfe nur mäßig interessiert zu ihnen um.

Er erinnerte sich nicht mehr an viel von diesem Tag, aber die namenlose Panik und die Kälte, die sein Herz fest gepackt hielten, war in seinen Muskeln und seinem Hirn eingespeichert wie auf einem Computerlaufwerk. Unlöschbar. Es war die Angst, jemanden zu verlieren, der einem sehr nahestand und den man beschützen musste, egal was es kostete.

Der Ausdruck in den Augen seines kleine Bruders, als er sich zu ihm umdrehte und den packenden Händen um Haaresbreite entging, war in seine Erinnerungen gebrannt. Er würde diesen Ausdruck nie wieder vergessen. Es war mehr als nur nackte Angst oder Panik. So viel mehr ... so viel Erschreckender. Sie hatten Glück, dass der Kerl fluchend Reißaus genommen hatte, nachdem Raphael ihm irgendetwas zugeschrien hatte. Er erinnerte sich nicht mehr, was es war. Er hatte einfach irgendetwas gebrüllt, bis seine Lunge wehtat, ehe sein kleiner Bruder ihm um den Hals fiel und sie sich beide zitternd aneinanderklammerten.

Das war eines der wenigen Male, an denen er Josh hatte weinen sehen.

Er fühlte, wie Gänsehaut seinen Rücken hinaufkroch und Adrenalin schoss in seinen Kreislauf.

»Wir sollten umkehren.« Josh rückte näher an ihn heran, das Gesicht ängstlich verzogen. Immer mehr Silhouetten blitzten zwischen den Bäumen auf.

Es war zu spät.

Sie saßen schon in der Falle.

»Du machst jetzt genau, was ich dir sage, und du wirst mir nicht widersprechen. Es ist absolut wichtig, dass du mir vertraust, okay?«

◆◆◆

Leon stand wie vom Donner gerührt da, während draußen das Gewitter immer schneller aufzog. Dunkelheit legte sich wie ein unheilvoller Schleier in die Räume und plötzlich stieg die altbekannte Angst wieder in ihm auf. Er umklammerte das Telefon fest und versuchte, bewusst und ruhig zu atmen.

»Aber sie sind schon weg. Gerade erst vor ein paar Minuten.«

Raphaels Dad, Chris, wie er sich mehr als knapp vorgestellt hatte, schwieg am anderen Ende der Leitung. Sie knackte und er konnte hören, wie er einen Blinker einschaltete. Offensichtlich saß er im Auto. Als Leon eben den Hörer abgenommen hatte, rechnete er vor allem mit einem Anruf von seiner Mutter oder einem Vertreter, aber nicht mit Raphaels Vater, der noch dazu wirklich schlechte Nachrichten zu haben schien. Es klang, als wären Raphael und Josh in Gefahr.

»Okay, pass auf: Ich komme zu dir. Ich muss wissen, welchen Weg sie genommen haben.«

In Leons Brust breitete sich ein scheußlich unangenehmes Gefühl aus. Seine Beine begannen zu zittern und seine Handflächen wurden feucht. Das besorgte Gesicht von Stella lugte um die Ecke.

Chris klang ziemlich aufgeregt, blieb dabei aber trotzdem halbwegs ruhig. Er fluchte nicht und er machte ihm keine Vorwürfe. Jedenfalls noch nicht. Er schien ihm nicht wie jemand, der ausrasten und ihn verprügeln würde, oder?

»Okay«, antwortete er tapfer.

»Ich bin gleich da.« Er hatte schon aufgelegt, aber Leon starrte immer noch in Stellas nervöse Miene wie in Trance.

»Was ist los?« Sie kam näher, einen Korb mit Wäsche in den Händen, den sie von draußen reingeholt hatte.

»Ich glaube, Raphael und Josh stecken in Schwierigkeiten.«

Es knallte plötzlich einmal heftig und ein gewaltiger Donnerschlag schien sich direkt über ihnen zu entladen. Es war so laut, dass sie beide heftig zusammenzuckten und in dem Moment fiel der Strom aus. Von einem Moment zum nächsten war es im ganzen Haus finster.

Stromausfälle am hellichten Tag waren nicht so schlimm, wenn die Sonne schien und es hell war. Aber vor genau diesem Ereignis fürchtete sich Leon insgeheim Nacht für Nacht. Es war schon zweimal vorgekommen, dass es genau dann passierte und auch sein Nachtlicht ihm dann keine Sicherheit mehr spendete, aber jetzt gerade traf es ihn völlig unvorbereitet. Es war schließlich eigentlich hellichter Tag. Eben hatte noch die Sonne geschienen.

Leon atmete flach, als es plötzlich stockdunkel um ihn herum war. Seine alten Ängste stiegen wieder in ihm auf. Doch das war gar nichts im Vergleich zu der Angst, die er um Raphael hatte.

Er war fest davon überzeugt, dass Chris, Raphaels Dad, nicht extra herkommen würde, wenn es nicht wirklich ernst war.

Was zum Teufel hatte Raphael ihm verschwiegen?

Und vor allem: Warum?

15

Donner krachte über den Himmel und ein gewaltiger Blitz zuckte hoch über ihnen, warf gespenstisches Licht auf die bleichen Gesichter der Anwesenden. Regentropfen fielen dick und beinahe träge auf sie herunter und drangen durch Kleidung, benetzten die Haut und durchtränkten das Haar.

Raphael hatte getan, was er konnte. Das, was er immer tat, wenn es sein musste.

Erleichtert hatte er gesehen, dass Josh zwischen den Bäumen verschwunden war. Sein Ablenkungsmanöver war also erfolgreich gewesen. Zumindest hoffte er das.

Seinen Gegnern entgegenzurennen und ihnen Schmähungen zuzubrüllen war natürlich nicht klug gewesen. Aber Klugheit war ja auch nicht unbedingt seine Stärke und vor allem war es nicht das, was diese Situation erforderte.

Der erste Schlag von einem der Elftklässler, einem großgewachsenen Kerl mit grünen Augen und kurzem, braunen Haar, hatte ihn von den Füßen gerissen. Er hatte den Schlag nicht einmal kommen sehen. Insgesamt zählte er etwa zehn der Schlägertypen, doch da waren noch andere Gestalten. Kleiner, schmächtiger. Sie hielten sich im Hintergrund und er konnte, durch den zunehmend stärker werdenden Regen und die aufkommende Dunkelheit durch das Gewitter einfach nicht sehen, wer es war.

Raphael taumelte getroffen zurück. Seine Ohren klingelten und sein Kiefer schmerzte, doch es schien nichts gebrochen zu sein. Die Wucht des Schlages warf ihn beinahe um, aber er fing sich ab, nur um einen heftigen Tritt in die Rippen zu kassieren. Sie zogen das Netz um ihn enger und kreisten ihn ein, wie ein Rudel hungriger Wölfe.

Benommen schüttelte er den Kopf und beugte sich keuchend vornüber, während er sich einmal um sich selbst drehte. Pochender, dumpfer Schmerz strömte durch seine Seite wie eine Meeresbrandung, verteilte sich in seinem ganzen Körper, wie es schien. Er biss die Zähne zusammen.

»Man, seid ihr aber mutig. Zehn gegen einen, wirklich helfenhaft.« Er spuckte aus. Zu seinen Füßen wurde der Boden schon schlammiger, wo das Regenwasser ihn aufweichte, und ihm selbst klebte seine Kleidung bereits nass an der Haut. Er wirbelte herum, als er eine Bewegung aus dem Augenwinkel sah und griff nach einem Arm, der nach ihm schlagen wollte.

Das Knacken von Knochen zerriss die unheimliche Stille. Es klang, als würde man einen trockenen Ast über das Knie brechen. Dem Geräusch folgten ein tierischer Schrei und ein ungläubiges, hysterisches Wimmern.

Raphael stieß den Kerl von sich und drehte sich tänzelnd herum, um den nächsten Angriff abzuwehren. Er wusste, dass sie jetzt Blut geleckt hatten. Einen von ihnen zu verletzen war der Startschuss, den sie gebraucht hatten.

Hoffentlich ist Josh in Sicherheit. Hoffentlich macht er, was ich ihm gesagt habe. Leon ...

Sie stürzten sich auf ihn, als ein neuer Donnerschlag über den Himmel krachte und der Regen in Strömen zu fallen begann.

Fäuste hieben nach ihm, Beine versuchten sich, hinter seine Knöchel zu haken. Hände griffen nach ihm und seinem Shirt, versuchten, ihn zu Boden zu reißen. Raphael hörte, dass irgendjemand aus dem Hintergrund Anweisungen gab, doch sein Verstand war zu beschäftigt damit, auf die direkte Bedrohung zu reagieren.

Ausweichen, zuschlagen, treten, ducken, zur Seite rollen.

Der Boden unter ihren Füßen, aufgewühlt von den Sohlen ihrer Schuhe, wurde zunehmend rutschiger, matschiger.

Raphael konnte das schwere Atmen seiner Gegner hören, die gezischten Flüche und das Grunzen, wenn er einen von ihnen in den Magen traf. Er wurde langsamer, seine Bewegungen schwächer und unkoordinierter. Schweiß rann ihm über das Gesicht und brannte in seinen Augen. Seine Lunge schmerzte und seine Brust fühlte sich an, als wäre sie mit Säure gefüllt. Die Zeit lief ihm davon.

Der Regen, der ihm die Kleider an der Haut kleben ließ, verlangsamte seine Bewegungen und die zunehmende Erschöpfung forderte ihren Tribut.

Er hatte sie hingehalten, so lange er konnte.

Jemand bekam ihn am Shirt zu packen und erbarmungslose Finger gruben sich schmerzhaft in seine Haut. Ein anderer schlug ihm so hart ins Gesicht, dass er den metallischen Geschmack von Blut auf der Zunge wahrnahm. Er spuckte ihm, blind von Regen und Erschöpfung, mitten ins Gesicht.

Der Schläger fluchte heiser und schlug erneut zu, ehe er ihn in den Magen und die Rippen boxte.

Es knackte und Raphael keuchte auf, als seine Sicht verschwamm, unscharf wurde, so wie wenn man ohne Brille unter Wasser nach etwas tauchte. Er sackte in die Knie, doch wurde er gleich wieder hochgezogen. Zwei der Typen packten ihn unter jeweils einer Achsel, während der Kerl vor ihm seinen Körper benutze, wie man es im Boxtraining mit einem Sandsack tat. Raphael brüllte vor Schmerz auf, als es erneut knackte. Ihm wurde schwarz vor Augen und er konnte warmes Blut an seiner Schläfe herunterrinnen fühlen. Seine Rippen fühlten sich schlecht an, ebenso wie der Rest seines Körpers. Hätte ihn niemand festgehalten, wäre er mit dem Gesicht voran in den Matsch gefallen.

»Haltet ihn fest. Ich will sein Gesicht sehen.«

Die Stimme klang nicht, wie von einem der Schläger. Sie war ... heller.

Raphael hatte Mühe, den Kopf zu heben, um die Person anzusehen, da wurde sein Kinn bereits gepackt. Lange Fingernägel gruben sich in seine Haut und er blinzelte ungläubig, als er das Mädchen wiedererkannte.

Fräulein Nasenpiercing von der Eisdiele. Ihr Make-up war verlaufen und traurige, dunkle Spuren zogen sich unter ihren Augen herab, als hätte sie geweint. Sie war ebenfalls vom starken Regen durchweicht, doch der dunkelrote Lippenstift auf ihrem Mund schien noch immer perfekt zu sein.

Sie lächelte kalt.

»Wie schön, dass wir uns wiedersehen. Raphael, nicht wahr?« Ihre Stimme klang sanft und spöttisch zugleich. Neben ihr tauchte ein ziemlich verstört wirkender Niklas auf, und erst jetzt bemerkte Raphael die verblüffende Ähnlichkeit der beiden.

Sie waren Geschwister. Er hatte Niklas Schwester in der Eisdiele bloßgestellt. Sie war, laut Leon, die Anführerin dieser Gang, wenn er das noch richtig von einem ihrer Gespräche in Erinnerung hatte.

Er hätte über diese Ironie lachen mögen, wenn er nicht mindestens zwei gebrochene Rippen gehabt hätte.

»Wo hast du denn deinen schwulen kleinen Freund gelassen? Hatte er zu viel Angst im Dunkeln, um mit dir durch den Park zu kommen?« Sie lächelte ihm zu und kam näher, als wollte sie ihn küssen. »Ich finde es beinahe schade, dass so ein hübscher Kerl wie du es sich lieber von hinten besorgen lässt, als es mit einem Mädchen zu machen. Wirklich, eine Schande.« Sie tippte beinahe nachdenklich mit den langen Fingernägeln an seiner Haut herum, ehe sie sein Kinn abrupt losließ. »Oder ist es andersrum?« Sie lachte spöttisch. »Widerlich. Ich werde nie verstehen, was Schwule daran finden, sich gegenseitig so abartig zu besteigen. Das ist doch nicht natürlich.« Sie schwieg kurz und ein Blitz erhellte ihre Züge. »Na ja, wie dem auch sei. Wir holen uns deinen kleinen Leon auch noch. Und vielleicht sogar deinen süßen kleinen Bruder, mh? Ich denke, bei so einer Schwuchtel von Bruder ist der Kleine sicher auch schwul. Aber eigentlich ist es egal. Wir holen ihn uns sowieso. Gleich, wenn wir mit dir hier fertig sind.« Sie lächelte beinahe freundlich. »Du hättest es so viel leichter haben können, wenn du damals etwas netter zu mir und meinen Mädels gewesen wärst. Oder wenn du nicht so frech zu Niklas gewesen wärst«, fügte sie dann noch an. »Aber leider ...«, sie seufzte bedauernd und tätschelte sanft seine Wange, »... hast du dir das hier eingebrockt. Und ich werde dafür sorgen, dass du dich nie wieder mit uns anlegst.« Sie erhob sich und wollte gerade einem ihrer Speichellecker ein Zeichen geben, als Raphael leise lachte. Es klang dunkel und gequält, aber der Spott darin war nicht zu überhören, obwohl eine eiskalte Hand nach seinem Herzen zu greifen schien. Er konnte nicht zulassen, dass sie Josh oder Leon etwas antaten. Er konnte nur versuchen, so lange wie möglich durchzuhalten ...

»Ich wusste, dass du wirklich so eine dumme Schlampe bist, wie du aussiehst. Und Niklas«, richtete er dann das Wort an den bleichen, schmächtigen Jungen, der wie ein verirrtes Kind neben seiner großen Schwester stand und zusammenzuckte, als Raphael ihn anstarrte, »du bist echt der letzte Dreck. Du hast nichts Besseres zu tun, als Schwächere runterzumachen, aber wenn das dann jemand bei dir macht, rennst du heulend zu deiner Schwester und ihren Gorillas. Du bist echt erbärmlich.«

Sie schlug Raphael hart ins Gesicht, während Niklas aussah, als würde er jeden Moment anfangen zu heulen. Er sah nicht so aus, als wenn er das hier unbedingt gewollt hätte. Tatsächlich wirkte er völlig verstört.

»Meinst du echt, dass das so eine gute Idee ist, Melanie?«, fragte er scheu an seine Schwester, die sich knurrend die Hand schüttelte. Sie fuhr ihn scharf an. »Halt`s Maul und verpiss dich. Du störst sowieso nur. Du hast gesagt, er soll leiden, also kümmere ich mich darum.« Sie starrte ihren Bruder kalt an, der unter dem Blick zu schrumpfen schien. Er schlich davon wie ein geprügelter Hund, während Raphael blutigen Speichel ausspuckte. Seine Augen wirkten in dem bleichen Gesicht riesig und angstvoll, doch er verschwand schnell aus Raphaels Sichtfeld.

Er hob beinahe gleichgültig den Kopf, um dem Mädchen ins Gesicht zu sehen. Einen Moment nahm er sich die Zeit, sie anzustarren. »Und was kriegen deine Typen dafür, dass sie tun, was du ihnen sagst? Dürfen sie an deinen getragenen Slips schnüffeln, wie die erbärmlichen Köter, die sie sind? Oder deine Schuhe lecken?«

Einer der beiden, die ihn festhielten, knurrte und einen Wimpernschlag später prallte eine Faust in Höhe seiner Nieren auf sein Fleisch. Vor Schmerz wurde ihm kurz schwarz vor Augen und sein Kopf sackte nach vorn.

Melanie lachte amüsiert auf. »Oh, Schätzchen. Du machst es dir selbst nur immer schwerer.« Sie gab irgendjemandem ein Zeichen, und der Kreis der Leute, die um sie herumstanden, zog sich enger zu.

»Tja, Jungs. Dann haut mal rein. Wortwörtlich. Aber bringt ihn nicht um, okay? Obwohl ...« Melanie trat einen Schritt zurück, aus dem Kreis heraus. »Eigentlich ist es doch fast egal, nicht wahr? Eine dieser beschissenen Schwuchteln weniger auf der Welt, wen kümmert`s?« Sie lachte leise. »Das ist jedenfalls, was mein Vater immer sagt, und ich finde, er hat verdammt recht damit!«

Raphaels Herz zog sich zusammen und ihm wurde kalt. Der Regen fiel schwer und bleiern von einem dunkelgrauen, kalten Himmel und einen Moment sah er hoch, als er losgelassen und in den Matsch gestoßen wurde. Über ihm blickte er in kalte, emotionslose Gesichter. Nur hier und da sah er ein boshaftes Grinsen aufblitzen.

Er schloss kurz die Augen und ballte seine Hände zu Fäusten.

Leon ...

Und dann spürte er den ersten Tritt.

16

Schmerz.
Rezeptoren melden wie kleine Alarmanlagen diesen Zustand an das Rückenmark, welches wiederum diese Information an das Gehirn weitergibt. Das Gehirn verarbeitet die Information und bewertet die Art und Intensität des Schmerzes. Eine Einstufung erfolgt. Leichter Schmerz wird weniger schlimm wahrgenommen, schwere Verletzungen hingegen bekommen eine höhere Priorität, abhängig vom Grad der Bedrohung. Adrenalin und Endorphine werden in Extremsituationen ausgeschüttet, die natürlichen Schmerzstiller des Körpers. Ist das Leben bedroht, fährt der Körper alle Gegenmaßnahmen hoch.

Man schaltet in den Überlebensmodus.

Raphael fühlte die Kälte des aufgeweichten, schlammigen Bodens unter sich. Er war völlig besudelt mit dem dunklen Matsch. Er klebte an seiner Haut, beschwerte seine Kleider und klebte in seinem Haar. Er lag auf der Seite, schwer atmend und völlig am Ende seiner Kräfte. Er war zu müde, zu verletzt und zu erschöpft, um sich weiter zu wehren oder auch nur schützend zusammen zu krümmen. Das heftige Schnaufen und Atmen der Leute um ihn herum dröhnte in seinen Ohren.

Er hörte, wie er beschimpft wurde, wie sie zu diskutieren begannen. Seine Augen waren allmählich zu zugeschwollen, um viel zu sehen, und ihm lief Blut aus Mund und Nase. Warm und salzig rann es über seine Haut, wurde vom Regen weggewaschen.

Plötzlich schrie jemand erschrocken auf. Die Diskussion wurde heftiger, ohne, dass er wirklich verstand, worum es ging. Sein Herz schlug schneller. Was immer sie beredeten, es war nicht gut für ihn.

Seine Hand streckte sich aus und griff in den Matsch. Er versuchte, sich irgendwie aufzurichten, aber es ging nicht. Sein anderer Arm lag unter ihm, völlig nutzlos. Er wusste nicht, ob er gebrochen war oder ob er sich die Schulter ausgekugelt hatte. Sein ganzer Körper schien nur noch aus Schmerz zu bestehen. Unendliche, dumpfe Qual, die in seinem Kopf brüllte und wie Feuer durch seine Adern rann. Er konnte fühlen, wie sich seine Rippen verschoben, als er sich bewegte. Seine Sicht verschwamm und plötzlich wurde er gepackt und grob auf den Rücken geworfen.

Laute, hektische Stimmen prasselten auf ihn ein, während er müde aufschaute.

Er sah die Klinge im unheiligen Lichtschein eines zuckenden Blitzes aufleuchten und wusste, dass es vorbei war.

Was für eine beschissene Art, ins Gras zu beißen. Gerade, wo ich Leon gefunden habe und ich dachte, alles würde gut werden. Ich werde nie wieder seine Geschichten über einsame Wale oder Zitronenfalter hören.

Beißender Schmerz bohrte sich in seinen Körper. Es fühlte sich an wie ein Schlag, und doch spürte er deutlich, wie die Klinge durch sein Fleisch schnitt, sich in seinen Körper fraß. Es war ein dumpfer und gleichzeitig schneidender, brennender Schmerz, der sich mit all dem anderen zu einem einzigen vereinte.

Eine Träne rann aus seinem Augenwinkel. Sie verging in dem Regen, der auf seine kalte Haut fiel.

◆◆◆

Er sah kaum, wohin er rannte. Er hatte genau gemacht, was Raphael ihm gesagt hatte, und die Angst um seinen Bruder presste ihm das Herz zusammen.

Diese Typen würden ihn umbringen. Es waren einfach zu viele. Sie waren älter, größer und stärker und er hatte diese Kälte in ihren Augen gesehen.

Er war einem von ihnen gerade noch so entwischt. Der Blondschopf mit den grauen Augen und dem Polohemd hatte ihn fast zu packen bekommen, aber Josh war schneller gewesen als er. Das war sein Vorteil und darauf hatte Raphael gesetzt. Sein großer Bruder hatte gewusst, dass Josh schneller war als diese Typen und dass diese Schläger auf keinen Fall verpassen wollten, was mit Raphael passieren würde, nachdem er ihnen quasi in die Arme gerannt war. Man kann eben nicht zwei Leute gleichzeitig verfolgen und primär hatten sie es eben auf Raphael abgesehen.

In Joshs Brust pumpte sein Herz voller Panik und er rannte und rannte, während der Regen unbarmherzig auf ihn nieder fiel.

Raphael durfte nicht sterben.

Er war immerhin sein großer Bruder.

Als er in der Ferne eine bekannte Silhouette sah und gleich darauf noch eine zweite, brach er in Tränen aus.

»Dad!« Er brüllte aus Leibeskräften und rutschte in einer Schlammpfütze aus. Er spürte kaum, wie er sich die Knie aufgeschürft hatte. Dumpf drang das Geräusch eines Rettungswagens an sein Ohr und er betete zu allem, was es so an Gottheiten, Heiligen und Schutzengeln geben mochte, dass es der war, der seinen Bruder retten würde.

Sein Vater schlitterte die letzten Meter zu ihm hin, wobei er fast im Matsch ausrutschte, und packte ihn an den Schultern. Sein Gesicht war ganz grau vor Sorge und er war völlig durchnässt, ebenso wie Leon, der aussah, als würde er sich jede Sekunde übergeben. Er zitterte vor Panik.

»Wo ist Rhyne?« Er brüllte ihn an, doch es war nicht persönlich gemeint. Josh zeigte mit zitterndem Arm hinter sich. »Dad, schnell! Sie bringen ihn noch um!«

Leon rannte bereits los und Joshs Vater zog seinen jüngsten Sohn noch im Laufen wieder auf die Beine.

Das Geräusch des Rettungswagens kam immer näher, aber es war noch eindeutig zu weit weg, um ein Gefühl der Erleichterung zu spenden.

Josh ging es durch den Kopf, dass sie sich verfahren könnten. Schon sah er sich auf der Beerdigung seines großen Bruders. Sein Herz krampfte sich zusammen und er rannte, während sein Vater ihn fest an der Hand gepackt hielt.

Vor ihnen verschwand Leon zwischen den Bäumen. Er bewegte sich so schnell wie ein Geist und in der Dunkelheit des Gewittersturms mit all seinen Blitzen wirkte er auf Josh wie eine Kreatur aus einer anderen Welt. Er trug helle Kleidung, was noch mehr zu dieser Illusion beitrug.

Josh wünschte in diesem Moment nicht mehr, als dass ihm Flügel wachsen mögen.

Hoffentlich kamen sie nicht zu spät.

Es war einfach nicht in Ordnung. Nichts davon war in Ordnung. Das hatte er nicht gewollt.

Niklas rannte vom Ort des Geschehens weg. Er stolperte über Wurzeln, rutschte auf glitschigen Steinen aus, die vom vielen Regen nass waren, und stürzte mehr als nur einmal in den Matsch der aufgeweichten Wege.

Dunkelheit und Regen versperrten ihm die Sicht, und die Tränen, die er aus Entsetzen und Schock weinte, trugen ihren Teil dazu bei.

Seine ganze Welt schien zusammenzubrechen.

Seine Schwester, die er sein ganzes Leben lang kannte, hatte sich vor seinen Augen in eine kalte, herzlose Person verwandelt, die billigend in Kauf nahm, dass ihre Leute jemanden zu Tode prügelten. Dabei hatte er Raphael doch nur ein bisschen einschüchtern wollen, nachdem er ihn in der Schule so bloßgestellt hatte. Er wollte doch nicht, dass er verletzt wurde oder sogar noch Schlimmer.

Er konnte nur hoffen, dass er jetzt das richtige getan hatte, nachdem er so viel Leid verursacht hatte.

Raphael hatte recht. Er war Abschaum. Das alles würde er sich niemals verzeihen können und das Einzige, was er jetzt noch tun konnte, war die Dinge richtigzustellen.

Sein Vater wäre vermutlich ziemlich wütend darüber, aber letztlich war es auch seine Schuld.

Sie alle hatten Schuld an dieser ganzen Sache.

Hätte er doch bloß nie weitererzählt, was Leon ihm damals in der Umkleide anvertraut hatte. Er wusste selbst nicht mehr, wieso er es Tom, Jay und Lisa erzählt hatte. Dabei hätte er wissen müssen, dass Lisa es an Melanie weitertratschte. Schließlich waren sie die besten Freundinnen und erzählten sich immer alles. Wenn er doch nur die Klappe gehalten hätte ...

Er stürzte erneut und dieses mal blieb er auf allen vieren im Dreck kniend sitzen.

Das Gesicht gen Himmel erhoben betete er mit zitternden Lippen, dass Raphael überleben würde.

Irgendwo drang das Geräusch eines Krankenwagens durch das Donnergrollen.

Niklas rappelte sich auf und rannte weiter.
Er hatte es nicht mehr weit.

♦♦♦

Leon stolperte entsetzt.
Seine Knie gaben nach, als er den Griff des Messers sah, das aus Raphaels Körper ragte.

Auf Händen und Knien rutschte er zu ihm hin, wagte kaum, seinen geschundenen Körper zu berühren. Er nahm Raphaels Vater und Josh nur am Rande wahr.

Raphael lag in einer Pfütze aus blutigem Schlamm und aus einer großen Platzwunde an der Schläfe rann Blut. Ebenso aus seiner Nase, dem Mund und der Bauchwunde. Einer seiner Arme lag in einem unnatürlichen Winkel da und er konnte deutlich die Verschiebung der Rippen sehen, die unter dem nassen Stoff seines Shirts hervorragten. Aufgewühlter Schlamm und Matsch um den Körper zeugten davon, dass hier sehr viel mehr als nur eine oder zwei Personen am Werk gewesen waren.

Leon ergriff mit kalten, zitternden Händen Raphaels

Hand und drückte sie, während er in sein bleiches Gesicht starrte. Seine Brust hob und senkte sich flach und unregelmäßig und er drückte seine Lippen verzweifelt gegen die kalte Haut seiner Hand, bemüht, die abgeschürften Knöchel nicht zu berühren, um ihm nicht noch mehr Schmerzen zu verursachen.

»Oh mein Gott, bitte stirbt nicht!«, flehte er mit tränenerstickter Stimme. Er weinte vor Entsetzen und Angst, und als endlich die Sanitäter eingetroffen waren, mussten Raphaels Vater Chris und Josh ihn regelrecht von Raphael wegzerren, damit er auf die Trage gelegt werden konnte.

Er erinnerte sich nicht daran, was Raphaels Vater zu ihm sagte. Er erinnerte sich auch nicht daran, dass Josh ihn umarmte und fest an sich drückte, oder dass sie den ganzen Weg zurückrannten, in das Auto von Raphaels Vater stiegen und zum Krankenhaus fuhren.

Er funktionierte nur noch halbwegs. Als wäre seine Seele mit Raphael in den Krankenwagen gestiegen und hätte seinen Körper hinter sich gelassen. Ampeln schalteten von Grün auf Rot, die beiden anderen im Auto fluchten oder schrien durcheinander, während er wie betäubt dasaß. Sie hatten den Parkplatz noch gar nicht erreicht, der Wagen war noch gar nicht zum Stehen gekommen, da sprang er schon heraus. Er ließ sogar die Tür offen und hörte nur den dumpfen, gotteslästerlichen Fluch eines Mannes hinter sich und schwere Schritte, die ihm folgten.

Nichts war mehr wichtig. Seine ganze Welt war zum Stillstand gekommen. Er sah Raphael vor sich ihm Schlamm liegen, schlimmer zugerichtet, als man es sich in seinen Alpträumen auch nur halbwegs vorstellen konnte.

Die Angst, ihn zu verlieren, lähmte ihn vollständig und gleichzeitig trieb sie ihn an. Er hört sich bei den Krankenschwestern nach ihm fragen, sah die mitleidigen Blicke und die der Ärzte in den weißen Kitteln. Abgestumpft und emotionslos, wie sie an ihm vorbeiliefen und ihn kaum beachteten.

Wortfetzen drangen in seinen Verstand. Die Rede war von Not-OP und Geduld. Von gebrochenen Knochen und schlechten Chancen.

Und dann wurde er von Raphaels Vater an der Hand genommen und zu einer der Sitzbänke gezogen. Josh auf der anderen Seite. Sie hielten ihn fest, damit er nicht wegrannte, dabei musste er doch zu ihm.

Irgendjemand schob den nassen Ärmel seines Shirts hoch und er spürte die Nadel, wie sie durch seine Haut drang.

Plötzlich merkte er, dass er die ganze Zeit geschrien hatte und seine wunde Kehle brannte, während er die Tränen wegblinzelte.

Eine unangenehme Ruhe überkam ihn und er nahm den Geruch der Chemikalien wahr. Desinfektionsmittel, Reiniger, Medikamente und frisch gewaschene Wäsche. Alter und Tod, Krankheit und Leid. Der typische Geruch, den alle Krankenhäuser gemein haben.

Und dann begann das Warten.

Er erinnerte sich an Leons Gesicht, das plötzlich aus dem Nichts auftauchte. Bleich und mit riesigen, entsetzten Augen. Er konnte fühlen, wie er seine Hand nahm und sie drückte. Er war so warm ...

Er wollte etwas zu ihm sagen. Wie leid es ihm tat, dass er ihm solche Probleme verursachte. Wie sehr er ihn liebte und dass er aufhören sollte, zu weinen, weil es ihm das Herz brach.

Er fühlte den eiskalten Schlamm unter sich und den ebenso kalten Regen auf seiner Haut. Seine Kleider klebten an ihm und da war dieses Ding in seinem Bauch, das eindeutig nicht dahin gehörte.

Neben Leon tauchte das Gesicht seines Dads auf und er sah aus, als wäre er in den letzten paar Tagen um Jahrzehnte gealtert. Grau und krank im Gesicht, mit ebenso besorgtem wie entsetztem Gesicht. Er bekam mit, wie sein Vater sich zu ihm beugte und ihn auf die Stirn küsste. Er hörte Joshs Weinen irgendwo links von sich, aber er konnte den Kopf nicht drehen.

Er war so müde ...

Leichtigkeit breitete sich in ihm aus und er fühlte sich plötzlich gar nicht mehr schwer und kalt, sondern angenehm leicht und warm.

Sein Körper tat ihm nicht mehr weh.

Und das jagte ihm eine Scheißangst ein.

Er fühlte, wie Leon von ihm weggezerrt wurde und zwei Typen, die er noch nie gesehen hatte, bugsierten ihn auf eine Trage. Danach wusste er nichts mehr. Er erinnerte sich nur an diese ätzende Helligkeit, die ihm ins Gesicht strahlte und ihn nervte.

„Schneller, er atmet nicht mehr! Wir verlieren ihn!"

Aufgeregtes Stimmengewirr, laute, hastige Schritte auf

einem scheinbar endlosen Flur; der Nachhall von verzweifelten Rufen und das Rattern der Räder des Bettes, auf dem er lag, schienen tief in seiner Brust widerzuhallen. Wie verzerrtes Blitzlichtgewitter rauschten die grellen, kalten Neonröhren über ihn hinweg, während man seinen Körper in den Not-OP bugsierte.

Wie seltsam ..., dachte er träge, während er spüren konnte, wie sein Herz stockte. Es fühlte sich an, als wäre es kein Organ in seiner Brust, sondern ein erschöpftes, stolperndes Pferd. *Was für eine bescheuerte Art, ins Gras zu beißen ...*

Jemand rammte eine Nadel in seinen Arm und ein grelles Licht blendete ihn, so dass er den Kopf drehen musste. Er konnte sein eigenes Blut riechen.

Scheiße. Ich hoffe, mein bescheuerter Bruder löscht wenigstens meinen Browserverlauf, war das Letzte, was er dachte, als die Narkose zu wirken begann.

17

Er erinnerte sich daran.

Vielleicht wegen dem Geruch nach Desinfektionsmittel, vielleicht wegen den Schwestern und Ärzten in ihren weißen Kitteln. Vielleicht aber auch wegen der Hilflosigkeit und der Verzweiflung, die ihn zu einem kleinen, festen Ball zusammenpressten, der sich zitternd vor und zurück wiegte.

Leon hatte die Augen fest geschlossen und versuchte Joshs mitfühlende Versuche, ihn irgendwie abzulenken, zu ignorieren.

Er wollte nicht reden.

Nicht zuhören. Er wollte einfach, dass Raphael endlich aus dem OP geschoben wurde und er ihm zulächeln würde.

Er wollte, dass er ihm sagte, dass alles okay war und er mit dem Heulen aufhören sollte. Er wollte, dass er ihn küsste und ihn an sich zog und sie einfach weggehen konnten, egal wohin, nur sie beide.

Er durfte nicht sterben. Er hatte Raphael doch gerade erst gefunden, gerade erst dieses winzige Funkeln von Glück gesehen, das noch auf sie wartete. Er durfte einfach nicht sterben. Nicht heute. Nicht so.

Er erinnerte sich an diese dunkle, schwere Verzweiflung, die einem das Herz zusammenpresste und einen erstickte, bis es nichts außer Dunkelheit gab. Kälte. Einsamkeit. Die erdrückende Hilflosigkeit und die unendliche Qual, die einem den Brustkorb zusammenschnürte, bis man nicht mehr atmen konnte.

Er wusste genau, wie es war, weil er das alles schon einmal durchgemacht und gefühlt hatte.

Vor Raphael.

Es war schon ein paar Jahre her, die Narben waren kaum noch sichtbar. Man bemerkte sie nur, wenn man wirklich genau hinsah. Im Sommer, wenn seine Haut gebräunt war, fielen sie stärker auf, aber nicht genug, um von flüchtigen Blicken bemerkt zu werden. Darum ging er auch nur selten raus. Darum war er so blass. So fielen die nicht auf und waren einfacher zu ertragen.

Leon schlang die Arme fester um seine Knie und drückte das Gesicht gegen den schlammverkrusteten Stoff seiner Jeans. Der Stuhl knarrte leise, als er sich vor und zurück wiegte und versuchte, nicht völlig durchzudrehen.

Warum brauchten sie nur so lange? Niemand kam zu ihnen, um ihnen zu sagen, wie es um Raphael stand. Sie operierten ihn seit über drei Stunden. War das nun gut oder schlecht?

Er wusste es nicht.

Die Narben an seinen Handgelenken waren schmale, dünne Striche, wo er sich mit dem Messer aufgeschnitten hatte.

Damals. Als alles zu schlimm wurde.

Am Rande bekam er mit, wie Raphaels Vater, Chris, telefonierte. Hektisch und laut. Aufgebracht. Er weinte ab und an, versuchte aber offensichtlich, sich für seinen jüngsten Sohn halbwegs zusammen zu reißen. Er konnte seine Blicke auf sich spüren, aber er wollte sie nicht sehen.

Ab und an schmiegte sich Josh an ihn, umarmte ihn zögerlich, aber Leon war innerlich zu zerbrochen, um zu reagieren. Sein Innerstes schien nur noch aus Scherben zu bestehen, und jedes mal, wenn er sich bewegte, oder ihn jemand berührte, schnitten die Scherben tiefer in sein Herz.

So wie das Messer. Damals.

Es war ein sonniger Tag gewesen, und das war auch die Ironie an der Sache. Man sah im Fernsehen immer, dass es regnete oder dunkel war, wenn jemandem etwas wirklich Schlimmes passierte. Als ob die Natur, die ganze Welt das Unglück kommen sehen würde, und extra eine düstere Szenerie veranlasste, aber das war nicht die Wirklichkeit. Die Monster im Fernsehen kamen nachts, wenn es dunkel war und Blitze über den Himmel zuckten, aber im wahren Leben kamen sie mit einem normalen Gesicht und bei Sonnenschein zu einem, und dann fingen sie an, dich zu brechen. Wie ein Glas, das von einer Faust zusammengepresst wird, bis es den ersten Riss bekommt. Und dann noch einen und noch einen, bis es zersplittert. Im Film ist es immer dunkel und bedrohlich und man weiß, dass etwas Schlimmes kommen wird.

Aber es war ein schöner Sommertag gewesen, damals, vor zwei Jahren.

Er war fünfzehn geworden, denn es war sein Geburtstag und sein Bruder, Marlon, fand heraus, dass er schwul war. Dieser Tag veränderte für Leon alles. Er lernte, dass schlimme Dinge dann passierten, wenn man sie am wenigsten erwartete und dass manchmal die furchterregendsten Monster gar nicht weit weg sind oder so aussehen, sondern ganz normal wirken.

Er erinnerte sich an jedes einzelne Wort, dass sein großer Bruder zu ihm gesagt hatte.

Leon hatte in seinem Zimmer gesessen und gezeichnet. Es ging ihm eigentlich ziemlich gut. Das Fenster war weit offen und es roch nach Sommer, blühenden Blumen und Leichtigkeit. Vögel zwitscherten in den Bäumen im Garten und er fühlte sich bemerkenswert zufrieden, wenn man bedachte, dass er keine Freunde hatte und seine Eltern mal wieder seinen Geburtstag vergessen hatten.

Nur Marlon war da. Aber das wusste er noch nicht, als er an seinem Schreibtisch saß und diese beiden Figuren zeichnete.

Mit Bleistift hatte er zwei sich küssende Jungen skizziert. Sie trugen Kapuzenpullis und Jeans, der eine davon trug Kopfhörer, die er gerade nach oben schob, während der andere ihn am Stoff seines Pullis zu sich zog. Sie sahen sich in die Augen, während sich ihre Lippen nur knapp berührten. Im Prinzip war es kein richtiger Kuss. Noch nicht, aber man konnte das gegenseitige Verlangen in den Gesichtern sehen.

Und plötzlich stand Marlon hinter ihm.

»Was zum Teufel ist das denn?« Die Stimme seines großen Bruders troff vor Abscheu und Unglauben und Leon fiel vor Schreck der Bleistift aus den Fingern. Er wandte sich hastig um und seine Wangen wurden rot vor Scham, als er sah, wie sein Bruder auf die Skizze starrte. Als wäre sie nicht nur eine Zeichnung, sondern eine sündhafte, widerliche Sache, die man einfach nicht tat. Die nicht richtig war. Etwas Schmutziges. Als hätte Leon gerade ein Verbrechen begannen.

»Was soll die Scheiße?« Marlon grapschte nach der Skizze und knüllte sie mit krallenartigen Fingern zusammen, ehe er sie Leon ins Gesicht schlug.

Er saß auf seinem Stuhl wie erstarrt und wusste nicht, was er sagen sollte. Sein Magen zog sich zusammen und er begann zu zittern, als sein Bruder ihm ins Gesicht schlug. Das Knistern von Papier klang bedrohlich laut in seinen Ohren.

»Bist du schwul oder was ist los?! Antworte gefälligst, wieso zeichnest du so einen Schund?« Er schlug ihn erneut, ehe er das Papier zerriss und es angewidert zu Boden fallenließ, als wäre es ein Stück verfaultes Fleisch. In seinen braunen Augen sah Leon den Ekel und die Verachtung. Er war groß gewachsen und kam eher nach ihrem Vater. Seine Haare waren kurz und präzise geschnitten und er achtete darauf, dass seine Kleidung ordentlich saß. Er war schlank und strahlte eine unterschwellige Aggression aus, wenn er sich bewegte. Leon hatte insgeheim immer Angst vor ihm gehabt.

Als sie noch klein waren, hatte Marlon ihn regelmäßig in die Mangel genommen, wenn er beim gemeinsamen, erzwungenen Spiel wie Fußball oder Wettrennen versagte. Er hasste es, wenn sein Bruder ihn herausforderte, nur um zu zeigen, dass er viel besser und sportlicher war.

Leon war weder aggressiv genug, noch besaß er den nötigen Ehrgeiz, und das konnte Marlon nicht ertragen. Als er endlich auszog, und sie sich nur noch zu Familientreffen wie Weihnachten oder einem Geburtstag sahen, wurde es besser.

Seine Wange schmerzte, aber noch mehr tat es weh, dass er ihm einfach seine Zeichnung weggenommen und ihn geschlagen hatte.

»Und wenn schon«, erwiderte er wie benommen. »Was dann, Marlon? Vielleicht bin ich`s ja wirklich.« Er erinnerte sich noch an den Trotz in seiner eigenen Stimme. An die Angst, wieder geschlagen zu werden und die Furcht vor der Ablehnung seines Bruders. Er war immerhin mit ihm verwandt. Sie teilten das gleiche Blut. Auch, wenn er ihn nicht sehr mochte, so war er dennoch ein Teil von ihm. Ein kleines Fleckchen seines Herzens hoffte, dass Marlon ihn akzeptieren würde, aber diese Hoffnung wurde sofort zu Asche verbrannt.

»Wenn du wirklich schwul bist, solltest du dich lieber umbringen. Das wäre besser für uns alle.« Marlons Stimme klang kalt und beinahe sachlich, als er sprach und Leon saß da wie zu Eis erstarrt. Hatte er sich verhört? Ganz sicher hatte er das. Das hatte sein Bruder doch gerade nicht wirklich gesagt? Gänsehaut kroch sein Rückgrat hoch und legte sich mit kalten Fingern um seinen Hals.

»Was?« Er schluckte und Marlon ließ das kleine Päckchen, dass er in einer Hand gehalten hatte, einfach zu Boden fallen, als wäre es soeben absolut nutzlos für ihn geworden und hätte seinen Wert verloren.

Es war Leons Geburtstagsgeschenk. Das schimmernde Papier war dunkelgrün und von einem feinen, goldenen Muster durchzogen.

»Ich sagte«, wiederholte Marlon dann kalt, ehe er ging, »dass du dich einfach umbringen solltest. Es kommt nicht infrage, dass unsere Familie durch eine Schwuchtel besudelt wird. Was sollen denn Vaters Geschäftspartner denken, oder Mutters Arbeitgeber und Freunde? Oder meine Freunde, wenn wir schon dabei sind?« Er schob sich die Brille auf der Nase zurecht und seine Augen blickten mitleidlos auf seinen kleinen Bruder herunter. »Oh, da kommt Leon, der schwule Bruder von Marlon? Die kleine Schwuchtel lässt es sich von hinten besorgen. So ein perverses Schwein? Es mit einem Mann treiben zu wollen ... Schämst du dich eigentlich nicht? Ich wusste schon immer, dass du krank bist, aber nicht, wie sehr.« Marlon atmete ruhig, obwohl Leon die Adern an seiner Stirn sehen konnte, während er selbst innerlich starb. Es war, als hörte er in diesem Moment auf, zu existieren.

Marlon ging mit den Worten aus dem Zimmer: »Du weißt ja, wo die Küche ist. Die Messer in der linken Schublade sollten scharf genug sein.«

Und dann fiel die Tür ins Schloss.

Trauer und Verzweiflung sind nicht endlos, obwohl es einem so vorkommen kann. Er erinnerte sich noch, dass er weinte, und weinte und irgendwann keine Tränen mehr hatte. Er fühlte sich ausgelaugt und schwach, als er seine Zimmertür endlich öffnete.

Marlon hatte sicher recht. Er war eine Schande für seine Familie und es wäre sicher besser, wenn er einfach starb. Nun wussten ja eh alle Bescheid. Er wollte den Schock und die Abscheu in den Augen seiner Eltern nicht sehen. Er wollte nicht den Rest seines Lebens wie ein Aussätziger behandelt werden, nur, weil er nicht auf Mädchen stand. Er würde ohnehin niemals jemanden finden, der ihn lieben würde. Schon gar keinen anderen Kerl. Also gab es einfach keinen Grund, um weiterzumachen, nicht wahr? Sein ganzes Leben kam ihm wie ein äußerst boshafter Scherz vor und er wünschte sich, er wäre nie geboren worden. Für was war das Leben gut, wenn es nur aus Einsamkeit und Schmerz bestand?

Niemand würde ihn vermissen. Er war beschädigte Mangelware mit Fehlfunktionen. Er hatte Nachtangst, er hatte keine Freunde, und er war schwul. Seine bloße Existenz war bestenfalls ein mieser Witz.

Alles tat ihm weh. Sein Herz, sein Kopf, sogar seine Seele.

Er nahm eines der großen Messer mit einer glatten Klinge aus der Schublade.

Es fühlte sich schwer in seiner Hand an. Und es war scharf. Mit dem Werkzeug in der Hand setzte er sich auf den Fliesenboden in der Küche. Er hatte keine Kraft mehr, um sich einen anderen Ort zu suchen oder einen Abschiedsbrief zu schreiben.

Wenn er erst tot war, waren seine Eltern eine Sorge los.

Es war nur gut, wenn er es tat, nicht wahr? Es wäre nur die logische Konsequenz. Es gab kein Glück für ihn auf dieser Welt. Niemand würde ihn je lieben, also wozu warten? Seine Qualen zu verlängern hatte keinen Sinn.

Der Schmerz war gar nicht so schlimm. Ein kurzer Schnitt, und das Rot sickerte durch die Wunde, ehe es kräftiger zu fließen begann, im Rhythmus seiner schweren Herzschläge. Er wiederholte das Gleiche bei der anderen Hand.

Was war eine Welt, in der seine eigene Familie ihn nicht wollte, schon wert? Das Blut floss aus ihm heraus, besudelte die strahlend weißen Fliesen und er sah ihm zu, während er seine letzten Tränen weinte. Er spürte die zunehmende Kälte und die wachsende Unbeweglichkeit seiner Muskeln, aber er maß dem keine sonderliche Bedeutung bei. Wenn alles hier endete, wieso war er dann überhaupt erst geboren worden?

Es war die damalige Haushälterin, die ihn fand. Es war

erst ihre zweite Woche und sie kündigte umgehend noch am gleichen Abend.

Leon hatte keine Kraft, sich gegen die Hände zu wehren, die ihn in den Rettungswagen schafften. Er wollte nicht, dass sie ihm halfen, aber er konnte nichts tun, außer den Schmerz auszuhalten. Nicht den, der in seinen Handgelenken pochte, sondern den, der seine Seele in einem Schraubstock gefangen hielt.

Er wusste nicht mehr viel von der Fahrt ins Krankenhaus. Aber er erinnerte sich an den Geruch nach Desinfektionsmittel und Tod, Leid und Reinigungsmittel. An das Geräusch der Rollen des Bettes, auf dem er lag. An die hektische Geschäftigkeit der Schwestern und Ärzte.

Seine Eltern fragten ihn zwar, warum er das getan hatte, als er im Krankenhaus in einem Bett lag, das blütenweiße Bettwäsche hatte, doch sie hörten nicht wirklich zu. Sie sahen ihn mit diesen Blicken an, die alles eigentlich noch schlimmer machten, aber nachdem er ihnen das Versprechen geben musste, dass er das nie wieder tun würde, schienen sie zufrieden, obwohl er nicht verstand, wieso. Er war schließlich ein Schandfleck. Unnormal. Eine hässliche, missgebildete Groteske.

Er sagte ihnen nicht, dass er schwul war, und Marlon sagte ihm nie wieder, dass er sich umbringen sollte. Seine Eltern fragten ihn niemals danach und sie schienen auch in der Hinsicht keinen Verdacht zu haben. Was für einen Sinn hatte es auch, sie darüber in Kenntnis zu setzen? Sein Bruder verlor ebenfalls kein Wort über Leons Neigungen, aber das änderte seine Meinung über ihn trotzdem nicht.

Er sah es in den Augen seines Bruders, wann immer sie sich begegneten. Und er sah auch das Bedauern, dass sein Selbstmordversuch nicht erfolgreich gewesen war.

Sie sprachen nie wieder darüber, was an diesem Tag passiert war.

Aber die Narben blieben.

Die auf seiner Haut und die auf seinem Herzen. Zusammen mit dem Echo des Schmerzes, das er die meiste Zeit ganz gut tief in sich selbst versteckt halten konnte, doch jetzt brach es wieder aus ihm heraus.

Raphael starb vielleicht und es wäre alles nur seine Schuld, weil er, Leon, schwul war und ihn in diese ganze Sache reingezogen hatte.

Wenn er sich nicht in Raphael verliebt hätte, wäre das alles nicht passiert und er wäre nicht verletzt worden.

»Hey.« Die Stimme von Chris riss ihn aus seinen quälenden Überlegungen und er hob den Kopf, obwohl er kaum etwas durch den Tränenschleier sah. Er blinzelte und wischte sich das Gesicht ab.

Chris wirkte unschlüssig und erschöpft, aber er rang sich ein Lächeln ab. »Es ist nicht deine Schuld. Raphael wird ganz sicher wieder gesund, okay? Was passiert ist, war nicht dein Fehler.« Er rieb sich verlegen den Nacken, eine Geste, die ihn nur umso schmerzlicher an Raphael erinnerte. Sein Herz zog sich zusammen. »Ich möchte, dass du weisst, dass ich nicht sehr glücklich bin, wie alles gelaufen ist. Ich war wirklich ein Arschloch zu dir. Man erwartet als Vater nicht, dass der eigene Sohn ... sich in einen anderen Jungen verliebt. Aber Josh hat mir einiges erzählt und ich glaube, ich kann wohl irgendwie damit leben.« Er zuckte seufzend die Achseln und sah nicht sehr wohl dabei aus. »Hauptsache, Raphael ist glücklich. Und wenn er das mit dir ist ...« Chris musterte Leon einen langen Moment. »Dann ist es so.«

Leon starrte ihn sprachlos an und spürte gleichzeitig

Joshs Blicke, die zwischen ihm und Chris hin und hersprangen wie Pingpongbälle.

»Ist das Ihr ernst?« Leon betrachtete zögernd das übernächtigte Gesicht mit den dunklen Schatten unter den Augen, den ungepflegten Dreitagebart, der dringend rasiert werden musste und die tiefen Sorgenfalten, die das Gesicht des Mannes durchzogen.

»Ich werde das nicht wiederholen, okay? Ich habe gesagt, was ich sagen wollte. Macht, was immer ihr wollt, Hauptsache, du brichst ihm nicht das Herz.« Chris wand sich etwas und wanderte unruhig auf dem Gang auf und ab, während er Leon zweifelnde Blicke zuwarf.

»Ich würde ihm niemals wehtun. Niemals.« Leon zögerte, ehe er zufügte: »Er ist alles für mich. Ich liebe ihn.« Er wollte mehr sagen, aber er drehte blinzelnd das Gesicht weg, als er den Schmerz in Chris Augen sah. Raphaels Vater rang sich ein schiefes Lächeln ab. »Ich weiß. Das hörte ich von Josh schon zur Genüge.«

Plötzlich drang eine bekannte Stimme an Leons Ohren und er drehte den Kopf in Richtung Rezeption. Stella gestikulierte mit wilder, aufgeregter Miene mit einer der Schwestern, die jedoch nur genervt die Augen rollte und Richtung Leon zeigte. Er hob die Hand und Stella stürzte auf ihn zu. Zwischen all den weißen Kitteln wirkte ihr buntes Sommerkleid mit dem wehenden Rock wie eine Farbbombe. Wie ein Strauß Frühlingsblumen mitten in der Arktis. »Oh, gottseidank, Leon! Dir geht es gut. Und dir auch, Josh. Wie geht es Raphael?«

Sie kniete sich mit besorgter Miene vor die beiden Jungen, die nebeneinander auf den Stühlen hockten und ergriff ihre Hände wie selbstverständlich.

»Er wird noch immer operiert.« Josh sah müde und

blass aus und er hatte Todesangst. In dem übergroßen Kapuzenpulli, den er sich von Raphael »geborgt« hatte, wirkte er irgendwie verloren.

»Ich habe deine Eltern angerufen, sie sollten wissen, was los ist.« Stella blickte zu Leon, ehe sie Josh ein mitfühlendes Lächeln schenkte. Ihre braunen Augen sahen die beiden Jungen vor sich liebevoll an und Josh brach in Tränen aus. Die ganze Zeit war er tapfer gewesen, aber Stellas mütterliche Nähe war zuviel für ihn.

»Oh, Schätzchen!« Sie zog ihn sanft an sich, während sie sich neben ihn auf den freien Stuhl setzte. »Es wird alles wieder gut.« Sie gab leise, tröstende Laute von sich, während sie Josh fest umarmte.

Leon betrachtete die Szene einen Moment, ehe er wegsehen musste. Er konnte sich nicht erinnern, wann seine eigene Mutter ihn je in den Arm genommen hatte, aber für Josh musste es noch härter sein. Seine war ja einfach abgehauen.

Chris rieb sich verlegen den Nacken, während er Stella und Josh ansah. »Danke noch mal, dass Sie so gut auf meine Jungs aufgepasst haben, als sie bei Ihnen waren ...«, begann er dann zögernd zu der Haushälterin zu sprechen, die lediglich den Kopf schüttelte. Sie tätschelte Joshs Rücken und wuschelte ihm liebevoll durch das Haar, ehe sie Chris ein breites, ehrliches Lächeln schenkte. Leon bemerkte überrascht, dass sich Chris Ohren dabei leicht dunkler färbten.

»Oh, keine Ursache. Und bitte, ich heiße Stella. Ich hoffe, Raphael ist bald wieder auf den Beinen.«

In all dem Gefühlschaos sickerte erst jetzt durch Leons Bewusstsein, was Stella gesagt hatte.

Ich habe deine Eltern angerufen, sie sollten wissen, was los ist. Seine Eltern kamen her. Das bedeutete, dass sie alles erfahren würden.

Leon starrte Chris wortlos an, der sich ziemlich steif mit Stella zu unterhalten versuchte und dabei so unbeholfen wirkte, als hätte er noch nie mit einer Frau gesprochen. Aber Leon war vor Schreck wie gelähmt und die Worte, die in seinen Verstand sickerten, machten keinen Sinn. Das Gespräch hatte keine Logik. Sie redeten von Zitronenmuffins und von Italien und davon, was für tolle Kinder Chris hatte, während Raphael vielleicht nicht lebend aus dem Operationssaal kommen würde und während Leons Eltern auf dem Weg hierher waren.

Ein kleiner Teil seines Verstandes, der, der noch rational genug dafür war, versuchte, ihm klarzumachen, dass sie sich nur irgendwie ablenken und stützen wollten, um das alles irgendwie zu überstehen und nicht durchzudrehen, doch ein anderer Teil von ihm wurde ungeheuer wütend.

Leon wurde kaum je wütend. Er war meist zu traurig oder zu verängstigt, um in einen solchen Zustand zu geraten, aber jetzt konnte er fühlen, wie sich der ganze angestaute Zorn in seinem Magen ballte. Wenn man ihn gefragt hätte, was der Auslöser dafür war, hätte er es nicht genau benennen können.

Es war einfach alles.

Die Sinnlosigkeit, wegen der Raphael im Krankenhaus lag, die Ignoranz von Leons Eltern, die Kaltherzigkeit seines Bruders, die Dummheit und die Abgestumpftheit der Schläger, wegen denen sie schlussendlich hier gelandet waren, ja sogar, dass Stella einen besseren Mutterersatz abgab, als die leibliche Mutter von Josh und

Raphael, oder sogar seine eigene, je sein könnten, all das machte ihn wütend. Von dem Umstand, dass Leons und Raphaels Beziehung schlichtweg nicht ernst genommen wurde und als unnormal galt, gar nicht zu reden.

Dabei war ihre Liebe, wenn es nach ihm ging, dass Normalste, was es gab. Jemanden zusammenzuschlagen und beinahe zu töten, nur, weil er in jemanden verliebt war, DAS war für ihn abnormal.

Leons unsteter Blick suchte die Flure nach einem Arzt ab, der auf sie zukommen und ihnen sagen würde, dass alles gut werden würde. Aber die, die vorbeiliefen, sahen ihn nicht einmal an. Sie plauderten munter mit den Krankenschwestern oder Patienten, als wäre alles in bester Ordnung. Er hasste sie in diesem Moment dafür, dass sie so unbeschwert waren, während er Höllenqualen litt. Er sah Raphael vor sich im Schlamm liegen, bleich und kalt, das Messer in seinem Bauch. Das ganze Blut ... Was, wenn er ihn nie wieder ansehen würde? Nie wieder seinen Namen sagen, ihn umarmen würde? Es war unerträglich. Und es war seine Schuld.

»Leon!«

Die Stimme seiner Mutter riss ihn aus seinen Gedanken und er drehte den Kopf in ihre Richtung. Nicht, weil er es wirklich wollte, sondern eher aus Reflex. Sie hatten hier nichts verloren. Wieso nur hatte Stella sie angerufen?

Seine Mutter war perfekt zurechtgemacht wie immer. Sie trug heute allerdings ein elegantes Kleid aus schimmerndem Satin, dazu eine anmutige Hochsteckfrisur und obwohl sie noch so weit weg von ihm stand, konnte er ihr teures Parfüm riechen. Sein Vater war in einen perfekt sitzenden Maßanzug gekleidet, die Brille mit dem dunklen Gestell war modisch und genau so kalt und unpersönlich, wie der Blick, den er seinem Sohn zuwarf. Sein grau meliertes Haar war sorgfältig kurz geschnitten und der gepflegte Bart makellos zurechtgestutzt. Beide sahen aus, als hätte man sie direkt von einer Galaparty herbeordert und beide wirkten nicht sehr glücklich darüber.

Seine Eltern maßen Stella und Chris mit Blicken, ehe sie eingehend Josh musterten. Leon konnte sehen, wie seine Mutter das Gesicht beim Anblick der schlammverkrusteten Schuhe und Klamotten verzog.

»Warum sind wir hier? Ich dachte, es geht um Leon?« Sie sprach kühl zu Stella und wog dabei ihre Clutch in der Hand. Die kleine Damenhandtasche war so klein, dass kaum ein Smartphone hineinpasste, aber sie funkelte grell, dank den Strasssteinen, mit denen sie besetzt war.

Leon hätte sie ihr am liebsten ins Gesicht geschlagen.

»Leons Freund, Raphael, wurde angegriffen. So wie Chris, Raphaels Vater«, sie deutete auf ihn, als sie ihn erwähnte, und er hob knapp grüßend die Hand gen Leons Eltern, »es mir erklärt hat, glaubt er, dass Leon in Gefahr sein könnte.« Sie ließ das kurz wirken, während die Mienen von Leons Eltern simultan eisig wurden. Stella räusperte sich. »Raphael wollte Josh, seinen Bruder hier, und Ihren Sohn beschützen. Er wird gerade operiert.«

»Was hast du schon wieder angestellt?« Sein Vater verzog unwirsch das Gesicht und seine Stimme klang hölzern, als er Leon regelrecht anbellte. »Was soll das alles, und wer ist überhaupt dieser Raphael? Ein Schulfreund oder was? Und wieso haben wir von ihm noch nie gehört?« Er schnaubte und sein Gesicht wurde ablehnend. »Ich weiß nicht, was wir hier sollen. Wenn irgendein »Freund« von Leon sich zusammenschlagen lässt, ist das nicht unser Problem. Ich habe wichtigere Dinge, um die ich mich kümmern muss.« Er wollte sich bereits abwenden, während Leons Mutter den Mund aufklappte, um etwas zu sagen, aber Leon kam ihr zuvor.

Leon sprang auf. Es war genug, mehr als genug.

»Wie kannst du es wagen, so über ihn zu reden?!«, brüllte er wütend. Er spürte Chris Hand an seiner Schulter, doch er hielt ihn nicht auf. »Raphael ist nicht irgendjemand für mich, er ist alles für mich und ich liebe ihn! Also sprich nie wieder so abfällig, als wäre er nur irgendwer, denn das ist er nicht!«

Patienten, die an ihnen vorbeiliefen, blieben stehen und glotzten und ein paar Krankenschwestern warfen besorgte Blicke in ihre Richtung. Chris Hand drückte seine Schulter sanft.

»Ganz ruhig, Leon«, raunte er ihm beruhigend zu, zumindest hoffte er das. Er warf Leons Eltern abfällige Blicke zu. Josh hatte ihm nicht viel über sie erzählen können, aber das, was sie hier gerade abzogen, machte sie ihm nicht sonderlich sympathisch.

Leons Vater drehte sich wieder zu ihm herum. Langsam, lauernd beinahe. »Wie bitte? Was war das? Du »liebst« diesen Raphael?« Er senkte den Kopf und betrachtete seinen Sohn über den Rand seiner Brille hinweg, wie er zitternd und wütend dastand. Er blinzelte leicht, als bemerkte er erst jetzt Chris. Er beäugte ihn von oben bis unten. Seine Kleider waren genau so verdreckt wie die seines Sohnes und die von Leon. Als hätten sie alle sich zusammen im Schlamm gewälzt.

»Richard ...« Seine Frau wollte ihm eine Hand auf den Arm legen, aber er schlug sie fort.

»Soll das heißen, du bist schwul?« Er zog beide Brauen

hoch, als er Leon einen eisigen Blick zuwarf. Er ließ ihm keine Zeit zum Antworten. »Und Sie«, wandte er sich an Raphaels Vater, »Sie unterstützen ihren eigenen Sohn auch noch dabei, es mit einem anderen Jungen zu machen? Was sind sie bloß für ein Vater?« Er schüttelte den Kopf. »Oder hat Ihr Sohn meinen da mit reingezogen? Das ist ja widerlich! Was für Perverse sind sie denn eigentlich?«

Chris knurrte warnend und sein Griff an Leons Schulter wurde unabsichtlich fester.

»Jetzt hören Sie mal gut zu, sie aufgeblasener-«, begann er, doch Leon fuhr dazwischen und seine Stimme überschlug sich, als er seinen Eltern zuschrie:

»Wenn Schwulsein bedeutet, dass ich nicht mehr atmen kann, wenn er nicht in meiner Nähe ist ... Wenn es bedeutet, dass ich ihn jede einzelne Sekunde vermisse und mein Körper schmerzt, weil ich ihn nicht berühren kann ... Wenn es bedeutet, dass mein Herz schneller klopft, wenn er mich ansieht und mein Magen wie verrückt kribbelt, wenn er lächelt, wenn es bedeutet, dass ich ohne ihn nicht mehr leben will, weil er das Einzige ist, das ich brauche ... Ja, dann bin ich schwul! Ich bin der gottverdammt schwulste Kerl auf der ganzen verschissenen Welt! Und du kannst nichts dagegen tun. Und wenn du mein ganzes Blut austauschen- oder mir das Herz rausreißen würdest ... Es würde absolut nichts daran ändern, dass ich Raphael liebe!«

Leon zitterte vor Wut und dem ganzen Adrenalin, doch er starrte seine Eltern herausfordernd an, die beide ihrerseits sprachlos zurück starrten. Zu schockiert, um etwas dazu zu sagen. Seine Mutter war blasser unter ihrem perfekten Make-up geworden, während sich das

Gesicht seines Vaters zunehmend rötete.

»Wie kannst du es wagen, so etwas zu sagen? Du bist mein Sohn, und du bist auf keinen Fall schwul! Ich verbiete es dir! Schluss mit dem Theater! Ich werde dich auf ein Internat stecken, damit du das letzte Schuljahr noch einmal wiederholst, und danach wirst du eine Universität im Ausland besuchen.« Richard atmete schwer und seine Blicke wollten Leon schier durchbohren. »Diese lächerliche Phase endet sofort und du reißt dich gefälligst zusammen!« Er schlug die Hand seiner Frau erneut fort, die ihn beruhigen wollte. Sein wilder Blick traf Stella, die ihn gleichmütig erwiderte. »Und Sie, sie nutzlose Kuh, Sie sind gefeuert! Wie können Sie zulassen, dass unser Sohn derartige Kontakte pflegt und derartig widernatürlichen Umgang hat?!«

Leon lachte keuchend und Stella lächelte lediglich süffisant. »Ich bin nicht der liebe Gott, der seine Augen überall hat. Und im Gegensatz zu Ihnen beiden ist die Beziehung von Raphael und Leon voller Liebe und gegenseitigem Respekt. Sie sorgen füreinander und kümmern sich um sich. Sie sollten sich ein Beispiel daran nehmen.« Sie räusperte sich. »Und dass ich gefeuert bin, ist eine echte Erleichterung.«

Leons Eltern starrten die Haushälterin sprachlos an, ehe Richard das Wort ergriff. Er deutete mit dem Finger auf seinen Sohn. »Du bist enterbt, das solltest du wissen. Du brauchst gar nicht mehr nach Hause kommen. Du glaubst wohl, ich lasse mir meinen Ruf kaputtmachen, weil du gerade irgendwelche perversen Fantasien hast, aber so nicht! Wenn du es nicht anders willst, dann eben so. Du bist nicht mehr mein Sohn.«

Leon schwieg dazu, sprachlos vor Enttäuschung und

obwohl er so etwas schon hatte kommen sehen, tat es trotzdem weh.

»Wow, Sie beide sind schon hart lächerlich.« Chris schnaubte abfällig und drückte Leons Schulter, ehe er sich neben ihn stellte. »Was Sie da für eine Scheiße reden, habe ich ja noch nie gehört. Was für beschissene Eltern sind Sie eigentlich?« Er stemmte die Hände in die Hüften und Leon warf ihm einen erstaunten Seitenblick zu. Josh verbiss sich ein Grinsen, wohingegen Stella lediglich zwischen beiden Parteien hin und herschaute.

»Wie bitte?« Richard runzelte erbost die Stirn. »Was erlauben Sie sich da bloß? Ihr Sohn ist doch auch schwul!«

»Ums Schwulsein geht`s hier aber nicht, Sie blöder, aufgeblasener Affe!«, fauchte Chris wütend. »Es geht darum, wie Sie Ihren eigenen Sohn wie ein Stück Dreck behandeln, anstatt ihn zu lieben und zu unterstützen, wie es die Pflicht eines Elternteils eben ist! Sie enterben ihn, weil er sich in einen Jungen verliebt hat?« Er schüttelte ungläubig den Kopf. »Ist das Ihr Ernst?«

»Was geht Sie das denn an?!« Leons Mutter keifte dazwischen und erntete einen bösen Blick ihres Mannes. »Er ist unser Sohn und wir erziehen ihn ausgezeichnet! Er bekommt alles, was er will!«

»Außer Liebe, Akzeptanz, Verständnis und Unterstützung, was?«, konterte Chris schlagfertig, was ein empörtes Schnalzen von Maxima zur Folge hatte. Sie presste ihre Clutch an sich. »Sie und Ihre Brut haben doch gar keine Ahnung, wie viel Geld und Energie wir in die Erziehung stecken! Der da«, fauchte sie, wobei sie auf Josh zeigte, »sieht ja schon aus, wie ein zukünftiger Sozialhilfeempfänger oder ein Drogendealer!«

Josh zog bei diesen Anschuldigungen beide Brauen

hoch. »Okay? Zufällig habe ich ziemlich gute Noten und mal ganz nebenbei: Was eine Person kann oder nicht, sieht man ihr nicht an. Aber Glückwunsch zur totalen Oberflächlichkeit. Es muss ganz schön bitter sein, wenn man so abgefuckt ist und die Leute nur nach dem Aussehen beurteilt.«

»Außer in Physik«, warf sein Dad ein, was Josh mit einem Augenrollen quittierte. »Mein Gott, Physik ist ja auch beschissen!«

Chris räusperte sich. Er maß die beiden Herrschaften vor sich mit einem langen Blick, schwieg jedoch einen Moment, als Maxima erneut das Wort ergriff: »Ich denke, wir sind hier fertig. Leon, du solltest dir gut überlegen, ob du dein Leben wegwerfen und dich vollkommen lächerlich machen willst. Schwule sind abnormal und widerlich, du kannst deine Entscheidung noch rückgängig machen, solange es noch nicht bekannt ist. Sei klug.« Sie sah ihn eindringlich an. »Wir haben viel Geld in deine Ausbildung investiert und eine Eliteuniversität wartet auf dich. Sei nicht dumm. Wirf deine Zukunft nicht für irgendeinen kranken, perversen Jungen weg, dessen verdrehter Vater ihm alles durchgehen lässt.« Sie bedachte Chris bei ihren letzten Worten mit einem hochmütigen Blick.

Chris seinerseits grinste schief. »Ich fasse das mal als Kompliment auf, denn das, was Sie da reden, kann ich absolut nicht ernst nehmen. Kinder sind keine leblosen Roboter, die man programmieren kann, wie es einem passt, sondern denkende, fühlende Wesen, für die wir als Eltern verantwortlich sind. Und meine Aufgabe als Vater ist es, sicherzustellen, dass es ihnen an nichts mangelt und sie zu glücklichen, gesunden Erwachsenen werden, die sich vernünftig benehmen können und ihr Leben so leben können, wie sie es sich wünschen. Und da spielen meine persönlichen Wünsche für sie nur eine untergeordnete Rolle.« Er blickte in die abweisenden Gesichter der beiden, die offensichtlich taub für seine Worte waren. »Leon ist ein tapferer Bursche. Er ist ganz alleine durch die Dunkelheit bei dem Gewitter gerannt, um zu Raphael zu kommen, obwohl er sich halb zu Tode gefürchtet hat. Aber er hat es geschafft. Und wenn er mein Sohn wäre, könnte ich nicht stolzer auf ihn sein.«

Leon warf Chris einen ungläubigen Blick zu. Noch nie hatte jemand etwas so Anerkennendes über ihn gesagt und er schlang nervös die Arme um sich, als er spürte, wie sich sein Magen zusammenzog. Tränen stiegen ihm in die Augen, aber er blinzelte sie fort.

»Pah.« Maxima schnaubte abfällig und schüttelte den Kopf. »Wissen Sie was, wenn Sie ihn so in Schutz nehmen und sich so aufspielen müssen, dann behalten Sie ihn doch einfach. Wie ich sehe, will mein »schwuler Sohn« seine Meinung ja nicht ändern, also bitte.«

Eine Krankenschwester, noch jung und mit einer zierlichen Figur, die nicht recht zu dem energischen Gesichtsausdruck passen mochte, mit dem sie näher trat, räusperte sich: »Verzeihung, aber das hier ist ein Krankenhaus. Ich muss Sie alle bitten, ihren Streit entweder beizulegen oder ihn nach draußen zu verlagern. Unsere Patienten brauchen Ruhe.«

Sie lächelte höflich, während sie Leons Eltern eindringlich und mit auffordernder Geste ansah. »So eine Frechheit«, echauffierte sich Maxima, während sie ging. Ihr Mann folgte, ohne Leon noch einmal anzusehen.

Schweigend sahen sie den beiden nach und Chris

drehte sich mit einem mitfühlenden Blick zu Leon um. »Geht es dir gut? Das war ziemlich ... hart.«

Die Krankenschwester verschwand wieder und Leon starrte einen Moment ins Leere. »Nein, geht es nicht. Ich habe jetzt gar keine Familie mehr.« Seine Stimme klang so stumpf und leblos, wie er sich fühlte. Seine Eltern hatten ihn gerade verstoßen, wenn er das richtig verstanden hatte. Zur Adoption freigegeben, wie einen Hund, den man an der Autobahnraststätte anbindet, weil er einem lästig geworden ist und man seinen Urlaub in Ruhe genießen will. Ohne lästige Verpflichtungen. Er atmete zitternd durch. Josh und Stella standen auf und traten mit besorgten Blicken zu ihm hin.

»Familie ist nicht immer das, was einen durch Blut allein verbindet« Stellas sanfte Stimme klang tröstend und warm und ebenso war auch der Blick, den sie Leon schenkte. »Du bist nicht allein.«

Chris lächelte ihr zu, ehe er sich wieder an Leon wandte, der zögernd zu ihm sah. »Da hat sie recht. Ich bin vielleicht manchmal ein ziemlich ruppiger Kerl, aber ich würde nie eines meiner Kinder einfach im Stich lassen. Und ich bin sicher, Raphael würde dich niemals im Stich lassen.« Er klopft ihm etwas unbeholfen auf die Schulter. »Wir kriegen das alles schon wieder hin.«

Josh nickte ihm aufmunternd zu. »Raphael kommt bestimmt bald aus dem OP und er wird auf alle Fälle wieder gesund. Und dann kriegen wir die Typen, die ihm das angetan haben.« Er fasste Leons Hand und drückte sie zögernd. »Es wird alles gut.«

Leon erwiderte den Druck der Hand und versuchte, nicht zusammenzubrechen. Er schluckte und nickte nur.

18

Die Stimmung im Raum war regelrecht unnatürlich. Anspannung, Fassungslosigkeit, Abscheu und Wut vereinten sich zu einer Mischung, die jederzeit explodieren konnte. Man schmeckte die Bitterkeit dieser belastenden, unsichtbaren Mixtur regelrecht auf der Zunge, während die Aufnahmen des Smartphones zum wiederholten Male abgespielt wurden.

Die Polizeibeamten saßen stumm beieinander und abgesehen von den Stimmen, die aus dem kleinen Lautsprecher des Handys drangen, sprach niemand.

»Töte ihn doch endlich!« Die Stimme eines der Elftklässler drang schrill und verzerrt an die Ohren der Polizisten. Er klang aufgeregt, geradezu blutgierig.

»Der Bastard hat es doch nicht anders verdient! Komm schon, eine Schwuchtel weniger auf der Welt!« Das Bild zitterte und schwenkte herum, während die Kamera heranzoomte und vor allem die Gesichter ins Visier nahm. Die Täter, die ihrem Opfer zahlenmäßig weit überlegen waren, kamen zumeist aus gutem Hause und waren den Polizeibeamten nicht unbekannt. Dass erschrockene

Aufkeuchen seiner Kollegen und Kolleginnen ließ ihn die Kiefer zusammen pressen, als sie bekannte Gesichter ausmachten. Söhne von Freunden oder Bekannten. Unauffällige Jugendliche, die gerade ihren Abschluss machten oder die sich auf das Abitur vorbereiteten. Nette Jungen, wie ihre Eltern versichern würden. Die würden doch so etwas niemals machen. Und doch taten sie, was sie eben taten, die Aufnahmen bewiesen es. Rickers selbst erschrak innerlich über die Worte, die diese Jungs benutzten, weil sie genau nach dem klangen, was er aus seinem Umfeld ab und an zu hören bekam, wenn zu viel Bier geflossen war und das Thema auf Homosexuelle kam. Er teilte ihre Meinung nicht, aber alteingesessenen Leuten diesen unsäglichen und sinnlosen Hass auszureden war nahezu unmöglich. Nur, dass sie ihn auch auf ihre Kinder übertrugen, das war ihm bislang nicht klar gewesen. Dabei war es nur eine logische Konsequenz.

Ihm wurde ganz kalt vor Grauen und Fassungslosigkeit.

»Schlitz`ihn endlich auf, oder ich mache es selbst!« Melanies Stimme glich einem hohlen Kreischen, wie das eines Raubvogels und nicht wie von einem sechzehnjährigen Mädchen, als sie die anderen dazu anstachelte, das Opfer zu töten. Der Junge, den sie malträtierten, lag bereits reglos im Schlamm und es war schwer zu sagen, ob er noch lebte oder nicht. Es schien allerdings so, denn sonst wären sie alle nicht so erpicht darauf, es zu ändern.

Das Ausmaß der Gewaltbereitschaft und das sorglose in Kaufnehmen eines gemeinschaftlichen Mordes verursachte den Anwesenden Übelkeit.

Man konnte schon schwer ertragen, minutenlang dabei zuzusehen, wie der Junge verprügelt wurde, aber als dann einer von ihnen das Messer erhob und zustach, wandte der leitende Ermittler den Blick ab. Er hatte das schon viel zu oft an diesem Tag gesehen und leider war die Qualität des Videos trotz zitternden Händen des Filmers ausgezeichnet, was es nicht besser machte. Jedenfalls nicht, was ihn selbst als Menschen betraf. Der Polizeibeamte seufzte und die Aufnahme endete damit, dass die Täter flüchteten, während sie lachten und wüste Beschimpfungen gen des Opfers ausstießen. Einige der Täter hatten ihrerseits ihre Smartphones gezückt und das Ganze gefilmt. Die Chancen standen gut, dass sie dumm genug waren, das Material bald auf irgendeiner Onlineplattform hochzuladen.

Das Display wurde schwarz und verbarg wieder das Grauen, das sich auf gut dreißig Minuten erstreckte. Die Übertragung auf den großen Flachbildschirm endete somit und hinterließ nur Stille. Das Ganze hatte dreißig Minuten gedauert.

Dreißig Minuten Todesangst und Schmerz. Dreißig Minuten voller Beleidigungen, Demütigungen und absoluter Hilflosigkeit.

Auch ohne im Krankenhaus angerufen zu haben, wusste Hauptmann Rickers, dass die Überlebenschancen des Jungen ziemlich gering waren. Um nicht zu sagen: Er glaubte nicht, dass der Kleine das überlebt hatte, aber er musste es hoffen. Er wollte nicht der Überbringer einer Todesnachricht an diesem Tag sein. Oder an jedem anderen Tag. Vor allem nicht, wenn es um Kinder ging.

Er schob das Smartphone ein Stück von sich und lenkte den Blick zu dem bleichen Jungen, dessen Gesichtsfarbe ziemlich krank wirkte. Ein weiterer Beamter schaltete das Licht wieder ein und in der kalten Helligkeit der Neonröhren sahen die anderen auch nicht besser aus.

Sie hatten schon oft Gewalt gesehen. Sie waren schließlich gestandene Polizeibeamte, viele davon seit vielen Jahren im Dienst. Aber so etwas hatten sie noch nicht gesehen.

»Du sagst also, du kannst sie alle einwandfrei identifizieren, ja?«

»Ja.«

»Du weisst, dass du dich damit selbst in eine schwierige Lage bringst, nicht wahr? Ich will dir nichts vormachen, es wird wirklich hart werden.« Rickers zögerte kurz, weil der Bursche aussah, als ob er jeden Moment auf den Tisch kotzen würde. »Aber mit deiner Aussage können wir die Täter bestrafen und diesem Jungen Gerechtigkeit widerfahren lassen und du könntest einen kleinen Teil deiner Mitschuld wieder gutmachen.«

Niklas nickte hastig und abgehakt, wie eine Spielzeugpuppe, deren Mechanik nicht mehr richtig funktionierte. Er stand unter Schock, das war ihm anzusehen. »Ich muss unbedingt meine Aussage machen. Ich bin schließlich Schuld ...« Er schluckte und brach in heiseres Schluchzen und Weinen aus. Eine Beamtin holte ihm ein Glas Wasser und rief den Psychologen an, den man für solche Fälle brauchte.

»Sie haben ihn doch nicht getötet, oder?« Niklas Augen wirkten riesig und voller Angst, während er das ihm hingestellte Glas mit beiden Händen umklammerte. Er war völlig durchnässt vom Regen und mit Schlamm verdreckt. Auf dem Weg zur Wache war er mehrfach gestürzt. Anfangs hatte er so stark gestottert, dass ihn niemand verstanden hatte und es brauchte eine Zeit, bis man ihn halbwegs beruhigt hatte. Das Smartphone hatte er umklammert wie den Heiligen Gral, und ausgesehen hatte er dabei, als sei der Teufel hinter ihm her. Er hatte es Rickers förmlich aufgedrängt, als er herausgefunden hatte, dass er der ranghöchste Beamte war.

»Bitte nehmen Sie das, Sie müssen sich das unbedingt ansehen, bitte!«, hatte der Junge gestottert. »Es ist etwas Furchtbares passiert, bitte nehmen Sie das, schnell!«

Rickers hatte zu dem Zeitpunkt noch nicht gewusst, wie schlimm die Aufnahmen waren, aber er hatte das Smartphone entgegengenommen und nun lag sein Blick auf dem Gesicht des Jungen vor ihm. Der Kleine starrte zurück und zuckte bei jedem Geräusch und jeder Bewegung zusammen.

Rickers seufzte schwer. Einer seiner Kollegen rief gerade im Krankenhaus an. Jemand mit solchen Verletzungen wäre vermutlich leicht zu finden.

»Hast du einen Krankenwagen gerufen, bevor du hergekommen bist?«

Niklas schluckte. »Sie sagten, es sei schon einer unterwegs.«

Rickers schwieg nachdenklich. »Verstehe.« Er erhob sich und gab seinen Kollegen weitere Anweisungen, ehe er seinen Hut nahm und seinen Mantel anzog.

»Ich hoffe für dich und deine Schwester und die anderen, dass der Kleine noch lebt.« Er nickte einer Beamtin zu und sie zog einen Stuhl neben Niklas, der noch bleicher wurde. Sie schob ihm die nötigen Papiere zu, damit er seine Aussage machen konnte.

Sie war noch recht jung und hatte ein freundliches, einnehmendes Wesen, was bei dieser ganzen Sache hoffentlich nützlich war und Niklas behilflich sein würde, wenn er sich an all die Details erinnern musste. Hoffentlich machte er keinen Rückzieher.

Der Beamte kam vom Telefonieren zurück und seine Miene verhieß nichts sonderlich Erbauliches.

»Er ist noch im OP, aber seine Familie ist da.« Er griff ebenfalls nach seinen Sachen und zog sich an. »Verdammte Schande, dass die Kids heutzutage so ausrasten. Dabei hatte er ihnen nichts getan.«

Rickers murrte zustimmend und drückte die Tür nach draußen auf. Es goss wie aus Eimern und der Himmel war beinahe pechschwarz.

»Wer Wind sät, wird Sturm ernten.« Sein Blick glitt kurz über den Himmel, ehe er anfügte: »Von allein kommt kein Mensch darauf, einen anderen zu hassen. Jemand muss die Leute immer erst auf die Idee dazu bringen.«

Sein Kollege brummte zustimmend und zusammen machten sie sich auf den Weg zum Krankenhaus.

Stirb nicht, betete Rickers innerlich. Die Folgen, die das hätte, wären gar nicht absehbar. Es war so schon schlimm genug, auch ohne einen Toten, der wegen Schwulenhassern sterben musste. Niemand hatte das verdient. Nicht wegen so etwas.

»Verfluchte Scheiße«, murrte er leise zu sich selbst, als sie das Auto auf die Straße lenkten. »Manchmal hasse ich meinen Job wirklich.«

◆◆◆

Alles roch nach ihm.

Leon drückte das Gesicht in die Bettwäsche, in der Raphael noch vor kurzem geschlafen hatte. Der Duft seines Parfüms und der seiner Haut hafteten an dem Stoff. Er atmete ihn tief ein, während er innerlich vor Schmerzen kaum wusste, wohin mit sich.

Seit sie das Krankenhaus verlassen hatten, fühlte er sich wie ausgehöhlt. Er war die ganze Zeit angespannt und in Panik. Die Angst, dass sie morgen Früh zurückkämen und Raphael wäre in der Zeit verstorben, machte ihn wahnsinnig. Zeitgleich fühlte er sich wie ein Verräter. Als ob er ihn im Stich gelassen hätte.

Alles Betteln hatte nichts gebracht. Die Schwestern erlaubten ihm nicht, bei ihm zu bleiben. Er brauchte jetzt vor allem viel Ruhe und war ohnehin unter so starken Schmerz-und Beruhigungsmitteln, dass er sowieso nicht ansprechbar war. Er brauchte Schlaf, sagten sie.

Dass er überhaupt noch lebte, war ein einziges Wunder. Leon war vor Erleichterung zusammengebrochen, als endlich einer der Ärzte zu ihnen kam, Erschöpfung im Gesicht und einen müden Ausdruck in den Augen. Schon hatte er das Schlimmste befürchtet, aber dann kam die Erlösung. »Die Operation ist gut verlaufen und er ist wirklich ein bemerkenswert zäher Bursche. Er wird es überleben.«

Diese Worte fühlten sich unbeschreiblich an. Es war, als wäre eine tonnenschwere Last von ihm genommen und er könnte wieder atmen, und dennoch ... Die bange Angst, dass vielleicht doch nicht alles gut ging, blieb.

Er würde erst wieder vollkommen beruhigt sein, wenn er sah, dass es Raphael besserging. Er hatte einfach zu viel Angst davor, dass noch etwas schief gehen könnte.

Er schloss gequält die Augen und versuchte die aufsteigende Panik niederzukämpfen, die sein Herz rasen ließ. Sie hatten ihn nur ganz kurz sehen dürfen. All die Verbände und die Schläuche zu sehen war ein Schock gewesen. Aber am schlimmsten war seine absolute Reglosigkeit. Was, wenn er traumatisiert war oder Leon die Schuld gab? Nicht, dass er sie nicht verdient hätte, aber vielleicht wollte er ihn jetzt nicht mehr.

Und er hätte sicher recht damit. Er war nicht da gewesen, um ihm zu helfen. Er hatte nicht einmal gewusst, dass Raphael und Josh in Gefahr gewesen waren, dabei hätte vor allem er das doch am besten wissen müssen. Er hätte es kommen sehen sollen. Es kommen sehen müssen.

Die Polizisten, die kurz danach aufgetaucht waren, als sie gerade gehen wollten, hatten ihm ein ungutes Gefühl beschert, obwohl beide sehr nett waren. Der ältere hatte sich als Rickers vorgestellt und war laut ihm selbst der Chef der Polizei. Er hatte eine ganze Weile mit Josh und ihm gesprochen und sich einen Haufen Notizen gemacht. Sie würden noch einmal auf das Polizeirevier kommen müssen, um eine Aussage zu machen. Es gab anscheinend wohl Hinweise auf die Täter, obwohl Leon sich denken konnte, wer hinter all dem steckte.

Tränen rannen aus seinen Augenwinkeln und er drückte das Gesicht in das Kopfkissen. Es klopfte an der Tür von Raphaels Zimmer und er zuckte zusammen, ehe er die verräterischen Spuren mit den Händen wegwischte.

»Ja?«

Chris Gesicht schob sich zögernd durch den Türspalt. Er wirkte ein wenig betreten. »Hey. Ist alles okay?«

Leon schluckte und schämte sich augenblicklich. Dass

er hier sein durfte, war schon ein Privileg. Er sollte sich lieber zusammen reißen und versuchen, sich nicht wie ein Idiot zu benehmen. Auch für Josh und Chris war alles nicht so einfach. Unten hörte er Stella leise singen und er lächelte schief. Sie war mitgekommen, ohne zu fragen, und niemand hatte etwas dagegen gehabt.

Ihr Optimismus und ihre Warmherzigkeit taten sowohl Josh als auch Chris gut. Vermutlich zauberte sie gerade wieder irgendetwas in der Küche.

»Essen und Trinken hält Leib und Seele zusammen und eine gute Mahlzeit hat noch jede Stimmung wieder gehoben!«, hatte sie energisch behauptet. Chris konnte nur verdutzt schauen, wie flink sie den Herd für sich beansprucht hatte. »Raphael wird wieder gesund und bis es soweit ist, stelle ich sicher, dass hier niemand verhungert. Ich bin jetzt sowieso arbeitslos.« Sie verkündete das derart fröhlich, als wäre das sozusagen das Beste, was ihr hätte passieren können.

»Ich weiß es nicht«, gestand Leon dann leise. »Ich bin so froh, dass die OP gut gelaufen ist, aber ich habe einfach Angst, dass doch noch etwas passiert.« Er richtete sich auf und setzte sich an den Rand des Bettes, wo er unsicher hocken blieb. Chris nickte zögernd und trat dann ein. Die Tür ließ er einen Spalt offen.

»Wir beide hatten keinen guten Start. Es tut mir leid, wie ich mich benommen habe.«

Leon zuckte leicht die Achseln. »Ich bin ... so etwas gewohnt, würde ich sagen. Meine Familie ist nicht sehr umgänglich.« Chris ließ sich seufzend neben ihm auf dem Bett nieder, wobei er darauf achtete, ihn nicht zu berühren. »Hab ich gesehen.« Er zog eine Braue hoch. »Ich hoffe, du nimmst mir das nicht übel.«

Leon warf ihm einen schrägen Blick zu. »Nein. Ich denke nicht.«

»Gut.« Chris wirkte ein wenig erleichtert. »Du liebst ihn wirklich, oder?«

Die Frage hatte kommen müssen. Leon nickte ernst und blickte ihm dabei fest in die Augen. »Ja.«

Sie sahen sich einen Moment schweigend an, ehe Chris seufzend nickte. »Das ist gut.« Er lächelte schief. »Halbherzigkeiten würde ich auch nicht dulden.«

Leon musste unwillkürlich schmunzeln. »Das hätte Raphael auch nicht verdient. Er verdient alles.«

Der Regen trommelte leise gegen die Scheibe und lediglich die kleine Lampe auf dem Boden, die dort in Ermangelung eines Nachtschranks platziert war, spendete schwächliches Licht.

»Glaubst du, er ist sauer auf mich?« Leon starrte betreten auf seine nackten Füße. Er hatte geduscht und sich umgezogen, nachdem Stella sie alle naserümpfend für den ganzen Dreck getadelt hatte, den sie mit ins Haus schleppten.

»Ihr macht eine große Sauerei, ihr alle! Seht euch nur den Boden an! Ab unter die Dusche, aber etwas plötzlich!« Sie hatte zuerst Josh, dann Chris und zum Schluss Leon ins Bad gescheucht. Er trug jetzt einen violetten Kapuzenpulli von Raphael, der ihm einfach mal drei Nummern zu groß war und ihm weit über die Knie ging, so ausgeleiert war das Teil. Dazu eine locker sitzende Jogginghose, die er beim Gehen festhielt, damit sie nicht rutschte. Morgen würden er und Chris zu ihm nach Hause fahren, und ein bisschen Zeug holen. Schlafen durfte er erstmal hier. Chris wollte nicht, dass Leon ganz allein in seinem arktischen Zuhause hockte. Nicht nach dem, was seine Eltern heute im Krankenhaus abgezogen hatten.

Chris blinzelte fragend. »Sauer? Auf dich? Wieso das?«

Leon nagte unschlüssig auf seiner Unterlippe. »Weil ... ich doch irgendwie Schuld an allem bin. Ich habe ihn erst in Gefahr gebracht. Wenn ich nicht gewesen wäre ...«

Chris murrte leise. »So ein Quatsch. Es ist nicht deine Schuld. Also hör auf, so etwas zu denken. Mein Junge ist sicher nicht sauer auf dich, wenn er noch bei klarem Verstand ist. Er hat das alles schließlich gemacht, um dich und Josh zu beschützen.«

Leon seufzte traurig und nestelte an den viel zu weiten Ärmeln. »Es tut mir alles so leid.«

Chris betrachtete schweigend die Bücherregale, auf denen der ganze Krimskrams seiner Frau angesammelt stand und lag. Wie Reliquien oder so. Sie sollten verschwinden. Mit Unbehagen spürte er die toten Blicke der ausgestopften Eule auf sich, die seine Exfrau ihm aus Kanada oder sonst woher geschickt hatte.

Er wusste, wie sehr Raphael und Josh das Zeug hassten und im Keller stapelte sich noch mehr. Vielleicht war es für sie alle Zeit, neu anzufangen.

»Ich glaube nicht, dass Raphael irgendwas leidtut, also sollte es dir ebenfalls nicht leidtun. Menschen tun bescheuerte Dinge. Das ist einfach so.« Er lächelte ihm matt zu. »Er wird gesund werden. Und du kannst hierbleiben, solange du willst. Josh hat eine ziemlich hohe Meinung von dir, weißt du? Stella ebenfalls. Und ich sehe auch, wieso. Raphael würde nicht alles für jemanden riskieren, der es nicht wert ist.« Er lächelte etwas mehr, als er Leons überraschtes Gesicht sah. »Er ist schließlich mein Sohn. Er hat einen guten Geschmack. Und er ist unglaublich stur und eigensinnig. Das müssen die irischen Wurzeln sein.«

Leon wischte sich eilig mit dem Ärmel über die Augen. Sein Kopf musste kaputt sein, denn das ganze Wasser hörte einfach nicht auf zu laufen. Er schniefte leise und Chris schwieg. Es gab nichts dazu zu sagen.

»Er hat irische Wurzeln?« Leon legte fragend den Kopf schief, nachdem er sich wieder gefangen hatte. »Das ist cool.«

Chris nickte und man konnte förmlich sehen, wie er sich stolz ein wenig streckte. »Daher kommt auch dieses hitzige Temperament. Das hat er von mir.« Er grinste breit und Leon musste lächeln. Ja, ganz der Papa, da konnte jemand seine Herkunft definitiv nicht abstreiten.

»Ist er deswegen aus dem Boxverein geflogen?«

Chris schnaubte leise. »Ach, das. Ja, im Prinzip vermutlich schon. Er ist unglücklicherweise nicht sonderlich folgsam. Autoritäten anzuerkennen ist nicht ganz so sein Ding. Er hat sich öfter mit dem Boxlehrer in der Wolle gehabt, als wirklich effektiv zu trainieren. Und mit den anderen Leuten da kam er auch nicht gut zurecht. Er eckt überall an.« Er dachte kurz nach, ehe er meinte: »Eigentlich kommt er total nach mir, wenn ich es recht bedenke. Ich war früher ein begeisterter Fußballer. Nun ja. Aber wenn man schnell aus der Fassung gerät und zugegebenermaßen ein wenig streitsüchtig veranlagt ist ...« Er beendete den Satz nicht, Leon verstand auch so.

»Klingt ganz nach ihm, ja.«

Chris schwieg einen Moment, ehe er meinte: »Darum ist es irgendwie komisch, dass er sich in dich verliebt hat. Du bist so ruhig und nett.« Er lachte auf und Leon wurde ein wenig rot. »Ah, ja?«

»Ja. Ich dachte immer, er bringt irgendeine tätowierte und gepiercte Rockerbraut mit nach Hause, die jedem auf die Schnauze haut, der sie schief ansieht.« Raphaels Vater schmunzelte und schüttelte den Kopf. »Aber vielleicht ist es gut, dass es nicht so ist. Ich denke, er ist ziemlich glücklich mit dir. Es ist komisch das zu sagen. Ich glaube, so richtig glücklich habe ich ihn noch nie gesehen.«

Leon hörte ihm schweigend zu und lächelte dann vorsichtig. »Er ist das Beste, was mir je passiert ist. Ich möchte ihn immer glücklich machen. Egal, was passiert.«

Chris musterte Leons Gesicht lange und ernst. »Das hoffe ich. Ich hoffe, ihr beide gebt euch alle Mühe, die ihr könnt, um euch verdammt glücklich zu machen. Ich will nicht, dass mein Junge irgendwas bereut, okay? Du bist für ihn verantwortlich.«

Leon nickte ein wenig eingeschüchtert, aber zugleich fühlte er sich merkwürdig wohl bei dem Gedanken an das Vertrauen, das Chris in ihn setzte.

»Ich werde mein Bestes geben.«

»Gut.« Chris nickte langsam und seufzte dann erneut tief. Es musste schwer für ihn sein, ging es Leon durch den Kopf. Umso Bewundernswerter, dass er so gut damit umging. Er verdrängte die Gedanken an seine eigenen Eltern, die alles andere als gut damit umgegangen waren.

»Hör mal«, begann Chris dann dumpf, während er auf das Bücherregal starrte, »diese Narben ... woher sind die?«

Leon erstarrte und musterte das Profil des Mannes neben sich. Er hatte die Narben also gesehen? Dabei fielen sie wirklich kaum auf. Er blickte zögernd auf die bleiche Haut, als er einen Ärmel zurückschob. Sie waren fein und kaum sichtbar.

»Meine Schwester hat sich umgebracht, als sie noch klein war. Wenn man mit so etwas aufwächst, schaut man anders auf die Handgelenke von Leuten. Es ist wie ein Tick. Ich schaue den Menschen erst ins Gesicht und dann aufs Handgelenk.« Er schwieg und Leon schämte sich plötzlich aus einem unerfindlichen Grund. »Das tut mir leid.«

»Das muss es nicht. Es war ja nicht deine Schuld.«

Leon zögerte, ehe er ihm von dem Tag berichtete, an dem sein eigener Bruder ihm den Ratschlag gab, der ihn dann schlussendlich selbst ins Krankenhaus beförderte.

Chris lauschte ihm schweigend und ohne ihn zu unterbrechen. Er sah ihn nicht einmal an und irgendwie machte es das einfacher. Leon erzählte ihm alles, was er sonst noch niemandem erzählt hatte. Nicht einmal Raphael.

Als er fertig war, fühlte er sich erschöpft, als ob ihn diese ganze Sache viel Kraft gekostet hätte. Und erleichtert, weil es endlich raus war. Vielleicht konnte diese ekelhafte Wunde in seiner Seele jetzt endlich heilen und es würde auch nur noch eine Narbe bleiben.

»Findest du diese Schneekugeln nicht auch irrsinnig hässlich?«

Chris Frage lenkte ihn von dem schwermütigen Gefühl ab, das sich einstellen wollte, und er blinzelte, ehe er seinem Fingerzeig folgte. Tatsächlich fand er die Schneekugeln nicht sonderlich hübsch. Sie wirkten billig und außerdem waren sie unglaublich staubig.

»Superhässlich.«

Chris nickte zustimmend und erhob sich. Ohne Umschweife griff er sich ein paar und nickte Leon dann zu. »Schnapp dir mal was von dem ganzen Zeug. Raphael hasst es. Wir räumen mal ein bisschen auf, wie wär`s?«

Leon betrachtete ihn erst verdutzt, ehe er nickte und aufsprang. Chris musste nichts zu seiner Geschichte sagen. Er machte etwas viel Besseres: Er half ihm auf seine Art. Leon konnte in seinem Gesicht sehen, dass er mit ihm fühlte. Er war in diesem Moment einfach nur unglaublich dankbar dafür und griff sich einige der Wimpel und einen ziemlich gruselig aussehenden Schädel, von dem er nicht sicher war, ob echt oder nicht. Er war bemalt und erstaunlich leicht. Außerdem noch eine der Schneekugeln, in der ein Miniatureiffelturm stand. Diesen ganzen Wirbel um Paris als die romantischste Stadt der Welt hatte er sowieso noch nie verstanden.

»Sehr schön. Josh!«, brüllte Chris dann und es erklang lautes Getrampel auf der Treppe, ehe Josh neugierig den Kopf durch die Tür steckte. Er zog fragend eine Braue hoch, als er die beiden da so stehen sah, die Arme voller Mitbringsel seiner Mum.

»Äh, was-«, setzte er eben zu einer Frage an, doch Chris grinste nur. »Mach doch mal das Fenster auf, ja?«

»Das Fenster?« Josh blinzelte und lächelte dann etwas irritiert. »Okay?« Er trat an Leon vorbei, der ihm nur etwas hilflos zugrinste und tat wie geheißen.

»Gut. Und jetzt entrümpeln wir mal dieses Zimmer. Und danach den Keller. Und wenn wir damit fertig sind, schmeißen wir die ganzen Pakete weg, die noch kommen werden.« Chris betrachtete Josh mit einem liebevollen Blick und dieser klappte perplex den Mund auf und zu, ehe er zu grinsen begann. Tränen rannen ihm aus den Augenwinkeln, aber er wischte sie tapfer weg.

»Das wurde aber auch mal echt Zeit, Dad!« Er griff sofort nach einigen der Dinge aus den Regalen, die dort seit Jahren ungenutzt und ungeliebt standen. Er wusste genau, welche Sachen Raphael hasste und welche nicht. Er griff sich ein paar der furchtbaren afrikanischen Masken, die unechten aus Plastik, und auch einige der schrecklichen Porzellanfiguren.

»Einfach raus damit. Wir räumen das morgen zusammen auf.«

Das Klirren und Bersten von schlechten Erinnerungen und das dumpfe Aufprallen von alten Zweifeln und negativem Ballast hallte durch die Nacht, während Schneekugeln, Gipsfiguren und anderes Zeug aus dem Fenster flogen und auf den Steinplatten des Gartens neben dem Haus zerschellten.

Unten in der Küche zuckte Stella kurz zusammen, als es draußen klirrte und schepperte. Allerdings lauschte sie mit schief gelegtem Kopf einen Moment und vernahm die lachenden, ausgelassenen Stimmen von oben. Kopfschüttelnd, und mit einem leisen Lächeln auf den Lippen, befüllte sie weiter ihre Tortellini mit dem gehackten Gemüse, das sie zuvor klein geschnitten hatte. Ihre Gedanken waren bei Raphael und Leon und den heutigen Ereignissen. Sie schnalzte leise mit der Zunge und schob ihre Überlegungen beiseite, ehe sie die Tortellini in das kochende Salzwasser gab.

Die Welt war manchmal ein ungerechter Ort. Oder besser gesagt: Die Menschen machten sie erst dazu. Sie verstand Leons Eltern nicht und dass sie ihn einfach so verstoßen hatten, ohne triftigen Grund, und nur, um ihren ach so guten Ruf zu schützen, fand sie ziemlich armselig. Er blieb ihr Sohn, egal ob sie ihn nun verstießen oder nicht. Man konnte Blutsbande nicht einfach so trennen, nur, weil einem nicht passte, das das eigene Kind tat. Sie rührte stirnrunzelnd in der hellen Sahnesoße. Was Raphael passiert war, hatte sie erschüttert. Mehr, als sie zugeben- oder auch nur zeigen wollte. Der arme Junge hatte nichts falsch gemacht, außer sich zu verlieben, und sie wusste weiß Gott, dass man sich das nicht unbedingt aussuchen konnte.

Sie schüttelte den Kopf und begann, den Tisch zu decken.

Das Einzige, was sie nun tun konnte, war diesen gebeutelten Jungen und Chris beizustehen, so gut sie konnte. Nicht nur, weil Leon ihr am Herzen lag oder weil sie diese ganze Sache selbst mitbekommen hatte, sondern auch, weil es einfach das Richtige war. Zu helfen, wo immer Hilfe benötigt wurde, war eine Lebensphilosophie, die ihre Eltern ihr eingetrichtert hatten. So wie die selbst gemachte Kräutermedizin, die sie als Kind absolut gehasst hatte, die ihre Mutter ihr jedoch unerbittlich verabreicht hatte, wenn sie krank zu werden drohte.

Zu helfen war für sie etwas Selbstverständliches. Nicht nur, weil ihr Glaube ihr das Gebot, sondern weil ein guter Mensch genau das nun einmal tat.

Stellas Meinung nach täte es der Welt besser, wenn die Leute sich alle mal ein bisschen zusammenrissen und sich etwas mehr umeinander kümmerten, anstatt sich wegen Kleinigkeiten zu bekriegen.

»Essen ist fertig!« Ihre kräftige, melodische Stimme schallte durch das Haus und sie musste unwillkürlich grinsen, als nach einem Moment der Stille hektisches Trampeln auf der Treppe zu hören war.

Manchmal waren es die einfachen Dinge im Leben, die die größte Wirkung hatten.

19

»Wusstest du, dass der Schnabelwal von allen am tiefsten tauchen kann?« Leon lag auf dem Rücken, die Bettdecke bis zum Kinn gezogen. Er hatte die Augen geschlossen und hörte, wie sich Raphael zu ihm umdrehte. Als er sprach, konnte Leon das Lächeln in seiner Stimme hören und er wusste nicht genau, wieso, aber es trieb ihm die Tränen in die Augen und ließ sich sein Herz zusammenkrampfen.

»Wirklich? Und wie tief können diese Schnabelwale tauchen? Ich weiß nicht einmal, wie die aussehen.«

Leon hielt die Augen fest geschlossen. Er spürte ihn neben sich. Die Wärme seines Körpers, seinen Duft. Das leise Geräusch seines Atems, als Raphael sich etwas näher zu ihm beugte, um ihm zu lauschen.

»Sie sehen ein bisschen aus wie Delfine, aber nicht ganz so elegant. Ihre Körper sind länger und irgendwie pummeliger, mit kürzeren Schnäbeln und kleinen Brustflossen.« Eine Träne drang aus seinem Augenwinkel und er hörte Raphaels leises, amüsiertes Lachen, das verklang, als hätte der Wind das Echo mit sich genommen.

Der Traum verschwand und er merkte, dass er geschlafen hatte. Nicht lange, aber lange genug, um von ihm zu träumen. Die Sehnsucht in seiner Brust wurde unerträglich.

Er schlug die Augen auf und blickte in die Dunkelheit, die Raphaels Zimmer ausfüllte. Einen Moment blieb er liegen, ganz starr, als könnte der Traum noch einmal zurückkommen, aber natürlich passierte das nicht.

Leon wälzte sich auf die Seite und vergrub das tränennasse Gesicht in den Kissen. Noch nie hatte er sich so sehr den Morgen herbeigesehnt, wie heute. Er konnte es nicht erwarten, endlich wieder ins Krankenhaus zu kommen, um ihn hoffentlich heute sehen zu dürfen.

»Kannst du auch nicht schlafen?«

Joshs leise Stimme drang von unterhalb des Bettes zu ihm. Sie klang müde und schwer von Sorge. Ein dunkler Haarschopf schob sich über den Bettrand, als Josh sich aufrichtete und die Arme auf der Kante abstützte. Sein Gesicht wirkte bleich, als er das Kinn auf den Armen abstützte.

»Nein. Ich würde am liebsten einfach zu ihm gehen.« Leon seufzte schwer. »Am liebsten wäre ich gar nicht erst gegangen.«

Josh stieß leise die Luft aus, die er angehalten hatte und nickte dann zustimmend. Er legte die Wange auf die verschränkten Arme. »Ich auch. Ich glaube nicht, dass die Schwester die Polizisten zu ihm gelassen hat. Die war ganz schön resolut.«

Leon schmunzelte leicht. »Ja, das war sie.«

»Waren das die gleichen Leute, mit denen er sich schon einmal geprügelt hat? Was meinst du?« Josh beobachtete

Leons Gesicht mit besorgter Miene.

Er nickte zögernd. »Ich glaube schon.«

Josh seufzte tief. »Das hatte ich schon befürchtet. Ich hab ihm gesagt, dass die sich bestimmt rächen würden. Aber er ist ja immer so cool und stark und alles«, murrte Josh leise.

Leon musste ein wenig lächeln. »Das stimmt. Er hört auf keinen außer auf sich selbst.«

»Und das hat er jetzt davon.«

Leon presste die Lippen bei Joshs Worten zusammen und zog sich die Decke bis zur Nasenspitze. »Das hatte niemand kommen sehen. Und wenigstens ist dir nichts passiert. Ich wünschte, ich hätte davon gewusst, und wäre da gewesen ...«

Josh schnaubte leise. »Ah ja? Und was hättest du machen können? Ich konnte ja auch nichts machen und er hat mich gerade noch rechtzeitig weggeschickt. Er hat gesagt, ich soll einen Krankenwagen rufen und machen, dass ich zu dir und in Sicherheit komme.« Er schwieg kurz und sogar im Dunkeln konnte Leon sehen, wie sich Josh über die Augen wischte.

»Ich wünschte manchmal, ich wäre mehr wie er. Auch so stark und so stur und alles. Ich hätte ihm vielleicht helfen können.«

Leon verzog gequält das Gesicht und richtete sich auf dem Ellbogen auf. »Du hast alles richtig gemacht. Er hat dich ja nicht ohne Grund weggeschickt. Du hast ihm ganz sicher sogar das Leben gerettet! Ohne dich hätten wir gar nicht gewusst, wohin wir müssen. Und er wäre nicht so schnell ins Krankenhaus gekommen.«

Josh schniefte leise und dachte einen Moment darüber nach, ehe er traurig seufzte. »Du hast vermutlich recht.

Ich hoffe nur, dass er bald wieder zuhause ist. Ich vermisse ihn ziemlich, obwohl er manchmal sowas von nervt!«

»Ich hoffe, dass wir der Polizei morgen helfen können.« Leon rieb sich müde das Gesicht. »Ich hoffe, sie erwischen diese Typen allesamt.«

Josh zog wütend die Brauen zusammen. »Das hoffe ich auch. Ich hoffe, sie werden wirklich schlimm bestraft, damit sie nie wieder jemandem wehtun.«

Leon nickte nur stumm und Josh ließ sich mit einem dumpfen Geräusch wieder auf sein improvisiertes Bett fallen. Eigentlich mussten sie beide morgen wieder in die Schule, aber jetzt gerade war Raphael und die Aufklärung dieser ganzen Sache wichtiger.

Chris hatte mit ihnen beim Abendessen schon darüber geredet. Stella hatte ihnen allen eine Menge Tortellini in Sahnesoße auf die Teller geschaufelt und schweigend zugehört, während Chris sprach. Er hatte sich mit den Polizisten unterhalten, während Stella den Jungs etwas zu Trinken holte und sie davon abhielt, das Zimmer zu stürmen, in dem Raphael lag. Die Schwester, die vorher schon die Polizisten abgewiesen hatte, warf ihnen abwechselnd mitfühlende und warnende Blicke zu, wie sich Leon erinnerte, während er Chris zuhörte.

Von den Fotos, die Chris im Briefkasten gefunden hatte, hörte Leon da zum ersten Mal und ihm wurde ganz kalt. Jemand hatte ihnen extra aufgelauert, um sie in einer verfänglichen Situation zu fotografieren, damit man sie bloßstellen konnte. Das war kein einfaches Papierkügelchenschnipsen im Unterricht mehr, oder Beleidigungen, die man jemandem an den Kopf warf. Das hatte auch nichts mehr mit Anrempeln oder schubsen in der Schule zu tun.

Das war eine viel ernstere Sache und die zeigte nur einmal mehr, dass das kein spontaner Überfall war, sondern eine geplante Falle, die bewusst ausgelegt wurde.

Jemand hatte das sorgfältig vorbereitet.

Leon schob den Teller mit dem Essen von sich, obwohl er kaum etwas davon angerührt hatte. Die Schuld, die er empfand, verursachte ihm Übelkeit. Da half es auch nichts, dass die anderen ihn zu trösten oder zu beruhigen versuchten.

Sie waren beobachtet worden, wer weiß wie lange schon, und jemand hatte den Plan gefasst, ihnen wirklich wehzutun. Nicht nur das: Jemand hatte ein Messer mitgebracht und das sicherlich nicht zum Spaß. Sie hatten sie töten wollen. Nach allem, was Josh erzählt hatte, schloss das ihn und Leon mit ein. Oder besser gesagt: Alle, die etwas mit ihm oder Raphael zu tun hatten.

Es machte ihm Angst. Mehr Angst, als er je vor der Dunkelheit oder dem Alleinsein haben könnte. Wenn Josh oder Stella etwas passierte, oder sogar Chris, könnte er sich das niemals verzeihen.

Er konnte nur hoffen und beten, dass diese Typen geschnappt wurden, und zwar schnell. Er versuchte, nicht daran zu denken, dass Raphael ganz allein und total wehrlos in dem Krankenhausbett lag. Falls jemand zu ihm hingehen würde, um es zu Ende zu bringen, konnte er gar nichts tun.

Der Gedanke war so grauenhaft, dass er sich zitternd im Bett hin- und her wälzte. Das Herz schlug ihm bis zum Hals und er spürte die aufsteigende Panik. Er konnte einfach nicht ruhig liegenbleiben und schlafen, während er nicht mit Sicherheit wusste, was mit Raphael war. Er würde immer auf ihn aufpassen, egal was passierte. Es war, wie Chris gesagt hatte: Er war jetzt für ihn verantwortlich.

So leise wie möglich stieg er aus dem Bett und zog sich halbwegs passable Klamotten an. Es war immer noch stockdunkel draußen, aber was machte schon etwas Finsternis, wenn es so viel wichtigere Dinge gab?

◆◆◆

Chris streckte sich seufzend auf dem Sofa aus und rieb sich müde das Gesicht. Stella hatte darauf bestanden, noch den Abwasch zu machen, und hatte sich auf dem Sessel schräg gegenüber niedergelassen. Sie drehte die Kaffeetasse zwischen den Händen, während sie die abgenutzte aber gemütliche Einrichtung betrachtete. Ein ganz normales Wohnzimmer mit staubigen Schränken und den Spuren, die das Leben so hinterlässt. Sie schmunzelte etwas und pustete über den starken, heißen Kaffee ohne Milch und Zucker in der Tasse.

»Danke für deine Hilfe heute. Du hast wirklich viel geleistet. Allein das Essen war schon eine große Hilfe. Ich hole normalerweise immer nur irgendwas vom Chinesen«, gab Chris nach einem Moment unbehaglichen Schweigens zu. Zumindest er fühlte sich unbehaglich. Stella hingegen schien sich pudelwohl zu fühlen. Das bunte Sommerkleid, das sie trug, wirkte in dem angestaubten Ambiente seines Wohnzimmers irgendwie fehl am Platze. Wie ein modernes Kunstwerk, das man in einen grauen Keller gehängt hätte. Nicht, dass es nicht schön war, aber es erinnerte ihn nur umso mehr daran, dass er keinen Frauenbesuch mehr gewohnt war. Es war ihm plötzlich ziemlich peinlich, dass Kaffeeflecken auf dem Couchtisch waren und das die Jungs seit mindestens zwei Monaten nicht mehr staubgesaugt hatten, obwohl das eigentlich ihre Pflicht war. Er bemerkt ebenfalls die galante Staubschicht und die dicken Flusen, die sich auf der Lampe an der Decke angesammelt hatten.

Die ehemalige Haushälterin schenkte ihm nur ein sanftes Lächeln und schüttelte den Kopf.»Ich habe einen ganzen Haufen verkorkster, durchgeknallter Brüder. Ich weiß, was für Chaos Jungs anrichten können. Und ich habe ja nur ein bisschen gekocht.«

Chris lächelte unbehaglich und trank vom zu heißen Kaffee in seiner Tasse.»Exzellent gekocht. Und den Boden gewischt. Die Wäsche gewaschen. Die Jungs getröstet ...«, erweiterte er dann schmunzelnd ihre Ausführungen. Stella lachte leise und es klang warm. »Ach. Papperlapapp. Man tut, was man tun muss. Aber jetzt sollte ich wirklich gehen. Es ist schon ziemlich spät geworden. In Italien sagen wir immer: Besuch ist wie Fisch. Nach drei Tagen fängt er an zu stinken.« Sie zwinkerte und erhob sich, als sie ihre Tasse geleert hatte, aber Chris rutschte ein Unbeholfenes:»Dann hast du ja noch zwei Tage« heraus. Er blinzelte und Stella warf ihm einen überraschten Blick zu. Oh Gott, hatte er das wirklich laut gesagt?

»Ich meinte, du ... Also du hast ja keinen Job mehr, richtig?«, versuchte er, das Ruder noch herumzureißen. Er wunderte sich über sich selbst, während er Stella flüchtig betrachtete, die ihn mit hochgezogener Braue ansah.

Dieses niedliche, spitzbübische Lächeln auf den Lippen.

»Wird das ein Angebot für eine neue Anstellung?« Sie lachte leise und schüttelte sacht den Kopf. »Ich trenne Privates und Berufliches«, erklärte sie dann schlicht. »Ich würde mich nicht wohl dabei fühlen, für dich und deine Jungs zu arbeiten.«

Er sank richtig in sich zusammen. Was hatte er sich auch dabei gedacht. Er konnte doch nicht einfach der Frau, die ihm vorhin noch köstliche Tortellini serviert- und den Abwasch gemacht hatte, einen Job anbieten. Wie musste das auch für sie klingen? Er nippte beschämt von seinem Kaffee.

Stella trat neben ihn und hauchte einen zarten Kuss auf seine Wange. Der blumige Duft ihres Parfüms stieg ihm in die Nase und er war zu perplex, um zu reagieren. Ihre Lippen waren warm und weich und berührten seine stoppelige Wange hauchzart.

»Aber vielleicht führst du mich ja mal zu einem Date aus, und wir reden über die Option einer privaten Zusammenarbeit, mh?« Sie lächelte ihm zu, zwinkerte frech, und weg war sie, während er nur da saß wie ein geblendetes Reh im Scheinwerferlicht.

Und nicht einmal eine Sekunde, nachdem die Tür ins Schloss gefallen war, verfluchte er sich dafür, dass er sie hatte gehenlassen.

Leon war so leise wie möglich aus dem Haus geschlichen. Die Straßenlaternen wiesen ihm den Weg, beleuchteten den Pfad, der ihn zu Raphael führen würde, doch er lief nicht im Licht, sondern in den Schatten.

Er rannte an dunklen Geschäften vorbei, deren Türen versperrt und abweisend waren. An den leeren Tischen und den hochgestellten Stühlen der Bars und Cafés, über Kreuzungen, deren Ampeln ausgeschaltet waren. Er kam nicht an vielen Leuten vorbei, und die, die er sah, mied er, so gut er konnte. Meist waren es Nachtschwärmer, die gerade noch aus einer Kneipe oder Diskothek getaumelt kamen, oder die von Freunden nach Hause gebracht wurden. Manche waren betrunken, was ihm unangenehm war. Er hatte sich den Kapuzenpulli tief ins Gesicht gezogen und versuchte, sich so leise wie möglich zu bewegen.

Er kannte den Weg zum Krankenhaus. Er wusste, welche Straßen er nehmen und welche er vermeiden musste. Er lauschte auf jedes ungewöhnliche Geräusch und rannte, wenn er sich zu unsicher fühlte.

Das war paranoid, aber besser zu ängstlich als in der Klemme. Er lief ein kleines Stück durch den Park, darauf bedacht, auf den bekannten Wegen zu bleiben. Obwohl er nicht gern im Dunkeln war und er schlecht sah, sah er doch genug. Es reichte aus, um ihn voranzutreiben.

Er schaffte es sogar, zwei aufkommende Panikattacken erfolgreich zu überwinden, und war unglaublich erleichtert, als er endlich das Krankenhaus sah.

Jetzt musste er nur noch reinkommen.

Der Pförtner war erst nicht sonderlich begeistert von der Idee - aber als er hörte, dass Leon zu Raphael wollte, gab er schließlich nach. Es stellte sich heraus, dass er ein alter Kollege der Sicherheitsfirma von Raphaels Vater war und beide kannte.

Manchmal griffen die kleinen Rädchen des Schicksals eben reibungslos ineinander, dachte Leon, als er durch die halbdunklen Gänge huschte.

Er fand das Zimmer von Raphael mühelos. Er hatte sich die Nummer gemerkt. Sein Herz schlug wie verrückt, als er sacht die Tür aufschob. Es blieb beinahe stehen, als er sah, dass das Bett leer war. Eine unendliche Kälte breitete sich in seiner Brust aus und er sackte auf die Knie, während das Grauen und die Verzweiflung über sein Versagen ihn bis ins tiefste Innere seiner Seele erschütterten.

Er hatte es kommen sehen. Seine Befürchtung hatte sich bewahrheitet.

Er war zu spät.

Epilog

Einige Wochen später

Er seufzte und drehte sich noch einmal um. Vogelgezwitscher und entferntes Meeresrauschen lullten ihn ein, während die heiße Sonne seine Haut bräunte. Oder eher: Sie verbrannte. Sicher war er schon wieder so rot wie einer von Stellas Hummern, den sie ihm neulich serviert hatte. Er fand, dass sie zwar ganz passabel schmeckten, aber er mochte ihre kleinen schwarzen Äuglein nicht. Er fand, sie wirkten vorwurfsvoll.

Er aß lieber Dinge, die ihn nicht währenddessen anstarrten. Wie zum Beispiel diese unglaublichen Zitronenmuffins, die Stella ihm schon zum Frühstück servierte. Er fühlte sich bereits jetzt, nach nicht einmal einer Woche Urlaub, regelrecht gemästet.

Und er fand es irgendwie toll.

Seufzend öffnete er die Augen, um vom Pool aus zum Haus hinüber zu blicken. Es war schick, verziert mit hübschen Stuckelementen und mit zwei Stockwerken. Die

Fenster waren weit geöffnet und ließen die würzige, frische Luft hinein, die nach Meer und Orangenbäumen duftete.

Im nur mäßig gepflegten Garten wuchsen allerhand Kräuter, Blumen und Bäume. Es war ein perfekter Ort, um sich von all den schlimmen Dingen der letzten Monate zu erholen.

Sein Herz krampfte sich zusammen, als er an all das zurückdachte.

Dank der Mithilfe dieses Jungen aus Leons Klasse konnten schließlich alle Täter identifiziert werden. Sie warteten derzeit auf ihre Urteile. Der ganze Fall war sogar groß in der Presse gekommen und dieser Urlaub war dringend nötig und lange überfällig gewesen, um sich von dem ganzen Rummel zu erholen.

Leons Eltern hatten ihre Drohung wahr gemacht. Durch die Zeitungsberichte waren zwar keine Namen genannt worden, aber sie hielten es anscheinend für besser, ihren guten Ruf zu schützen und etwaigen Anfeindungen vorzubeugen. Sie hatten ihn aus dem Haus geworfen und sogar die Schlösser austauschen lassen, obwohl das gegen das Gesetz war. Schließlich war der Kleine noch nicht volljährig.

Zumindest bis jetzt. Morgen war es so weit. Wie ironisch, dass er einen Monat nach Raphael Geburtstag hatte. Merkwürdig, wie das Leben manchmal so spielte. Es konnte unendlich grausam sein, aber es machte einem auch unerwartete Geschenke.

Er schluckte, um den Kloß zu vertreiben, der sich in seiner Kehle gebildet hatte, als Stella in Sichtweite kam. Sie zog eine Braue hoch und sah in dem schwarzen Bikini, der ihre umwerfenden, fülligen Kurven betonte, einfach zum Niederknien aus. Gut, dass er auf dem Bauch lag.

»Schatz, du siehst aus, wie gekochter Hummer. Wenn du nicht bald aus der Sonne kommst, kann ich dir deine süße zuckerweiche Haut einfach abziehen.« Sie lachte leise und er musste lächeln.

»Ich weiß. Aber es ist schön, einfach mal ein bisschen die Ruhe zu genießen, nach alldem.«

Stella kniete sich neben ihn und strich ihm sanft durch das Haar. »Ich weiß. Aber zu viel Genuss ist sogar für italienische Verhältnisse nicht gut. Wir haben noch etwas vorzubereiten, wie du weißt.«

Chris seufzte schwer. »Ich weiß. Ich weiß nicht, ob ich das wirklich ertragen kann.«

Sie beugte sich zu ihm und drückte einen sanften Kuss auf seine Nasenspitze, auf der sich die Haut bereits etwas abschälte.

»Ich weiß. Aber es wird sicher schön. Manchmal muss man loslassen, Schatz.«

Loslassen war einfach nicht seine Stärke.

Aber es musste sein.

Die Nacht war unglaublich warm und voller aromatischer Düfte.

Orangenbäume, wildes Gras aus dem Garten, die salzige Seeluft und der schwere Geruch von Lavendel und Kräutern, dazu das Aroma der Wäsche, die frisch gewaschen war und dem Raum ihren ganz eigenen Duftstempel aufdrückte.

Aber nichts auf der Welt duftete so wie er.

Nichts klang so wie er.

Nichts war auch nur annähernd mit dem Gefühl seiner Haut vergleichbar, die sich unter seinen Fingern wie Seide anfühlte.

Leon atmete schwer unter seinem Körper. Seine Haut war feucht und glänzte im Schimmer des Mondes, der groß und voll am Himmel stand und dessen weiches Licht über die beiden Körper und die schimmernde Satinbettwäsche floss.

Er genoss das leise, sehnsüchtige Wimmern, das seine Zunge seiner Kehle entlockte, wann immer er das Salz von seiner Haut leckte und von ihm kostete.

»Ich hasse dich«, keuchte Leon atemlos und mit hochroten Wangen, als er erneut dort berührt wurde. Dort, wo die Sehnsucht am größten und quälendsten war und nur von einem gestillt werden konnte.

»Lügner.« Raphael lächelte ihm zu und beugte sich wieder über ihn. Seine Lippen küssten sich von der Brust hinauf zu seinem Hals, knabberten zärtlich an seinem Ohr und drückten sich sanft gegen die wild pochende Ader, die dort so heftig für ihn pulsierte, ehe er seine Lippen beanspruchte.

Sein Mund legte sich fordernd auf seinen, dabei doch unendlich zärtlich und geduldig. Er trank von ihm, neckte ihn, kostete von seinen Lippen und seiner Zunge, gefangen in dem sinnlichen Tanz ihrer Münder. Leon drängte sich ihm entgegen und seufzte an seinen Lippen. Er konnte spüren, wie er zitterte.

Oh Gott, wie sehr er ihn liebte!

Leons Arme schlangen sich um ihn, ebenso die Beine, die er um seine Hüften legte, als wollte er ihn mit seinem Körper fesseln. Raphael lächelte an seinem Mund und knabberte sacht an seiner Unterlippe, als er seine Arme um seinen schlanken Körper legte und ihn fest an sich presste. »Ich liebe dich.« Er ließ ihm keine Zeit um zu antworten oder zu widersprechen. Er kannte die Wahrheit ja ohnehin.

Leons Herz schien in seiner Brust anzuschwellen, bis er nur noch aus Gefühlen zu bestehen schien. Diese drei Worte waren kostbarer aus Gold, Diamanten oder alles andere, und sie bedeuteten ihm mehr, als Worte hätten erklären können.

»Ich glaube, ich sterbe vor Glück.« Leon presste sein Gesicht an Raphaels Hals und atmete seinen so vertrauten, wunderbaren Duft ein.

»Jetzt schon?« Raphael küsste zärtlich seine Schläfe, ehe er sich sacht vorschob und Leon den Kopf in den Nacken legen musste, während er sich auf die Lippen biss, um nicht aufzuschreien. Er bog sich ihm zitternd entgegen und Raphaels leises Stöhnen ließ ihn aufschauen. Sie betrachteten einander, während sie sich sanft bewegten, gefangen im Augenblick, der so perfekt war.

»Ich liebe dich«, hauchte Leon dicht an seinen Lippen.

»Und ich liebe dich. Ich hoffe, dir ist klar«, wisperte Raphael atemlos an seinem Mund, »dass ich dich niemals wieder gehen lasse? Ich werde an dir kleben wie eine

Zecke.«

Leons Zähne gruben sich sacht in seine Schulter. »Zecken«, keuchte er heiser, als Raphael das Tempo leicht erhöhte und ihn damit fast um den Verstand brachte, »existieren seit über einhundert millionen Jahren.«

»Gut«, raunte Raphael dunkel an seinem Ohr. »Mindestens so lange hast du mich an der Backe.«

Es klopfte plötzlich, was jedoch weder Raphael noch Leon wirklich ernst nahmen. Es war vermutlich sowieso wieder Josh. Die Sache mit dem Anklopfen hatte er sich angewöhnt, nachdem er sie neulich in sehr eindeutiger Position miteinander erwischt hatte. Er war sprichwörtlich rücklings wieder aus dem Zimmer gefallen und hatte mit hochrotem kopf irgendetwas gestammelt, was keiner von ihnen verstanden hatte.

»Hey!«, erklang es dumpf von draußen. »Ihr kommt noch zu spät!«

Raphael grinste an Leons Hals. »Das bezweifle ich.« Er zog ihn hoch und auf seine Hüften, während sich Leon verzweifelt auf seinem Schoß wand. »Raphael ...«, hauchte er zitternd. »Nicht ...« Er vergrub seine Hände in dem dichten, dunklen Haar, während er versuchte, nicht zu explodieren.

Es war unmöglich.

»Ihr seid schon seit einer Woche da drin!«, motzte Josh deutlich unangetan von dem, was er da aus dem Inneren hören konnte. Sogar seine Stimme schien vor Scham rot anzulaufen. »Ihr könnt doch nicht die ganze Zeit ...«

»Doch, können wir schon«, antwortete Raphael laut genug, dass sein kleiner Bruder es hören konnte, während er Leons Schrei mit einem Kuss erstickte.

»Gott, ihr beide seid echt pervers!« Josh klopfte erneut,

diesmal energischer. »Ihr verpasst noch Leons Geburtstagsparty und alles! Dad wird sauer!«

»Verpiss dich endlich!«, fauchte Raphael, während Leon an seiner Brust zu lachen anfing. Raphaels Arme gaben nach und sie kippten beide zurück in die Laken, wo sie glucksend liegenblieben. »Verflucht noch mal«, raunte Raphael seufzend aber mit einem Grinsen. »Von wem hat er nur diese Sturheit?«

Leon lachte und streichelt zärtlich seine Wangen. Während er zu ihm hochschaute. »Von eurem Vater, der vermutlich wirklich sauer wird, wenn wir uns nicht bald blicken lassen.«

Raphael brummte und schmiegte seine Wangen in die liebkosenden Hände. »Na schön. Es ist schließlich dein Geburtstag. Wir sind beide volljährig und haben die Schule geschafft. Bei dir ist das ja eher kein Wunder, aber bei mir schon.«

»Oh ja. Allerdings. Vor allem, weil du mir ja kaum zugehört hast.« Leon rollte sich mit einem bedauernden Geräusch unter ihm weg und schwang sich aus dem Bett. »Aber ich bin froh, dass es vorbei ist. Die Schule, meine ich«, fügte er an, als er Raphaels Grinsen sah.

»Mhmh.«

»Guckst du mir auf den Hintern?«

»Selbstverständlich.«

»Perverser!«

Raphael lachte und rollte sich ebenfalls aus dem Bett. »Weißt du eigentlich, was für ein Glück du hast?« Er warf Leon einen langen Blick zu, während er nichts trug, als den Mondschein auf seiner Haut.

Leon hielt inne, um ihn zu betrachten. Der helle Schein, der auf seinen Körper fiel, ließ ihn makellos wirken. Die

Blutergüsse und die Knochenbrüche waren verheilt. Nur noch eine Narbe am Bauch war geblieben. Leon hoffte, dass es die einzige bleiben würde, die er jemals würde tragen müssen. Er hatte damals im Krankenhaus geglaubt, ihn verloren zu haben. Er dachte, er wäre zu spät gekommen, als er das leere Bett vorgefunden hatte, doch Raphael war nur verlegt worden.

Der Pfleger, der Nachtdienst hatte, war ziemlich ausgeflippt, als er im halbdunkeln Leon zusammengebrochen und völlig aufgelöst auf dem Flur angetroffen hatte. Zum Glück war alles gut ausgegangen.

Er lächelte, ehe er damit fortfuhr, sich anzuziehen. »Ich weiß.«

»Das ist gut.« Raphael grinste schief.

»Rhyne!!«, erschallte es von draußen energisch und ziemlich angefressen. Josh wurde langsam sauer. »Ihr seid die lahmsten Schnecken der ganzen Welt! Jetzt kommt endlich raus! Oder ich esse Leons Geburtstagstorte, die Stella gebacken hat, ganz allein«, drohte er zur Bekräftigung seiner Ernsthaftigkeit.

Raphael schlüpfte augenrollend in frische Klamotten und lauschte dabei dem leisen Gelächter, in das Leon ausgebrochen war.

»Diese Drohungen ... Als ob er nach den täglichen Zitronenmuffins noch Platz für irgendwas hätte.«

Raphael grinste und zwinkerte ihm zu. »Du kennst Josh. Da passt immer noch mehr rein, solange es Kuchen ist.«

»Ey, das hab`ich gehört!«, maulte Josh von draußen.

♦♦♦

Der Abend war einfach perfekt. Warm und angenehm wurde der reichlich gedeckte Tisch von den Fackeln erleuchtet, die überall im Garten steckten. Es duftete nach wildem Thymian und Lavendel und der unglaublichen Torte, die Stella innerhalb von mehreren Stunden hergerichtet hatte.

Chris lächelte, als er den Unglauben auf Raphaels Gesicht sah. Die Art, wie sein Erstgeborener ihn anstarrte und dann Leon ansah. Sein Herz füllte sich mit stolz, als er beobachtete, wie die beiden sich anschauten. Einen Moment fürchtete er, dass er zu heulen anfangen würde. Glücklicherweise unterbrach Stella diesen sentimentalen Anfall von Gefühlsduseligkeit, indem sie ihn heftig in den Oberschenkel kniff.

»Reiß dich zusammen!«, zischte sie lächelnd.

»Jawohl, Mylady!«, presste er zwischen zusammengebissenen Zähnen hervor. Er behielt seinen Blick unverrückbar und fokussiert auf Leon und Raphael, die ihm gegenüber am Tisch saßen. Joshuas nörgelnde Blicke ignorierte er, so gut er konnte.

»Was, die beiden dürfen ganz alleine nach Irland?« Josh sperrte empört und offensichtlich neidisch den Mund auf.

»Sie sind jetzt beide achtzehn Jahre alt und erwachsen. Und nach all dem Chaos dachte ich, es wäre doch sicher gut, wenn sie zusammen reisen könnten. Irland ist eine tolle Möglichkeit und außerdem haben wir dort Verwandte, die schon total gespannt sind. Wenn sie wollen, können sie dort eine Weile wohnen.« Chris grinste ein wenig, als er Joshs fassungsloses Gesicht sah.

»Wie unfair!!«

Stella lachte leise und lächelte Leon zu, der vor Rührung gar nicht wusste, was er sagen sollte. »Wow, das ist ... unglaublich. Ich habe noch nie etwas so Cooles geschenkt bekommen.« Er warf einen Blick zu Raphael, der ihn liebevoll ansah, ehe er fragte: »Also gehe wir dahin, ja? Denk dran, eine million Jahre. Mindestens.«

Chris blinzelte irritiert, als er sah, wie sehr Leon grinste. »Häh?«

Leon bekam rote Ohren und Raphael winkte ab. »Geht dich nix an«, beschied er in Richtung seines Vaters. Ungefragt tat Stella ihm ein weiteres Stück Zitronenbuttertorte auf den Teller. Ein effektives Mittel, um ihn abzulenken.

Leon schmunzelte und nickte dann auf Raphaels Frage hin. »Klar gehen wir dahin. Ich gehe überall mit dir hin.«

Raphael lächelte und griff nach Leons Hand. Er warf seinem Vater einen dankbaren Blick zu, ehe er Leon einen Kuss auf die Stirn gab. Er bemerkte sehr wohl den feuchten Glanz in den Augen seines Dads und auch in den Augen von Stella, aber das war schon okay.

Vielleicht war es auch einfach nur das Funkeln des Glücks, das diesen Augenblick perfekt machte.

Leon lehnte sich mit einem glücklichen Seufzen an ihn und flüsterte leise, während Josh ihren Dad zu überreden versuchte, ihn mitreisen zu lassen: »Ich werde dich nie wieder alleine irgendwo hingehen lassen, das ist dir doch klar, oder?«

»Das will ich doch auch nicht hoffen.« Raphael küsste sanft sein Haar und Leon hob den Blick zu ihm, während er ganz leise fragte: »Weißt du eigentlich, was für ein unverschämtes Glück wir haben?« Raphael versank in den honigfarbenen Augen, die ihn unverwandt ansahen. »Ich weiß.« Er nahm sacht Sein Gesicht zwischen die Hände und küsste ihn. Es war ihm egal, wer alles zusah.

»Ich kann es gar nicht erwarten, jede Sekunde meines Lebens mit dir zu verbringen.« Er grinste schelmisch, als er Leons rote Wangen betrachtete. »Und ich kann es gar nicht erwarten, noch mindestens eine Woche in diesem Zimmer mit dir zu verbringen.«

Josh lachte und Stella stimmte heiter mit ein, während Chris verlegen auf seine Torte starrte. »Von wem dieser Junge das wohl hat ...«, murmelte er, während in dem Kuchen stocherte und gar nicht wusste, wohin schauen.

»Von seinem Vater. Das ist nämlich auch so ein Charmebolzen«, meinte sie kichernd.

Chris musste widerwillig grinsen. »Weißt du, es gibt übrigens hübsche Kirchen in Irland ...«

Stella sah ihn erstaunt an. »Ist das so?«

»Mhmh.«

Josh bekam ganz spitze Ohren, als er gespannt zuhörte. Raphael und Leon lauschten ebenfalls.

Chris räusperte sich. »Vielleicht sollten wir auch mal ein wenig Urlaub machen, wie wär`s?«

Stellas Lächeln wurde noch eine Spur breiter. »Schon genug von der sizilianischen Sonne, Schätzchen?«

Chris lachte leise. »Ich liebe die sizilianische Sonne, aber sie liebt mich nicht«, erwiderte er glucksend und Stella seufzte zustimmend. »Dann schlage ich vor ... Wir suchen uns eine hübsche irische Kirche. Da ist es schattig.«

Leon und Raphael grinsten den beiden zu, während Josh der Einzige zu sein schien, der diese ganze Kirchennummer nicht verstand.

»Keine Ahnung, was an irgendwelchen alten Gemäuern so toll sein soll ...«, brummte er undeutlich mit dem Mund voller Zitronenbuttertorte.

»Du bist ja auch doof. Was macht man denn so in einer

Kirche, mh?« Raphael warf ihm einen spöttischen Blick zu und es dauerte einen Moment, bis Josh verstanden hatte.

»Was, echt jetzt?!«

Leon lachte, als er die kindliche Freude auf dem Gesicht von Raphaels kleinem Bruder sah, der sich kaum wieder einkriegte. »Ich kriege eine neue Mama! Geil!«Josh heulte vor Freude und warf seinen Dad beinahe um, als er zuerst ihn und dann Stella stürmisch umarmte.

Leon wischte sich ein paar Freudentränen aus dem Gesicht und schaute hoch zu den Sternen, während ihm Raphael einen zärtlichen Kuss auf die Schläfe hauchte.

»Ich liebe dich«, flüsterte Raphael ihm leise zu und Leon schmiegte sich eng an ihn. »Ich liebe dich auch.«

Etwas fiel ihm ein und es ließ ihm keine Ruhe. Sein Herz klopfte schwer und stark in seiner Brust.

»Sag mal, wie findest du eigentlich ... Kirchen?«

Raphael lächelte und Sternenlicht fing sich in seinen Augen. »Ich liebe Kirchen.«

Leon schmunzelte und biss sich auf die Unterlippe.

»Das ist gut.«

»Mhmh.« Raphael erhob sich und zog ihn an der Hand mit sich. »Komm, wir hauen ab!«

Im Hintergrund hörte man die hitzige Diskussion, ob irisches oder italienisches Essen besser für eine Hochzeit sei.

Leon folgte ihm in die Dunkelheit und lächelte.

Mit Raphael würde er überall hingehen.

Er war das Funkeln des Glücks.

Ende

Danksagung

Bei der Entstehung dieses Buches hatte ich die unerlässliche Unterstützung meiner Familie und meiner guten Freundin Marita, die mir sehr geholfen hat. Ohne dich und dein kostbares Feedback hätte ich mich vielleicht doch nicht getraut, dieses Buch fertig zu schreiben. Gleiches gilt für meine wunderbare Mama, deren Ratschläge und Hilfe mir ebenfalls sehr geholfen haben! Vielen Dank euch!

Letztendlich ist ein Buch nichts ohne seine Leser und so möchte ich mich vor allem auch bei Ihnen bedanken! Ich hoffe, wir lesen uns in einem meiner anderen Bücher erneut.

Die Geschichte von Leon und Raphael ist natürlich fiktiv - aber noch immer ist Homosexualität in unserer Gesellschaft oft nicht so anerkannt, wie es notwendig und auch richtig wäre. Liebesbeziehungen sollten als das gesehen werden, was sie sind. Verbindungen zweier gleichberechtigter Partner, die ihr Leben gemeinsam leben möchten. Unabhängig davon, ob heterosexuell oder homosexuell.

Darum möchte ich an dieser Stelle allen Menschen meinen Dank aussprechen, die sich für die Rechte dieser Menschen einsetzen und ihre Liebe möglich machen.

Ich wünsche mir eine Welt, in der wir mit weniger Vorurteilen und mehr Rücksicht und Fürsorge aufeinander zugehen.

Herzlichst,

Elisa

Romantische Komödien mit Herz und Humor von Elisa M. Baker

Wer sagt, das Finden der Liebe wäre einfach?
Ella macht sich auf eine spannende und teilweise kuriose Suche nach ihrem Traummann. Dabei warten nicht nur seltsame Blinddates auf sie, sondern auch einige Überraschungen ...

Ella ist zweiundzwanzig, ein Bücherwurm und das, was man als mollig bezeichnen würde. Sie rechnet sich schlechte Chancen aus, jemals einen Mann zu finden, der sie mit ihren Pfunden liebt. Doch stehen wirklich alle Männer nur auf schlanke Frauen? Und wie lernt man einen geeigneten Kandidaten kennen, wenn man so schüchtern ist wie Ella?
Und dann sind da auch noch Eva und Ellas Mutter, die ganz eigene Pläne für sie haben...
Eine romantische Komödie über Beziehungen, die erste Liebe und den chaotischen Weg zum Glück.

Taschenbuch: 296 Seiten
ISBN-13: 978-3739238784   Auch als E-Book!

Jessys Leben gerät gehörig aus den Fugen, als das Karma zuschlägt. Dabei hat sie die Liebe schon abgehakt. Aber das Schicksal kann hartnäckig sein … Findet sie doch das Glück?

Jessy hat die Nase voll von Männern.
Nach einer schmerzhaften Trennung will sie von Liebe nichts mehr wissen – doch dann ereilt ihre Familie ein Schicksalsschlag und plötzlich findet sie sich auf der Stachelbeerplantage ihres Onkels wieder, auf der sie drei Wochen aushelfen soll.
Ganz alleine, denkt sie.
Aber da hat sie die Rechnung ohne das Karma gemacht …

Eine Geschichte über unerwartete Wendungen, Schicksal und Stachelbeerlikör. Und natürlich die Suche nach Liebe, die bei sich selbst beginnt.

Ab Herbst 2016 als E-Book und Taschenbuch erhältlich!